T0246819

Las chicas de la Academia

JOSÉ SOLANA DUESO

Las chicas de la Academia

IX PREMIO DE NOVELA ALBERT JOVELL.
FUNDACIÓN PARA LA PROTECCIÓN
SOCIAL DE LA OMC

ALMUZARA

IX PREMIO INTERNACIONAL DE NOVELA
ALBERT JOVELL. FUNDACIÓN PARA LA
PROTECCIÓN SOCIAL DE LA OMC

Jurado compuesto por:
Carmen Fernández Jacob
Alejandro López Andrada
Martín Llade
José María Rodríguez Vicente
Javier Ortega

Editorial Almuzara • Colección Novela
Director editorial: Antonio Cuesta
Edición de Javier Ortega
Corrección y Maquetación: Helena Montané

www.editorialalmuzaracom
pedidos@almuzaralibros.com - info@almuzaralibros.com

Imprime: Liberdúplex
ISBN: 978-84-10521-21-6
Depósito Legal: CO-338-2024
Hecho e impreso en España - *Made and printed in Spain*

A Emilio Lledó,
filósofo de la paideia y de la amistad,
χαίρειν

Yo afirmo que alguien más se acordará de nosotras
Safo de Lesbos

¿Acaso te parece que he tomado una decisión equivocada
sobre mí misma por haber dedicado a mi educación
el tiempo que iba a perder en el telar?
Hiparquia de Maronea

El amor es un anhelo de amistad
Crisipo

Índice

I
Alzar el vuelo

1. Salir corriendo

Un año después de quedar huérfana de padre, Lastenia supo que su madre iba a contraer nuevas nupcias. La sorpresa se confundió con el sobresalto como el rayo con el relámpago; nunca había sospechado que aquel vecino cojo, que les ofrecía una ayuda desinteresada en apariencia, pudiera convertirse en su padrastro y, por tanto, en el nuevo amo de la casa.

Lastenia maldecía las guerras que habían llevado a su progenitor de una a otra aventura militar, siempre al servicio de tropas mercenarias que le ofrecían mejores ingresos que su modesto patrimonio familiar. Fue hace un año cuando el cadáver de su padre fue presentado en su casa por un grupo de fieles compañeros de armas.

El recuerdo de esa muerte sin honor, en una guerra en la que su ciudad nada tenía que ver, era la herencia envenenada que había recibido de su padre. Cada vez que alguien lo mentaba, bullían en sus tripas toda la sarta de acritudes y denuestos que le espetaban al difunto, como «tarambana», «manirroto», «él se lo ha buscado» y lindezas semejantes. Nadie, ni siquiera los de su propia familia, le reservaba el más mínimo afectuoso recuerdo.

Ella se desahogaba recriminando a su difunto padre hasta el insulto, pero solo en sus difusas ensoñaciones, nunca de palabra u obra, y se revolvía contra quienes con malicia o inconsciencia le dirigían algún reproche.

Tan pronto escuchó a su madre anunciar la fecha de la próxima boda, Lastenia supo que los días en su casa de Mantinea estaban contados. Cualquier cosa menos seguir allí, bajo la férula del cojo y de una madre que, de una tacada, dejaba de ser madre y esposa para convertirse en una núbil heredera.

Pero ¿a dónde ir? Su frágil nave zozobraba en un mar de dudas.

De la sorpresa y el sobresalto derivó al odio y la rabia al saber que la madre maquinaba más planes de boda. Para garantizarse una tranquila convivencia con su nuevo marido, previamente tenía que entregar a su hija en matrimonio, forma educada de echarla de casa.

Nadie contó con Lastenia a la hora de elegir al futuro esposo. Era la costumbre, si bien la mano de la madre solía tejer complicidades a fin de hacer más llevadera y digerible la brutal ceremonia, solo mitigada por ser una inveterada costumbre. Lastenia no iba a contar con ese pequeño consuelo de tener a la madre como aliada. Sentía que la echaban de la casa paterna como quien se sacude a un perro sarnoso. Porque eso era para su madre y también para su hermano. No era Lastenia la primera ni la última joven griega a la que se pretendía hacer pasar por las horcas caudinas del matrimonio forzoso.

Pronto la sorpresa, el sobresalto y la rabia le parecieron juegos de niña ante el pánico que le produjo el anuncio de su hermano:

—A la vuelta del festival de Ártemis, te irás a vivir a casa de tu esposo. Ya hemos sellado el compromiso nupcial.

—¡Cómo! ¿Habéis amañado el matrimonio y ni siquiera me habéis permitido estar presente en la ceremonia? Ya no digo hablar, solo estar presente, ¡pues ni eso! —se quejó Lastenia ante su hermano.

—Te has ahorrado un buen disgusto. Ya sabes que el cojo ha estado presente como testigo de boda.

—¡Qué asco!

—No te quejes tanto. También a mí me han pedido que me case con la hija de Eutimio. No es muy guapa, ya la conoces. Me he entrevistado con el suegro y está de acuerdo. Falta que le den una dote adecuada y proporcionada a nuestra casa, ya sabes que el Eutimio es muy rácano. Si se porta como es debido, me casaré con su hija.

—¡Tres bodas así de sopetón! Pues que sean dos, hermano, y a mí me dejáis en paz.

Lastenia, enfurecida, se refugió en el dormitorio a llorar su indignación. A medida que se le agotaban las lágrimas, se forjaba en sus adentros una maraña de decisiones inconexas. Tenía que salir de aquella casa fuera como fuera y cuanto antes. Todavía nublados los ojos, un soplo inspirado vino en su ayuda: «Solo la diosa puede salvarme», se dijo y fue así como comenzó a tejer un plan. La ansiedad fue cediendo terreno, mientras ideaba cómo pasar a la acción.

El festival anual de Ártemis se celebraba en el mes de abril, cuando ya la primavera había dejado sentir su benéfico aliento vital. Faltaba apenas una semana. Contaba con el efecto sorpresa. Para eso debía perfumar sus gestos, sus palabras y su mirada con el aroma de la astucia.

De regreso al patio donde había dejado a su hermano, se encontró con la desagradable presencia de su madre y de su futuro padrastro.

—¡Vaya! Los nuevos amos de la casa.

—Te debo una explicación —dijo su madre con ánimo pacificador—. Debemos mirar al futuro. La vida es difícil. ¿Lo comprendes, hija?

Lastenia logró contenerse y volvió a repetirse lo del aroma de la astucia.

—Si tu padre no hubiera sido un manirroto, madre mía, todos los años con la lanza en ristre…

—No está bien hablar mal de un muerto —atajó Lastenia con firmeza.

—Es verdad, pero debes comprender que en cualquier otra familia estarías casada desde hace ya tres o cuatro años, quizá ya habrías traído dos o tres mocosos al mundo. Esas serían tus preocupaciones de haber vivido en una casa normal. Mira tus amigas, todas casadas y con hijos. Tu padre te habría entregado a un pretendiente. Esa es la obligación de un padre. Así ha sido siempre y así será.

—Tienes razón, mamá, incluso puedo considerarme afortunada. Podríais haberme abandonado al nacer en cualquier cruce de caminos. ¿Tengo que estarte agradecida?

La madre se percató del tono mordaz en las palabras de su hija, pero pensó que siempre era preferible la ironía y la doblez antes que los gritos y el aspaviento.

Durante los días previos al festival de Ártemis, Lastenia siguió con su plan secreto a la par que dedicaba también algún gesto desdeñoso a la preparación del ajuar de la novia. La madre la observaba con inquietud.

—Tranquilízate, madre. Primero iré al festival, como todos los años. Solo te pido una cosa: que este año no vengas conmigo. Quiero despedirme a solas de la diosa virgen y bailar para ella la danza hímnica con mi velo azafranado. Después será otra diosa, Deméter, la diosa del hogar y del matrimonio, la que cuidará de mí. A la vuelta del santuario, no tendré ojos y manos más que para preparar el ajuar.

—¡Ay, hija! ¡Cómo me tranquiliza oír esto!

—Y no olvides una cosa: quiero un banquete por todo lo alto. Espero que no te domine la racanería del cojo.

Lastenia engañaba con poca destreza, pero su madre necesitaba ser engañada, así la necesidad de una suplía las carencias de la otra.

Había que caminar dos horas largas desde Mantinea para llegar al santuario de Ártemis, que se levantaba en la falda norte del monte Anquisia. Los mitos, las voces de un pasado presente y vivo, nos interpelan desde todos los rincones de la Arcadia, del Peloponeso, de la gran patria griega. En este caso es Anquises, el padre de Eneas, que en su azarosa huida de Troya debió de acampar por estos arcádicos parajes y allí ha dejado su huella en el nombre de la montaña.

El templo de Ártemis está situado en territorio de la ciudad de Orcómeno, pero los de Mantinea son copropietarios. Lo administran una sacerdotisa y un sacerdote. Ahora no nos interpelan voces antiguas, sino otras más recientes, la de la sacerdotisa Diotima, una voz tan poderosa como la de la sibila de Cumas. Todas las sacerdotisas de Ártemis se consideran discípulas de Diotima.

Lastenia ha fiado todo a la protección de la diosa cazadora, pero el camino de fuga que ha emprendido le tiene reservada alguna nueva experiencia. Ella es mujer, como la sacerdotisa, como Atalanta, como Diotima.

Carga con un fardo que contiene todas sus pertenencias. Aunque es primavera, por si acaso, además de la túnica, ha tomado el manto y una túnica de repuesto, la de lino, la que vestirá en la ceremonia dedicada a la diosa. Ha envuelto con cuidado el velo sidonio de color azafrán, que guarda con veneración desde cuando era chiquita. Esta será la última vez que lo vista. Después… No hay después, la meta final es el templo de Ártemis. Confía en la diosa y en la sacerdotisa.

Guarda también en su equipaje una bolsa con monedas. Sus pequeños ahorros, lo que le daba su abuelo cuando trabajaba en el taller de cerámica. En el taller, casi de modo espontáneo, se había convertido en una experta calígrafa. Las letras eran para ella signos misteriosos: alfa, beta, gamma. Así empezó, luego supo ligarlas y poco a poco aprendió a leer. Ella dibujaba las letras en los fíales, lecitos o vasos que el abuelo modelaba con sus sabias manos.

Las propinas del abuelo sumaban en total unos pocos óbolos. Por eso había aprovechado el último día en su casa para meter mano en los ahorros de la madre. Había pillado a hurtadillas un buen puñado de dracmas.

El punto fuerte de su equipaje era el entusiasmo y la furia: salir corriendo, no importaba a dónde.

Abandonó la casa con sigilo antes del amanecer, sin hacerse preguntas, sin saber si regresaría, si volvería a ver a su madre o a su hermano. Las preguntas y las dudas no tenían espacio en su ligero equipaje. Se puso en camino hacia el norte, hacia Orcómeno. A medida que se alejaba de Mantinea, entre trompicones, por la oscuridad, sentía que se aligeraba su espíritu, había tomado el camino de la liberación. Eso creía.

Volvió la vista atrás, no para echar una última mirada a la ciudad, sino para saludar los primeros albores del día que le acariciaban la espalda.

Viajaba sola, solo acompañada por la pequeña estatuilla de bronce que llevaba colgada al cuello. Era algo más que un amuleto. La tenía su abuelo en el taller de cerámica como modelo para moldear copias de barro según se lo demandaran. Cuando el abuelo murió, ella guardó la estatuilla de bronce y la cuidaba en su casa como la niña que mima sus muñecas. El abuelo decía que se llamaba «la muchacha que corre». «Pero yayo», le decía Lastenia, «las chicas no corren en los juegos olímpicos». «Pues ya ves que sí», replicaba, «¡mira la chica de la estatuilla! Corren como ella, con el cabello suelto, vestidas con una túnica corta, por encima de las rodillas, y dejan ver el pecho derecho. Los hombres, en cambio, van desnudos». «Pues a mí», le contestaba, «no me parece una carrera, la chica mira hacia atrás, como si huyera despavorida de alguna bestia».

Para Lastenia no había duda de que era la chica que huye más que la chica que corre, más la fugitiva que la corredora. Es verdad que los juegos hereos eran juegos femeninos, que se desarrollaban en el estadio, en el mismo que los hombres, aunque las dimensiones se reducían una sexta parte, de 160 metros en lugar de los 190. Pero su estatuilla, la que llevaba colgada al pecho, le decía que era la fugitiva, como ella, y al asir el bronce con fuerza notaba que desprendía energía.

No era la primera vez ni mucho menos que acudía al festival de Ártemis. Había volado desde su casa de Mantinea acariciada por el fresco matinal del mes de abril. Tenía ya el templo a la vista.

La sacerdotisa se extrañó de ver a una muchacha sola tan temprano.

—Lastenia de Mantinea, ¿qué te ha empujado a madrugar tanto?

—Soy devota de la diosa, bien lo sabes.

—Otras muchas chicas como tú lo son, pero todavía no han llegado —la sacerdotisa rectificó su tono de reproche y continuó—: Además sola por esos caminos, ¿no has tenido miedo? ¿Sabes los peligros que hay para una mujer joven como tú?

—La diosa me protege.

—La diosa no te protegerá si tú no te proteges a ti misma —le respondió la sacerdotisa—. Vamos adentro. Todavía tengo que darle cera al manto de la diosa.

La estatua era toda de piedra, excepto el vestido compuesto a base de finas láminas de madera. Lastenia agradeció la confianza, era la primera vez que entraba en la naos del templo donde se encuentra la diosa.

—Gracias, Cleo —musitó, llamando a la sacerdotisa por su nombre. A continuación, entre dudas, acuciada por el agobio, soltó en tono de súplica—: Necesito tu ayuda.

—No has elegido el mejor día, pero dime.

—He huido de casa, espantada por la amenaza de un matrimonio que no puedo soportar.

—No eres la primera, niña, ni serás la última. Tranquilízate. Hoy me ayudas en el cuidado de la diosa y de sus devotas mujeres, y mañana hablamos con calma. Puedes quedarte aquí, en mi casa.

¡Qué alivio tan grande sintió Lastenia! El alma le dio un vuelco. Su corazón siguió latiendo con intensidad, pero ahora ya no lo impulsaba la angustia, sino la onda expansiva de las palabras de Cleo que resonaban en sus oídos cual si fueran los cantos de Orfeo.

A media mañana comenzaron a llegar las devotas de la diosa. Lastenia se encargó de organizar el coro de niñas que había de interpretar la danza en honor a la heroica Atalanta. Se las llevó a la parte trasera del templo, donde había una pequeña explanada y allí les dio instrucciones a las pequeñas que actuaban por primera vez.

—Yo he sido osezna durante tres años, de los siete a los diez.

—¿Nunca te equivocabas en la danza?

—Los dos primeros años, sí, luego al tercero ya lo hice perfecto.

Les enseñaba cómo colocarse el velo azafranado, atarse las sandalias y llevar la túnica de lino blanco. Después, ya como si fueran a actuar, ensayaron la danza completa, muy sencilla, acorde con la edad de las niñas. La repitieron varias veces hasta que llegó la hora de actuar.

Lastenia recordaba lo feliz que había sido cuando a ella le tocó bailar la danza en honor a la diosa, con el mismo velo de azafrán que llevaba puesto como directora del coro de las niñas. Aquellos sentimientos ahora se le rebelaban en sus entrañas y tenía que hacer esfuerzos por olvidar, para centrarse en las niñas de ese instante, el instante en que ella había dejado atrás la experiencia feliz de la osezna para aferrarse a la estatuilla de la mujer que huye, la fugitiva.

Esta vez, como ocurría siempre, alguna niña se confundió o perdió el ritmo de la danza. Todo se arreglaba con un emocionado aplauso de las mamás.

El rito de las oseznas se repetía en otros santuarios dedicados a Ártemis, como en Braurón, una población del Ática en la costa del Egeo. En Arcadia, en el corazón del Peloponeso, las sacerdotisas del santuario insistían en mantener viva esta relación de Ártemis con la osa.

2. Atalanta no llora

Pasado el día del festival de la diosa, el santuario recobró su pulso normal. Hubo que limpiar un poco, recoger desperdicios, podar ramas maltrechas en los arbustos colindantes al templo. Uno de los rosales de la explanada había quedado hecho trizas.

Muy pronto el entorno del templo recuperó su lozanía primaveral. Tan solo quedaba pendiente aquel rosal herido. Lastenia retiró las ramas rotas y le dio una ligera aporca para mimar las raíces. Ahora con un poco de riego seguro que recobraría el vigor.

Iba a tomar el balde para buscar agua cuando Cleo la llamó.

—Ahora podremos hablar tranquilas y me cuentas tus planes.

—Me gustaría antes regar un poco este rosal.

—Bueno, entonces hablaremos por la tarde —accedió Cleo.

Antes de dejarla partir, le dijo que se llevara el perro, que le haría compañía. El perro obediente, a una indicación de la sacerdotisa, siguió tras los pasos de Lastenia, que, con el balde de riego en la mano, tomó el camino hacia la fuente. Se la encontró frecuentada por otras mujeres que aguardaban pacientemente a que se llenaran sus cántaros pese a que en primavera el caudal del caño solía ser bastante generoso.

Le llamó la atención que las aguadoras, tras llenar sus recipientes, esperaban a que hicieran lo mismo sus compañeras, y así, cuando todas acabaron de llenar los recipientes, se retiraron en grupo. Seguro que eran amigas o vecinas de las fincas próximas. No se atrevió a preguntarles por qué se iban todas juntas. Tampoco ellas se lo explicaron.

—Cuida que por aquí acechan los lobos —le dijo la última en abandonar la fuente—. ¿No te lo han comentado?

Tenía su explicación. Para llegar a la fuente había que desviarse hacia el fondo de un barranco dejando de lado el camino. No era un lugar de paso. Quien se acercaba por allí era porque buscaba agua o, tal vez, alguna aguadora.

Lastenia colocó el balde bajo el chorro y esperó a que se llenara. Cuando lo tuvo a rebosar, lo dejó en el suelo y se dispuso a lavarse la cara antes de emprender el camino fatigoso hacia el santuario; fatigoso doblemente, porque era cuesta arriba y porque ahora el balde pesaba lo suyo.

—¡Disculpa! No me he dado cuenta.

Lastenia vio cómo su balde rodaba por el suelo antes de advertir la presencia de un sonriente varón que le pedía disculpas.

Aquel hombre que la miraba con los ojos excitados era la viva imagen de un sátiro con su pene inhiesto de los que hablaban los cuentos o uno de los lobos que le había advertido la aguadora. En aquellos días de zozobra y rebeldía, Lastenia tenía la ira a flor de piel. Eso la empujó a resistir con todas sus fuerzas y toda su astucia. Si hubiera hecho cálculos, habría concluido que tenía pocas posibilidades de éxito. Pero no tuvo miedo, que es la puerta por la que entra el cálculo racional en nuestras acciones.

Lastenia rezó a la diosa para que acudiera a socorrerla alguna aguadora o algún viajero sediento. Por su parte, el perro, aunque no era de gran ayuda, acometía al atacante con toda la energía de que era capaz.

En la lucha había perdido su túnica mientras que el sátiro o lobo se había despojado de la suya para cumplir sus aviesas intenciones. Cayó al suelo sin perderle la cara al agresor. En el forcejeo logró coger un puñado de tierra seca y se lo lanzó a los ojos cuando ya la estaba agarrando por las nalgas.

Sin perder un instante en recuperar la túnica, salió corriendo en bragas. No volvió la vista atrás para no encarar de nuevo la mirada salvaje de su agresor, que amenazaba con matarla en medio de una salva de insultos y blasfemias. Su voz estentórea sonaba cada vez más lejana.

Cuando alcanzó la explanada del santuario, cayó en brazos de Cleo poseída por un llanto irrefrenable, sin lágrimas, un hipo seco y convulso. Corrieron hacia la casa. Sus largos cabellos negros le cubrían los pechos.

Las fuentes y sus entornos, sobre todo si se hallaban un poco apartadas del trasiego de la gente, eran lugares especialmente peligrosos para las mujeres. Sin embargo, Cleo no recordaba en sus cinco años de sacerdocio que se hubiera producido un intento semejante en la fuente cercana al santuario.

La joven estaba llena de magulladuras. Llevaba los pechos salpicados de arañazos, quizá por la pelea con el agresor o por su precipitada huida a través de matojos, ramas y zarzales. Cleo le pidió que se dejase auscultar el sexo por su ayudante, que era mujer experta en salud femenina. Tras una revisión concienzuda, la ayudante negó con la cabeza.

—Brava, no ha podido contigo —dijo Cleo en tono de celebración.

Después del baño, todavía enmudecida por el susto y dejando escapar algún hipo convulso, la ayudante le sirvió un brebaje para ayudar a tranquilizarla.

—Muchas mujeres de Arcadia acuden al templo a pedir la ayuda y el consejo de mi buena y querida ayudante, Mirtis, la mejor curandera de todo el Peloponeso. Si hay un parto difícil, que a una embrazada se le hincha el vientre, que a otra no le baja la regla, ahí está Mirtis. Incluso un día tuvo que tratar a un hombre, que no era capaz de dejar embarazada a su mujer. No sé qué hizo, pero su mujer quedó encinta.

—La familia tenía un joven esclavo —sonrió Mirtis con malicia—. Después el marido vino varias veces a preguntarme si era suyo el hijo que esperaba su mujer. Yo le dije que fuera a Delfos, que allí la Pitia respondía a esas preguntas.

Cleo continuaba con sus elogios a Mirtis, mientras Lastenia se relajaba escuchando las bromas de sus buenas samaritanas.

—Ahora que el cuerpo lo tienes bien, vamos a ver si arreglamos un poco el alma, ¿no te parece?

Dejaron a Mirtis en la casa con sus tareas y ellas dos salieron al jardín.

—El último violador en esta misma fuente fue Aristócrates —le contó Cleo a Lastenia, que ya había logrado dominar el pánico—. Fíjate si ha llovido. Por fortuna, y como aviso para estos salvajes, su tumba está no muy lejos de aquí. Se hizo justicia.

—¿De veras? —Lastenia a duras penas podía concentrarse en el relato de Cleo.

—Sí. A diferencia de tu atacante, Aristócrates era un personaje conocido, nada menos que rey de Arcadia. Creía que su poder le daba licencia para todo. Se encaprichó de la sacerdotisa de este santuario, que por entonces era una muchacha virgen, una adolescente. Dicen que era muy bella. Él la pretendía, pero la muchacha lo rechazaba. Se encontraba aquí, en la casa de la sacerdotisa, cuando intentó abusar de ella. Al ver sus malas intenciones, la joven echó a correr hacia el santuario de la diosa, creyendo que el rey no osaría cometer el sacrilegio de profanar el templo.

Seguro que Lastenia ya había escuchado esta historia que conocían todos los habitantes de Arcadia.

—Los reyes tienen eso, lo quieran o no, su comportamiento debe ser ejemplar. Y el de Aristócrates fue ejemplarmente malo. Pero mira, niña, el bien y el mal no lo deciden los reyes. Lo mal hecho, mal hecho está. Fueron los arcadios los que le dieron muerte por lapidación. Es un ejemplo para todos, ¿no te parece? Lo cierto es que nunca más lo habían intentado hasta hoy.

—Bueno, yo no soy la sacerdotisa.

—Es igual. Estás acogida bajo mi amparo y mereces el mismo respeto. Tendrá suerte esa bestia de que no será fácil identificarlo, pues no lo has reconocido. Si no, le aguardaría el mismo fin que al rey Aristócrates. De todos modos, informaré a los magistrados de Mantinea y de Orcómeno de lo sucedido, para que tomen precauciones.

—¿Y qué es eso de que ahora la sacerdotisa es una mujer experimentada con los hombres?

—Sí, ese fue uno de los efectos colaterales del caso. Desde entonces en el currículo de la sacerdotisa debe certificarse que se trata de una mujer que ha tenido trato con los hombres. No es que te miren el himen para saber si eres virgen, pero, si eres una mujer que has estado al frente de un burdel, tienes más posibilidad de ser elegida.

—¡La gobernanta de un burdel!

—Sí, incluso una prostituta o una hetaira. Todo eso es un mérito, porque se supone que una mujer así está menos indefensa ante un varón agresivo, esos desvergonzados que andan por ahí con el pene en ristre. Creo que es un buen criterio. Por eso desde Aristócrates es norma que la sacerdotisa de Ártemis sea una mujer bregada en asuntos de sexo y no una jovencita virgen.

—Y tú, ¿en qué burdeles has estado?

—El mundo está lleno de Atalantas. Conoces la historia de nuestra heroína, ¿verdad?

—Claro.

—¿Sabes cuántas niñas, al nacer, son expuestas en un cruce de caminos o en un lugar apartado? No solo mujeres, hombres también, pero menos. ¿Has visto el *Edipo rey* de Sófocles? —Lastenia negó con la cabeza—. Claro que no. Para eso hay que residir en Atenas o en Epidauro, o aprovechar alguna visita a esos lugares. En los teatros del Peloponeso, es más difícil que se representen las tragedias atenienses, incluso hay pocos teatros.

—En Mantinea está previsto construir uno en el lado oeste del ágora. Eso me decía mi padre cuando vivía.

—Y en Orcómeno también está previsto —Cleo retoma el hilo de la conversación—: Pues lo que te decía de Edipo: fue un niño abandonado, que lo salvó un pastor y lo entregó a otro y al final acabó adoptado por el rey de Corinto. Ya ves. Claro que algunas de las niñas expuestas se salvan: un alma caritativa o un desvergonzado que, en lugar de pagar por una esclava, la toma de bebé en un cruce de caminos y se ahorra la compra. Y esa es nuestra Atalanta, una niña abandonada al nacer. Su padre, que quería un niño, la expuso en el monte Partenio, donde Ártemis la protegió enviándole una osa para que la amamantase. Al hacerse mayor, se convirtió en una experta cazadora. No era inferior a ningún varón en esa actividad. Los hombres dicen que para cazar o para la guerra ellos son superiores, porque tienen más fuerza. Todo eso es falso, querida Lastenia, no creas nada de eso. Claro, nace una niña, la crías encerrada en el gineceo, nada de gimnasia, ni ejercicios atléticos, en su lugar, la rueca y el telar, el puchero y las muñecas. Al final el cuerpo se adapta a esas actividades, los músculos se atrofian. Fíjate en nuestra Atalanta: la envidiaban los hombres por su destreza en lo que ellos consideraban su parcela exclusiva. Atalanta venció a todos los hombres en la caza de jabalí de Calidón, y en los juegos fúnebres en honor a Pelias obtuvo el premio en la carrera. En la caza del jabalí, la intentaron violar dos centauros, pero los dos cayeron bajo sus certeras flechas. La historia de Atalanta es un ejemplo para nosotras, mujeres arcadias, y yo estoy orgullosa de ti. Aunque no tengas la fuerza de un varón, como tu agresor, has sido astuta y decidida y lo has vencido.

Hacía ya un rato que Lastenia había superado su llanto irrefrenable.

—Querría también que me dieras consejo —se atrevió a decirle a Cleo.

—Eso mejor mañana, ahora vamos a preparar la cena.

—Y también tenemos pendiente el rosal.

—No me olvido. Bajaremos las dos a la fuente y subiremos los cubos llenos. Nuestro rosal no tiene por qué pagar las consecuencias de una bestia sañuda.

—Pero todavía no me has contado tu vida en los burdeles.

—Mi vida comenzó como Atalanta, expuesta en la ladera de un camino. Alguien me debió de recoger y me convirtió en su esclava. Así me lo han contado. He sobrevivido, amiga, entre prostíbulos. No sé cómo, nadie me ha enseñado, pero he sabido tratar a los hombres desde el principio. Primero fue un prostíbulo en Atenas, en el barrio del Cerámico, más tarde en el Pireo. Gané dinero, no porque mi dueña me pagara bien, sino porque sabía camelarme a los hombres. Así pude comprar mi libertad. Estuve varios años en Corinto, regentando un burdel. Siempre tuve la aspiración de ser sacerdotisa de Ártemis, olvidarme de ese mundo sórdido que mezcla el amor y el dinero. Diotima era mi modelo ideal. No solo para mí, también para otras muchas hetairas.

—¿Fue Diotima también una hetaira?

Cleo hizo el gesto de vaya usted a saber.

—¿Cómo adquirió su experiencia en el trato con los hombres? ¿Dónde hizo currículo para ser aceptada como sacerdotisa aquí?

—Grecia está llena de burdeles. Las hetairas atenienses son muy conocidas. Hay cientos de libros sobre ellas. Atenas y Corinto se llevan la palma de los burdeles, pues ya Solón, otro virtuoso ciudadano, cuenta que promovió la apertura de casas de prostitución; incluso dicen que erigió un templo dedicado a Afrodita con los beneficios que la ciudad obtenía de esos locales. Pues, no creas, los impuestos son muy altos, y la que no los paga no puede ejercer. Así que Diotima no sé, pero yo he recorrido todos los escalones de la prostitución, y no me avergüenzo, al contrario, creo que puedo presumir de ser maestra de amor. Ese diploma no vale para el currículo, pero es el más importante en la vida.

Lastenia había dejado de temblar. Tenía todavía el miedo en el cuerpo, pero se aferraba al relato sanador de Cleo, que le ponía ante sus ojos un mundo inesperado. Incluso sus miserias familiares, ayer mismo tan grandes, se iban quedando pequeñas.

—¿Quieres que te cuente una maldad? Había en Atenas un sabio estrambótico, llamado Sócrates. Decía que él era entendido únicamente en las cosas del amor. ¿Y quién se las había enseñado? Dos maestras: Aspasia de Mileto, una célebre hetaira, y nuestra Diotima de Mantinea. Eso me lleva a pensar que Diotima no era experta en temas de amor por ser sacerdotisa de Ártemis, sino que era sacerdotisa de Ártemis por ser experta en asuntos de amor. Las dos eran auténticas maestras. Yo me lo imagino así, aunque de esto no tengo ni idea, pero las que trataron a este filósofo cuentan que se gloriaba de ser un experto en los asuntos del amor. Solo que este Sócrates parece que se refería al amor con muchachos. Para ellos el amor a las mujeres los hacía de menos. Vamos, que no hablaba de la caza de mujeres, sino de la caza de hombres. Claro que todo eso es de palabra, para sus banquetes y tertulias, que luego los pillaban in fraganti husmeando por los burdeles, tras el perfume de las mujeres.

Ya declinando el sol en el horizonte, Cleo y Lastenia se dispusieron a terminar su larga conversación. Cerraron la puerta del templo y se retiraron a la casa contigua donde residía. «Mañana estamos contigo», dijo Cleo al pasar junto al rosal doliente.

Mirtis ya les había preparado la cena. Tomaron queso con pan candeal, leche y frutas del año anterior, manzanas e higos. En el mes de abril todavía no habían madurado las frutas de temporada.

Cleo canceló expresamente el tema que venían discutiendo, no por desconfiar de Mirtis, sino por cambiar un poco la cabeza. Seguro que a Lastenia también le vendría bien.

A la mañana siguiente, después de tomar el desayuno, las tres mujeres se dirigieron a la fuente. Cada una tomó un balde de agua para rellenar las hidrias de la casa y para regar el rosal. Parecían unas extrañas hortelanas con el balde en una mano y un respetable palo en la otra en lugar de la azadilla. Dentro del balde llevaban el cabezal de anea: las tres eran expertas, ¿qué mujer griega no lo era?, en transportar pesos sobre la cabeza, sobre todo las aguadoras.

No necesitaron utilizar el garrote, ni tan siquiera exhibirlo por si acaso, pues todas las personas con las que se cruzaron las saludaron afables y continuaron su camino.

Lastenia se puso nerviosa al llegar al lugar de la agresión. No se observaba nada extraño, aunque ella se fijó en el zarzal donde se había desgarrado la túnica. Habían pasado viajeros y transeúntes con sus caballerías por el abrevadero y todo había vuelto a la normalidad.

Por la tarde Cleo preparó la segunda sesión con Lastenia. Esta vez, en lugar de sentarse en el jardín, junto a la encina, dieron un pequeño paseo por las inmediaciones del santuario.

—He decidido irme de casa —Lastenia entró de lleno en el problema.

—Sí, eso me dijiste, pero ¿estás segura? ¿Lo has pensado bien?

—Segurísima.

—¿Y a dónde vas a ir?

—No lo sé, solo sé que no puedo seguir allí. Apenas hace un año que murió mi padre. Ahora mi madre se casa otra vez, pero antes tiene que echarme de casa. Antes de entrar dejen salir. Han apalabrado mi boda, porque mi hermano está también en el ajo, sin tan siquiera haberme preguntado. No, no lo aceptaré. Tengo que salir yo para que pueda entrar el cojo. ¡Qué pena de mujer! Encima va y se enamora de un cojo.

—Un cojo folla mejor —respondió Cleo para sorpresa por no decir escándalo de Lastenia—. ¿No lo has oído?

La sacerdotisa no insistió en este curioso proverbio, pero recordó la risa que provocaba en los burdeles de Atenas.

—No lo entiendo. Me ha dicho que se ha enamorado, pero a mí me entrega al primero que se le ocurre, como si fuera un harapo —Lastenia hablaba cada vez más azorada—. He pensado en Atenas. Allí hay muchas oportunidades. Sé leer y escribir. Me pondré a servir para ganarme la vida. Es mejor ser esclava en Atenas que reina en Mantinea.

—Todas las chicas pensáis igual, y los chicos también. ¿Qué os creéis que dan en Atenas?

—Hay escuelas de hetairas o de comadronas. Esos oficios son mejores que el matrimonio que me ha preparado mi madre.

—¿Conoces a alguien en Atenas, algún amigo de la familia?

—No.

—Si vas a Atenas sin conocer a nadie, acabarás de puta en el Pireo. ¿Crees que esos marineros que frecuentan los burdeles serán mejores que el esposo que te había buscado tu madre? Ser puta no es la mejor alternativa a una sumisa esposa.

Lastenia siente un atisbo de decepción.

—Conozco a alguien en Fliunte. Está un poco lejos, a dos jornadas de aquí.

—Eso es lo de menos —Lastenia recupera confianza.

—Se llama Danae, de la secta de los pitagóricos.

—¿Qué es eso? —pregunta un tanto intrigada.

—Es una escuela filosófica, fundada por un señor llamado Pitágoras.

—¿Admiten mujeres?

—Claro, aunque solo sea para lavarles la ropa y hacerles la comida a los hombres.

Otro atisbo de decepción: Lastenia pensaba en Atenas, en las heteras, un lugar lejos, fuera del Peloponeso.

—Puedo darte una recomendación para Danae. Has dicho que sabes leer y escribir. Quizá allí puedas abrirte camino.

Lastenia sintió el impulso de contestar, más bien de replicar, quizá para pedir más explicaciones, pero lo meditó un instante y se calló. Después de todo, Fliunte estaba en el camino hacia Atenas.

Al regresar a la casa tras el paseo matinal, atraviesan la explanada del templo.

—Nos hemos olvidado de regar el rosal —observa Cleo.

3. GANIMEDA

—Estamos llegando a la ciudad de Ganimeda.

Así anunció la llegada al destino el guía de la caravana, un hombre de unos cuarenta años, al que Cleo había encomendado el especial cuidado de su protegida Lastenia. Ella, como ya le había tomado cierta confianza en los dos días de viaje, se atrevió a preguntarle:

—¿Qué ciudad es esa?

—La ciudad de Fliunte, la que tiene como diosa protectora a Ganimeda, también llamada Hebe.

—Perfecto, hemos llegado sanos y salvos —asintió satisfecho uno de los viajeros.

Todavía faltaba un trecho para llegar a la puerta de las murallas, la puerta sur que enlaza con el camino hacia Argos. Después Lastenia sería conducida ante Danae, la amiga de Cleo. Y allí el guía terminaría su compromiso con la sacerdotisa.

La puerta de Argos o de Nemea, por el sur, y la de Corinto, por el norte, eran las dos puertas principales de la ciudad. La tercera en importancia, la de Sición, estaba situada al oeste. La ciudad se encontraba envuelta y protegida cual si fuera una joya por una muralla de más de veinte estadios, jalonada a trechos desiguales por torres defensivas y construida a base de un zócalo de piedra rematado por adobes.

El territorio de Fliunte se llama Fliasia. Es un fértil valle situado en la cabecera del río Asopo, que discurre hacia el golfo de Corinto en la ciudad de Sición. El valle está rodeado de montañas, un entorno tan protector para el valle como las murallas para la ciudad.

En el interior de la muralla, en el lado noroeste, un espolón de conglomerado rocoso se prolonga desde las colinas del este, formando una loma sobre la que se levanta la acrópolis de Fliunte. Sus laderas no son particularmente escarpadas. Se eleva a unos sesenta metros sobre el llano, ofreciendo una hermosa panorámica del valle y un privilegiado puesto de observación. La cima de la loma tiene una extensión bastante amplia: por las zonas más anchas supera los dos estadios. Hay en la acrópolis un bosque sagrado de cipreses y un santuario dedicado a Ganimeda. Así la llamaban los antiguos habitantes, los de ahora le dan el nombre de Hebe, la que de niña fue copera de los dioses. Los mitos cuentan que después, cuando Ganimedes le robó el puesto, Ganimeda se casó con Heracles.

El santuario de Ganimeda tiene el privilegio de conceder asilo como suplicantes a los prisioneros huidos. Los que alcanzan el santuario, al quedar liberados, ofrendan sus grilletes a la diosa colgándolos en los cipreses del bosque sagrado. Por eso Fliunte es la ciudad de Ganimeda, también llamada Hebe.

La ladera norte de la acrópolis ofrece una tupida maquia, jara, lentiscos y espliego, mientras que la del sur presenta un paisaje arriscado y rocoso. En algunos lugares hay terrazas con olivos y pequeños corros de cebada.

Un valle rico y fértil en el que se cultiva olivo, cereal y el famoso vino fliasio, su producto más reconocido y apreciado.

A Lastenia se le abrían los ojos de la curiosidad a medida que la caravana se acercaba a la puerta de entrada. Era una ciudad nueva para ella, el comienzo de su aventurada fuga.

Siempre recordará Lastenia la primera vez que se encontró con Danae. Mejor dicho, recordará su mirada, o todavía mejor, sus ojos. Son cosas diferentes: la persona, la mirada y los ojos. La persona es todo, incluido el atuendo, el grosor, la altura, la robustez o la fragilidad, o los hombros un poco caídos que realzaban el cuello como el de quien se está ahogando y se esfuerza por sacar a flote la cabeza. También es la persona el aroma que desprende, agua de espliego, que Danae no podría haber negado ante el sagaz olfato de Lastenia. La mirada es la persona concentrada, su esencia. Dime cómo miras y te diré quién eres. La de Danae era la mirada del que no necesita las palabras. Decía algo así como «Aquí estoy, todo puede ocurrir, no me digas qué». Y luego están los ojos en sí, su color, negro, su brillo, su tamaño, su forma de mantenerlos abiertos, sin apenas pestañear, grandes, que te dicen «Anda, entra», y te invitan a escudriñar el enigma que se guarda en el interior.

Lastenia se sintió cohibida, tímida, hasta que Danae acompañó su presencia con una palabra de salutación, que le sonó cálida, cercana.

—Salve, bienvenida a la casa de Equécrates.

No era muy habladora la anfitriona, como pudo comprobar más adelante.

Lastenia recordaba que Cleo le había hablado de una secta filosófica. De ella había escuchado por primera vez esa palabra, cuyo significado era tan enigmático como la mirada de Danae. Aunque intrigada, no se atrevió a preguntar.

Le llamó la atención el orden de la casa, su pulcritud.

—Padre, esta es nuestra invitada, Lastenia de Mantinea. Viene por recomendación de Cleo.

Danae era hija de Equécrates, el maestro y cabeza del grupo pitagórico de Fliunte. Caminaba apoyado en un bastón, tan torpe en sus andares como agudo en su mirada escrutadora, que se clavaba un breve instante, ahora en el rostro de Lastenia, el justo para registrar el perfil de la persona. Lastenia, cuya mirada se cruzó con la del anciano, debió de concluir que el mirar era un verbo que los pitagóricos conjugaban en todos sus tiempos, modos y formas.

La casa, además de pulcra, era un poco extraña. Se accedía desde la calle a un patio amplio: en el centro se encontraba el altar familiar. Unas columnas daban paso al patio de los hombres, a la derecha, y al de las mujeres, a la izquierda. Desde los respectivos patios se accedía a las habitaciones y lugares de trabajo de cada sexo. En el patio de los hombres crecía un estilizado ciprés y en el de las mujeres un esplendoroso granado. Todo para los pitagóricos tenía su razón: el ciprés representa el mando político, pues el cetro de Zeus está hecho de madera de este noble árbol mientras la granada simboliza la fertilidad.

Los griegos dividen sus casas en una zona de hombres, a la que llaman androceo, y otra de mujeres, el gineceo. Eso no siempre es así, sobre todo, las casas de la gente corriente se olvidan de estas particiones que, entre otras cosas, requieren amplios espacios. Por eso es la gente corriente la que marca el curso de la historia, aunque los poderosos, los que dividen la casa entre gineceo y androceo, no se acaben de enterar del todo.

En el patio central, frente al altar doméstico, Danae señaló una puerta, de noble apariencia y envergadura, y se refirió a ella como la sala de los compañeros. Lastenia observó que en el frontal del portón había dibujada en trazo grueso asurcado y pintado de rojo una estrella de cinco puntas, un símbolo que le picó la curiosidad. La madera de la puerta, de intenso color amarillo, parecía de ciprés, árbol que se prodiga en la región de Fliunte.

Ahora Lastenia ya entendía por qué la casa era tan grande: además de casa de Equécrates, de noble y rica familia fliasia, era también el sinedrio de los pitagóricos de Fliunte.

Danae se dirigió al gineceo para asignarle a la invitada su dormitorio.

—¿Y esa estrella tan bonita? —apuntaba Lastenia hacia la puerta, olvidada de su timidez.

—Es el auditorio. Solo van los compañeros.

—¿Y qué hay dentro?

—Un atril y asientos, para leer y escuchar la lectura.

—Y rollos, claro, habrá rollos para leer.

Lastenia percibió la incomodidad de Danae y se calló. Se dirigieron al interior del gineceo y quedó al cargo de la jefa de las esclavas.

Los primeros días en la casa de Equécrates de Fliunte fueron expectantes, incluso de suspense. Una ciudad nueva, una casa nueva y gente singular.

Tras la intensidad del primer día, Lastenia se fue adaptando a su nueva vida. Le sorprendía el silencio por encima de todo. Apenas se escuchaba algún murmullo, los ruidos monótonos del telar, las ruedas de los carros rechinando sobre la calzada o el canto de los pájaros. Los habitantes de la casa, hombres o mujeres, circulaban por el patio sin articular palabra, quizá algún gesto imperceptible para el profano. A la hora de las comidas el murmullo subía de tono sin llegar nunca a la estridencia.

Lastenia se fue acostumbrando a las rutinas de la vida pitagórica, como el niño que es conducido a la escuela o el rebaño a pastar. Antes de que comenzase a formularse preguntas, como que si acaso ella fuera una frágil planta de huerto que tuviera que acomodarse a la implacable voluntad del rodrigón, Danae la invitó a dar un paseo con ella.

Una vez en la calle, en lugar de seguir el trayecto convencional, tomaron una senda que se adentraba en la ladera sur de la acrópolis. Los tramos más escabrosos se resolvían en escalones irregulares labrados en la piedra por la fuerza del uso. Lastenia se apercibió de que la casa de Equécrates se hallaba en la zona oeste de la ciudad al pie de la acrópolis.

Una vez llegadas a la cima, se encontraron en el bosque sagrado de la diosa.

—En un día ventoso, se puede escuchar el dindoneo de los grilletes colgados sobre los cipreses. Es la música de la libertad.

Mientras seguía con su explicación, Danae meneó con fuerza uno de los árboles más frágiles y el dindoneo se hizo suavemente perceptible.

Se acercaron al templo. No había ninguna estatua de la diosa en el exterior.

—Tampoco la hay dentro. Ganimeda no tiene estatuas. Hay una leyenda sagrada que lo explica.

En esos momentos de la mañana, se cruzaron con la sacerdotisa, que acudía a cumplir con los ritos. Y confirmó:

—No hay estatuas de la diosa, ni visibles ni ocultas.

Las dos amigas continuaron la visita de la acrópolis. Lastenia se quedó con las ganas de saber por qué todas las diosas de templos colindantes tenían su estatua, incluso varias, como Hera, Deméter o Ártemis y, sin embargo, de Ganimeda no había ninguna, ni visible ni oculta. Eso por no hablar de los dioses, que también se exhibían en hermosas estatuas, como la dedicada a Asclepio, por cierto, sin barba, en el templo que han levantado en el descenso de la acrópolis, o la de la Cabra de bronce que luce en el centro del ágora, a la que honran para que las viñas no sufran ningún daño en el tiempo de la constelación, septiembre, que es cuando maduran las uvas.

Y así, tras este paseo matinal, Lastenia y Danae regresan a casa.

—Hoy hemos dedicado nuestro paseo a los templos. Otro día iremos a la ribera del Asopo.

—Me he quedado con las ganas de saber por qué no hay estatuas de Ganimeda. Es nada menos que la diosa protectora de Fliunte. ¿Por qué no le dedican estatuas?

—Dicen que hay una leyenda sagrada que lo explica, pero son cosas de gente vulgar.

Lastenia se fue incorporando a las rutinas de la casa

de Equécrates al tiempo que descubría algunas sorpresas. Danae rondaba los cuarenta años y nunca había conocido el matrimonio. Era extraño, sobre todo para una familia que no tenía otros descendientes.

Descubrió también que, cada pocos días, acudía a la casa un grupo de muchachas, más o menos como ella, se encerraban en una sala del gineceo y, después de un rato largo, salían al patio, donde se mantenían en silencio en actitud de meditación.

Le intrigaban esos rituales extraños. ¿Qué podían estar haciendo? Le hubiera gustado preguntar, pero Danae cada vez se distanciaba más de ella. Del paseo prometido por las riberas del Asopo parece que se había olvidado. Intentó hablar con la gobernanta del taller donde trabaja en el telar con un grupo de esclavas, pero la gobernanta le respondió que ella estaba allí para trabajar y que para cualquier cosa que quisiera preguntar debía de dirigirse a la señora.

—Querría hablar contigo, ¿es posible? —le preguntó a Danae en la primera oportunidad que tuvo.

—Dime, ¿de qué quieres hablar? ¿Es que no te encuentras bien en nuestra casa?

De pronto se dio cuenta de que no sabía por dónde empezar. Claro que sabía qué preguntar: ¿qué hacen esas chicas que vienen por aquí?, ¿por qué están en silencio?, ¿qué hacéis tanto tiempo encerradas en el salón? Y al final de todas estas preguntas había otra que todavía le inquietaba más: ¿podría yo unirme a vosotras?

No se atrevió a preguntarle nada, pero el mero hecho de haberlo intentado le ayudó a estar preparada para una nueva ocasión.

En el telar había una ventana bajo el techo, larga y horizontal. Para observar desde ella lo que ocurría en el patio había que encaramarse o subirse a un taburete. Cada vez que tenía oportunidad, cuando la gobernanta salía del taller o no la estaba observando, Lastenia se subía al taburete y contemplaba a las chicas de Danae. En ocasiones se cruzaba la mirada con alguna de ellas, que seguían impasibles en sus vaya a saber qué clase de ensoñaciones. Y eso, las ensoñaciones, era lo que interesaba a Lastenia, en qué ocupaban sus pensamientos.

Aun no teniendo ni la más remota idea de lo que pasaba por la cabeza de aquellas chicas, Lastenia las envidiaba, pues comparaba esas enigmáticas ocupaciones, misteriosas, con su rutina en el telar. Si al menos estuviera en el taller de cerámica de su abuelo, dibujando letras con los nombres de los dioses o de los héroes... Por un momento tuvo la impresión de que caminaba hacia atrás y se sentía decepcionada, pero, cuando pensaba en el matrimonio que le tenían preparado, volvía a recuperar el aliento y confirmaba su decisión de hablar de nuevo con Danae. Esta vez, sí, decidida, y con las preguntas bien claras, aunque se arriesgara a pasar por una fisgona.

Mientras esperaba la oportunidad de esa conversación, tuvo una socia inesperada. Desde la ventana del taller, cruzó la mirada con una de las chicas, que la saludó agitando la mano a hurtadillas. Siempre que podía buscaba ese saludo cómplice, hasta que un día Danae sorprendió a su discípula en ese gesto de disipación y la reconvino:

—Vamos, Axiotea, concéntrate en la meditación.

El corazón de Lastenia se ensanchó. Tenía una amiga, aunque no supiera de ella nada más que el nombre.

4. Axiotea

Era ya el tiempo de la vendimia. Incluso en la impasible comunidad pitagórica de Fliunte se notaba que Baco estaba girando su visita anual por las tierras del Peloponeso. Entre tanto Lastenia, apoyada en sus convicciones y con el empujón de una amistad presentida, le pidió a Danae hablar con ella.

Otra vez la señora volvió a dar largas para desesperación de la solicitante.

Encerrada en el telar, a la hora en que las afortunadas que seguían la iniciación se encontraban en el patio, Lastenia se encaramaba al ventanuco para buscar en el cruce de miradas la fuerza de su amiga, que ahora se conformaba con la mirada, ahorrando cualquier otro gesto.

Para sorpresa de Lastenia, fue Danae la que aquel día tomó la iniciativa después de que las chicas se habían ido a sus casas. Se sentaron en un banco de piedra en el patio, el mismo en que solía sentarse Axiotea.

—Te parecen misteriosas estas chicas, ¿verdad? Pues no te extrañe, se están iniciando en los misterios pitagóricos.

Claro que Lastenia había oído hablar de misterios. Los de Eleusis, dedicados a Deméter y Core, eran famosos no solo en el Ática, sino en toda Grecia, incluso acudían extranjeros a iniciarse. Aquí, cerca de Fliunte, está el santuario de

Celeas, donde se celebran unos misterios similares a los de Eleusis. Y en Arcadia, la asociación de los Meliastas celebran los misterios de Dionisio, aunque los misterios más populares en Arcadia eran los dedicados a Despena, la diosa más venerada.

Los misterios por lo general eran muy abiertos, podían iniciarse mujeres y hasta esclavos. Los misterios perseguían la catarsis, la pureza del alma, y para nada se fijaban en el estatus social de los iniciados.

Todo esto lo sabía Lastenia, incluso conocía algo de Orfeo, el poeta que había descubierto los misterios de los dioses, pero era la primera vez que oía hablar de los misterios pitagóricos.

—Si quieres iniciarte en los misterios, tendrás que solicitarlo. Es libre.

—Sí, quiero iniciarme —respondió sin la menor hesitación.

—¿Sabes leer y escribir?

—Sí, yo dibujaba las letras en las vasijas que modelaba mi abuelo.

—No es un requisito, pero en los tiempos que corren es un mérito. Tomo nota de tu voluntad de iniciarte —Danae recalcaba esas palabras, como si fuera la solicitud formal—. Ahora, antes de empezar la iniciación, tendrás que pasar un examen de ingreso. Por otra parte, sabes que los hombres y las mujeres formamos comunidades diferentes. La unión del hombre y la mujer tiene su tiempo y su espacio, incluso vivimos en edificios diferentes y nos solazamos en patios diferentes.

—Sí, eso ya lo sé.

—El examen lo hará mi padre. Él en persona examina todas las solicitudes. Compórtate con normalidad, responde a sus preguntas como lo harías conmigo. Y piensa que no todo el mundo es apto para todo, así que, si no eres idónea, no te preocupes, podrás volver a intentarlo en otro momento —Lastenia no pudo evitar un gesto de tensión, prontamente mitigado por la sagaz Danae—: Pero tengo el pálpito de que aprobarás el ingreso.

Tras esta entrevista, Lastenia volvió a sus trabajos en el telar. Seguía subiéndose al taburete para observar a las chicas en el patio, así hasta que fue convocada para el examen.

—Que vayas al taller de los copistas —le dijo una de las chicas que salía del androceo.

A Lastenia le pareció extraño. Era la primera vez que iba a pisar la zona de los hombres.

En el taller solo se encontraba Equécrates, mirando papiros como si estuviera comprobando la calidad del trabajo. Todavía recordaba su mirada breve pero punzante el día que llegó a Fliunte.

—Has solicitado iniciarte en los misterios pitagóricos.

Lastenia asintió.

Mientras decía estas palabras a modo de salutación, continuaba ojeando manuscritos.

—Puedes echarles un vistazo, creo que sabes leer y escribir.

—Necesito mejorar, hace tiempo que no practico.

—¿Quién te ha enseñado?

—Mi abuelo, en su taller de cerámica.

—Es un arte útil, necesario diría yo. A partir de hoy practicarás hasta perfeccionarte. Necesitamos copistas, para que se conserven nuestras enseñanzas.

Equécrates parecía no tomar muy en serio su examen, como si la candidata estuviera admitida de antemano. Pero no, no era desinterés, lo que ocurría era que, sin percatarse ella, ya la había estado observando durante el tiempo que llevaba en la casa.

—Toma esta tablilla —Equécrates le dio también el punzón, el compañero inseparable de la tablilla de madera encerada que servía de borrador para los aprendices—. Escribe tu nombre.

«ΛΑΣΘΕΝΕΙΑ ΜΑΝΤΙΝΙΚΗ» (Lastheneia Mantiniké: Lastenia de Mantinea), escribió apoyando la tablilla sobre sus rodillas, como hacía en el taller de su abuelo, y no sobre el pupitre que Equécrates le había ofrecido.

—Muy bien. Atenta, escribe lo que voy a dictarte —Lastenia se dio cuenta de que ahora el examen iba en serio. Equécrates dictó lentamente, separando las palabras—: ΚΟΙΝΑ ΤΑ ΤΩΝ ΦΙΛΩΝ (*Koina ta ton Filon*: las cosas de los amigos son comunes).

Observó la pulcritud de la escritura y no ocultó su satisfacción, lo que agradó a la aspirante.

—Ya tienes la primera lección de nuestros misterios: cuatro sencillas palabras. Piensa en ellas.

Tras la prueba de escritura, Equécrates le ofreció un papiro. Dejó que lo desenrollara ella misma mientras él observaba con agudeza. Si Lastenia se hubiera dado cuenta de la incisiva mirada de su examinador, se habría puesto nerviosa. Equécrates había aprendido esta minuciosa forma de examen, que Pitágoras había bautizado como fisiognomía, de sus maestros Filolao y Eurito. Consistía en escudriñar los más sutiles rasgos del cuerpo, la figura, los andares, los movimientos, los gestos, los frunces en la cara, la forma de hablar y callar, la risa, porque creía que tras estos rasgos naturales se ponía de manifiesto el carácter oculto del alma.

Cuando Lastenia desató el cordoncillo dorado que sujetaba el rollo, enseguida se dio cuenta de que eran los primeros versos de la *Ilíada*: «Canta, diosa, la cólera del Pelida Aquiles, cólera funesta…», aunque en realidad no era la obra completa, sino una antología que copiaba algunos pasajes seleccionados del poeta. ¿Por qué esos pasajes? Porque el fundador, Pitágoras, para evitar que los novicios pudieran oír relatos de dioses adúlteros, ladrones o violadores, ordenó elaborar antologías o florilegios que ofrecían una selección de versos expurgados de semejantes inmoralidades.

—Una copia de este rollo: ese será tu primer trabajo. Mandaré que instalen un escritorio junto al telar para tu trabajo de copista.

Lastenia tuvo ganas de mostrar su agradecimiento al maestro, pero solo le salió un escueto «Gracias». Seguro que

Equécrates percibió la emoción que encerraba esta sencilla palabra.

—Los primeros días te echará una mano Danae. Es una experta.

Lastenia regresó al telar sin saber si había aprobado el examen. Incluso le pareció que había sido un examen sobre lectura y escritura más que sobre la admisión a los misterios pitagóricos.

En días sucesivos, todo continuó igual. Seguía trabajando en el telar, aunque pudo comprobar que unos operarios preparaban el taller de escritura como le había dicho Equécrates. Al fin, el taller quedó listo.

—Olvídate del telar. Ahora este será tu lugar de trabajo. Estamos esperando que llegue del puerto de Corinto una remesa de papiro. Ya sabes que son importaciones de Egipto, por eso es muy caro. Vas a tener cálamo nuevo, nuevas tintas, un taller nuevo.

Mientras llegaban los materiales, Danae le ponía tareas en el taller utilizando varias tablillas de cera, que luego corregía con ella. Así fue Lastenia tomando pericia con el punzón.

—Después te será fácil aplicarlo con el cálamo. Pero en el papiro no se pueden hacer experimentos, es muy caro, así que tienes que aprender a utilizarlo bien y aprovecharlo al máximo. Debes tener cuidado con que la línea te salga recta. Mira aquí, la línea tira hacia arriba. Seguirás haciendo prácticas con la tablilla. Cuando estés lista, comenzarás con la antología de Homero.

Lastenia se dio cuenta de lo poco que sabía de escritura. Dibujar letras en una vasija y copiar pasajes selectos de la *Ilíada* no se parecían en nada, o muy poco. Lo primero le parecía un juego, lo segundo requería esfuerzo y trabajo, y mucha paciencia, pero tenía un premio especial: aquellas palabras que se apelmazaban en la tablilla, una tras otra, decían cosas nuevas, desconocidas. Eran como llaves que le abrían la mente a mundos diferentes.

—Ahora que ya manejas las antologías, mira este otro papiro. Vas a copiarlo en las tablillas.

Danae le presentó por primera vez un papiro con los *acúsmata*, máximas o enseñanzas que habían oído de la boca del maestro. Se les llamaba también *símbolos* o «contraseñas», porque eran la forma con la que los pitagóricos se reconocían entre sí. Por eso le pidió que pusiera mucho cuidado.

—Tienes que escribir tal como está en el papiro, línea a línea.

Y Lastenia escribía:

Sacrifica y ora descalzo.
Evita los caminos muy transitados y camina por senderos.
Reverencia el eco de los vientos que soplan.
Para calzarte, adelanta el pie derecho, y, para lavarte los pies, el pie izquierdo.
Abstente de las habas.

Ya había pasado la vendimia. Llegó el otoño y trajo el papiro de Corinto. Y trajo una novedad muy inquietante para Lastenia. ¿Dónde estaban las muchachas que se iniciaban en los misterios? Habían desaparecido. ¿Qué sería de aquella Axiotea de la que apenas conocía el nombre? Y ella, ¿cuándo empezaría la iniciación?

Un día se decidió y preguntó.

—Lo primero —le contestó Danae—, las chicas que veías en el patio han terminado su iniciación. Ahora ya son parte de la hermandad, han regresado a sus casas. Algunas eran de Argos, otras de Esparta, otras de aquí de Fliunte.

—Recuerdo el nombre de una de ellas, Axiotea.

—Podrás verla de vez en cuando, porque es de Fliunte, y ha pedido tomar parte en nuestras sesiones de estudio.

—¿Y mi iniciación?

—¿Qué crees que estamos haciendo? Has empezado a copiar los *acúsmata*. Nadie, salvo los iniciados, puede conocerlos. ¿Has pensado qué significan? ¿Te has esforzado en llegar al fondo del pensamiento del maestro? Los estudiaremos poco a poco. Eso es la iniciación: profundizar en las enseñanzas y practicar el modo de vida pitagórico. Es verdad que la tuya es una iniciación personalizada, porque no hay un nuevo grupo de candidatas hasta el año que viene. En realidad, eres lo que nosotros llamamos una oyente externa. Así que seguirás una especie de curso abreviado solo para ti. Cuando termines, te podrás unir al grupo de estudios, aunque la iniciación propiamente dicha será más adelante, cuando comience un nuevo grupo.

Lastenia respiró hondo. Al fin tenía las respuestas a sus inquietudes. Y pensó: ¡Qué práctica es esta gente! Me dan dos en uno: la enseñanza de los misterios y la práctica de la escritura. Y se decía con orgullo: voy a ser copista pitagórica, dos en uno.

Mientras afilaba los punzones rasgando la cera en las tablillas, Lastenia hacía balance. Su próxima meta: abrir una lámina virgen de papiro y comenzar a copiar, con el cálamo y la tinta, la antología de Homero; sería su ópera prima. Su mayor anhelo: unirse al grupo de estudios. ¡Tenía tanto que aprender!

Próxima ya la primavera, Lastenia ya se consideraba una experta copista, aunque todavía novel.

En lo que toca a los misterios pitagóricos, su maestra le había ayudado a penetrar en el corazón de los *acúsmata*, el discurso sagrado o las lecciones de las antologías.

—Lo que enseñaba él —con esta palabra se refería a Pitágoras, el innombrable maestro fundador de los misterios— se resume en unas pocas grandes verdades: primero, que el alma es inmortal; segundo, que se transforma en otra clase de seres vivos que retornan cada ciertos ciclos y que nada es absolutamente nuevo; y, por fin, que todos los seres vivos debían considerarse emparentados.

—¿Y el silencio? Me dijiste que todavía me faltaba asimilar este concepto...

—Como iniciadas, somos las guardadoras del secreto. Todo iniciado, hombre o mujer, está obligado a guardar el secreto. Ese es su premio: poseer una experiencia que es ajena al común de los mortales. Para eso hay que saber callar y mantener el silencio. Has conocido el contenido secreto de los símbolos, has comprendido la rectitud y verdad que contienen una vez despojados de su envoltorio. Por nada del mundo puedes comunicar a nadie lo que te ha sido revelado en la iniciación. ¿Juras hacerlo así?

—¡Por el que nos dio la *tetractys*, lo juro!

Era la fórmula ritual del juramento pitagórico. No juraban por ninguna divinidad sino por un número, la *tetractys*, que es el conjunto de los cuatro primeros números de cuya suma sale el diez, el número más perfecto. Danae se sintió orgullosa de que su pupila utilizara la fórmula de juramento con tanta oportunidad. Concluyó que Lastenia, ya en posesión de los rudimentos de la escuela, sería una excelente pitagórica. Por eso, con las primeras flores de los almendros, preparó una excursión por las riberas del Asopo. Se lo había prometido. Hizo coincidir el paseo con la visita al sinedrio de Axiotea de Fliunte y otras de su misma promoción. Era la primera vez que lo hacían como iniciadas y con derecho a participar en las sesiones de estudio conjunto.

Lastenia, tras casi un año en la comunidad pitagórica, se encontraba satisfecha. En algún momento se había sentido aquejada por ligeras punzadas de decepción, pero eso formaba parte de un duro aprendizaje: el de encajar las adversidades, que no siempre son infortunios, sino simplemente sucesos que no esperabas, y que son malos por ese mismo hecho, por no esperarlos. Hacía balance sin sentir el mínimo ramalazo de nostalgia. Es verdad que a veces se preguntaba qué tal les iría a su hermano o a su madre con el cojo, pero, por muy bien acogida que se sintiera con las pitagóricas de

Fliunte, todavía abrigaba deseos de aumentar la distancia con la casa paterna. No se había olvidado de Atenas.

En la casa de Danae se esperaba la llegada de las invitadas. Lastenia estaba ilusionada por conocer a Axiotea, la única con la que había tenido una mínima relación, pero llegaron antes las invitadas de Argos.

—¿Somos las primeras en llegar? —preguntó Beo al saludar a Danae.

—Hicimos el viaje ayer desde Argos —dijo Babélica para explicar por qué llegaban tan temprano—. Además, las ganas que teníamos de volver a vernos nos han hecho madrugar. ¿Cómo no ha llegado ya Axiotea, siendo de aquí?

—¿Quién ha dicho que habéis sido las primeras? —dijo Axiotea presentándose en el patio por sorpresa.

Axiotea había sido la benjamina de la última promoción de iniciadas. La mayoría se acercaba más a la edad de Danae. Por ese azar de la vida, Axiotea y Lastenia se veían empujadas a la complicidad, porque el tiempo, la edad, forma el cuerpo y conforma el alma, y, cuando dos almas jóvenes se encuentran, la una se convierte en el espejo para la otra.

Axiotea tenía solo dos años más que Lastenia, además había pasado por el ciclo completo de iniciación y no por uno abreviado de apenas unos meses, lo que le había permitido familiarizarse más con el modo de vida pitagórico, incluso comenzaban a surgir en su interior ciertos brotes de duda sobre algunos de los *acúsmata*. Eso le daba cierta preeminencia sobre la nueva compañera de Mantinea, la hacía caminar un paso por delante.

Todo esto explica que, al salir a pasear por las riberas del Asopo, las cinco paseantes tendieran a formar grupos de edad. Axiotea y Lastenia caminaban delante, quizá Axiotea, por haber nacido en Fliunte donde residía con su familia, se veía capacitada para ser la guía de sus compañeras. Claro que también Danae podía reclamar ese privilegio y por los mismos motivos, pero se suponía que la directora de la iniciación femenina en Fliunte debía tener miras más altas.

Así que Axiotea se asentó en su función de guía. Cruzaron el ágora en dirección al Asopo. Pronto llegaron al Ónfalos, el lugar que se tenía por centro de todo el Peloponeso, como el de Delfos es el centro de toda la tierra. Cerca de allí hay varios templos, uno dedicado a Apolo, el dios favorito de los pitagóricos. Aprovechando la circunstancia, ya de paso, Lastenia propuso visitarlo y elevar una plegaria al dios. ¡Casi nada lo que acababa de decir la benjamina del grupo! «¡Tierra trágame!» debió de pensar al ver el rostro demudado de sus compañeras ante su propuesta, desde el reproche airado en los ojos de las dos argivas al pasmo en la mirada de Axiotea.

—No os sorprendáis —alegó Danae ante las iniciadas—, Lastenia no ha comenzado su iniciación. Digamos que ha sido oyente externa por un corto periodo de tiempo —ahora se dirigió a ella—: Uno de nuestros símbolos dice:

Como algo accesorio a un viaje, no se debe entrar a un templo ni en absoluto rezar, ni siquiera aunque te encuentres en las mismas puertas.

—¿Qué te parece? ¿Le ves algún sentido?

Danae calló y con ella todo el grupo, que continuó en silencio su camino hacia la orilla del río. Muchas veces los paseos eran así, silenciosos. Lo sabían todas menos Lastenia, que por ignorar esta costumbre se sentía aturdida y bloqueada, tanto que apenas se centraba en profundizar lo que enunciaba la máxima, uno de los acúsmata. Esperaba que su maestra acudiera al rescate, y así fue.

—No te preocupes. Es costumbre nuestra, primero recordar la máxima y memorizarla. Es muy importante, aprenderla de memoria y guardarla bien guardada en el alma. Él, nuestro maestro, prohibía la escritura, porque creía que, si confiábamos las enseñanzas a la tinta y el papiro, descuidaríamos la memoria. Así que esfuérzate en no olvidarla nunca.

Y, después, medita con tranquilidad para tratar de descubrir por ti misma lo que el maestro quería enseñar.

Tras estas palabras, el grupo superó la zozobra por la intempestiva sugerencia de Lastenia, pero ella solo recuperó la alegría cuando en la mirada de Axiotea intuyó un mensaje de confianza y cercanía.

5. Timeo de Locros

No había sido fácil la vida para la población de Fliunte en los últimos años. Ese mismo verano se cumplía el décimo aniversario de la muerte de Epaminondas en la batalla de Mantinea, el último gran episodio bélico en tierras del Peloponeso. Ahora el poder se desplazaba hacia el pujante reino de Macedonia.

Fliunte es el ejemplo de cómo el privilegio y el infortunio se dan la mano. Era una populosa ciudad, asentada en un fértil valle, junto a las cristalinas corrientes del río Asopo. Es el lado del privilegio. Del lado del infortunio está que se hallaba en el centro donde confluían las fuerzas más poderosas del Peloponeso: argivos, arcadios, aqueos y lacedemonios. Siempre había alguna de estas fuerzas que estaba resentida con ellos, y ese resentimiento se convertía con frecuencia en asedios y ataques.

La comunidad pitagórica de Fliunte supo nadar y guardar la ropa en la inestable situación de su ciudad. En la medida en que no participaban en el gobierno, más allá de actuar como consejeros a requerimiento del algún magistrado, podían desarrollar su vida y sus actividades sin sobresaltos.

Una de esas consultas le vino a Equécrates precisamente cuando el general tebano Epaminondas se paseaba triunfal por el Peloponeso. Como el tal general tenía fama de ser también pitagórico, pues al parecer era entendido o aficionado a la filosofía, el magistrado le sugirió que formase parte de una embajada para pedirle protección en caso de un ataque a la ciudad. Era una propuesta ciudadana que no pudo rechazar. Poco después Epaminondas murió en el campo de batalla y el proyecto de la embajada se desvaneció.

A Equécrates, embarcado en sus proyectos filosóficos, le quedó el gusanillo de comprobar si eso que se decía de Epaminondas era verdad o no pasaba de simples rumores sin fundamento. Lo que era indudable es que Filolao y Lisis, los dos maestros pitagóricos huidos de las persecuciones en el sur de Italia, se instalaron en Tebas, donde fundaron un sinedrio no menos floreciente que el de Fliunte, de los que son testigos Simias y Cebes, los fieles amigos de Sócrates.

Por aquellos días se encontraba de visita en Fliunte Timeo de Locros, un notable pitagórico, que había ocupado los más altos cargos políticos en su ciudad. Visitas como esta eran las que daban lustre y brillo a la comunidad pitagórica de Fliunte, porque Timeo no era solo un colega de la escuela, sino que había destacado como gobernante. Algunos, para encumbrarlo, llegaban a afirmar que Locros era la ciudad con el mejor orden político de Italia. De hecho, Equécrates lo presentaba en su círculo como un sabio que, además de la ciencia política, había alcanzado también la cumbre de la filosofía.

En esta ocasión, con la llegada del locrio, el auditorio del sinedrio pitagórico andaba corto de asientos. Además de los iniciados, también tenían derecho a participar en las sesiones los oyentes externos, una noción vaga que permitía acoger a todos los benefactores de la secta.

Mientras los hombres escuchaban al sabio de Locros, Danae hacía lo que podía para mantener activas a las mujeres, algunas de ellas iniciadas y esposas de iniciados, que pasaban el rato en el patio del gineceo mientras sus maridos escuchaban al sabio de Locros. La mayoría de las espo-

54

sas aceptaban este papel secundario como lo más natural del mundo. ¿Cuántas veces no habían oído aquel discurso del maestro a las mujeres de Crotona en que se cifraba la virtud de la mujer en ser obediente al esposo? La mujer virtuosa es aquella que nunca se opone al marido.

Daba la casualidad de que tanto Danae, como Axiotea y Lastenia no eran esposas, así que podían pensar que ese mandato no iba con ellas.

—Las que no tenemos un marido al que someternos, ¿qué se supone que debemos hacer?

—Prepararte para cuando lo tengas —respondió Beo de Argos muy convencida—. No es fácil someterse a un marido si no llegas al matrimonio bien entrenada. Te lo digo por experiencia.

—Contratar una entrenadora, ¿crees que eso es lo que debe hacer una buena pitagórica?

—No te lo tomes a broma, como hacen esas comedias áticas, la virtud hay que entrenarla.

Axiotea no pensaba en buscar un entrenador. Quería saber por qué puñetas a las mujeres se las segregaba de un mundo que a ella le inquietaba como es la filosofía o la geometría, la medicina o la música. Por qué ellas debían conformarse con un mundo amputado, reducido a la rutina. Vale que engendrar y dar a luz es algo que la naturaleza ha reservado a las mujeres. Las yeguas también paren y no por ello se libran de los trabajos que hacen los caballos. ¿Por qué no discutir abiertamente estas ideas con sus compañeras? Con cuidado, sin lamentaciones, sin lágrimas y sin súplicas, como mandaba la regla de vida. Tenía que intentarlo.

Tras meditarlo mucho, creyó encontrar un camino de salida. El maestro fundador, después de llegar a Crotona, no tuvo empacho en reunir a las mujeres y dirigirles un discurso, dando a entender que ellas eran tan capaces como los maridos de captar su mensaje.

—Eso mismo pretendo —le dijo Axiotea a Danae—, que el maestro Timeo nos reúna en el auditorio y nos lea su libro.

—¿Cómo sabes que trae un libro suyo?

—Bueno, de aquí no sale nada hacia afuera, sabemos guardar el secreto, pero dentro se sabe todo. Los hombres, además de sus sesiones en el auditorio, dialogan en el patio.

—El libro es de filosofía. No es tema propio de las mujeres.

—La vida pitagórica es una vida filosófica. Eso también lo dijo el maestro. ¿No lo recuerdas? Lo dijo precisamente aquí en Fliunte, cuando vino a visitar a León.

Tan persuasiva debió de resultar Axiotea que Equécrates accedió a que Timeo convocara a las mujeres a una sesión en el auditorio. El propio Timeo ponderó con los varones el buen criterio de esa joven pitagórica al recordar la escena del maestro con León, que todo pitagórico se sabía de memoria.

A la sesión fueron convocadas todas las pitagóricas que se encontraban en la casa. Además, Equécrates envió emisarios a las ciudades cercanas, como Corinto, Nemea o Argos, donde residían mujeres del grupo.

La sesión con las mujeres comenzó una mañana cuando los varones salieron a su acostumbrado paseo matinal. Hacían un recorrido largo en el que les daba tiempo tanto para la meditación preceptiva, como para las explicaciones de Equécrates sobre el trabajo de sus siervos en las granjas.

Timeo presentó la sesión precisamente recordando el discurso de Pitágoras a las mujeres de Crotona. Insistió en la obediencia de la mujer a su esposo, como el eje de la enseñanza pitagórica. Era un preámbulo habitual cada vez que se hablaba de las mujeres. Axiotea se sintió interpelada cuando Timeo, en lugar de comenzar leyendo su libro, abrió la sesión de modo inusitado con una especie de elogio a la ciudad de Fliunte.

—Fue aquí —dijo—, en Fliunte, donde los griegos oyeron por primera vez la palabra filosofía. Una palabra nueva para una realidad nueva. Y es verdad, los pitagóricos somos ante todo filósofos. Es bueno que recordemos aquí la anécdota que tantas veces habremos oído. Nuestro maestro y fundador fue llamado a Fliunte para discutir con León, gobernante de la ciudad, algunos temas de alto nivel e importancia. Tras quedar admirado León del talento y elocuencia de Pitágoras, le preguntó en qué arte confiaba más, a lo que este replicó que no conocía arte alguno, sino que era filósofo. Asombrado León por la novedad de la denominación, le preguntó quiénes eran filósofos y en qué se diferenciaban de los demás. Pitágoras le respondió que la vida de los hombres se parecía a un festival celebrado con los mejores juegos de toda Grecia, para el cual algunos ejercitaban sus cuerpos con el fin de alcanzar la gloria y la distinción de una corona, y otros eran atraídos por el provecho y lucro en comprar y vender, mientras otros, que eran de una cierta estirpe y del mejor talento, no buscaban el aplauso ni el lucro, sino que acudían para ver y observar cuidadosamente qué se hacía y de qué modo. Así, también nosotros, como si hubiéramos llegado a un festival célebre desde otra ciudad, venimos a esta vida desde otra vida y naturaleza; algunos para servir a la gloria, otros a las riquezas; pocos son los que, sin dar ningún valor a todas las demás cosas, examinan cuidadosamente la naturaleza. Y estos se llamaron amantes de la sabiduría, o sea filósofos, y así como los más nobles van a los juegos a mirar sin adquirir nada para sí, así en la vida la contemplación y el conocimiento de las cosas con empeño sobrepasa en mucho a todo lo demás. Y ahora, quizá alguna de vosotras podría preguntar: ¿por qué nuestro maestro, en vez de filósofo, es decir, amante de la sabiduría, no se hizo llamar sabio, como así eran conocidos Tales de Mileto o Solón de Atenas? —Timeo guardó silencio tras la pregunta, como quedando a la espera de una respuesta. Después añadió—: Sabio es algo excesivo para cualquier mortal, porque solo dios es sabio, los hombres a lo sumo somos «amantes de la sabiduría». Me parece que esta es una de las grandes innovaciones del maestro, y el parto tuvo lugar en esta ciudad.

Tras la intervención de Timeo, Axiotea se puso de pie para sorpresa de las oyentes, incluida Lastenia.

—Habla, te escuchamos.

—¿No crees que la cualidad de filósofo es algo que nuestro fundador atribuía tanto a los hombres como también a las mujeres?

—No hay duda, por esa razón las mujeres no estáis excluidas de la iniciación a los misterios.

—Si es así, deberíamos ser admitidas a las sesiones de lectura en el auditorio. ¿No nos consideras dignas de conocer lo que has expresado en tu libro?

—Es indudable que los tiempos cambian. Sabéis que nuestro fundador prohibió poner por escrito nuestros misterios, para que concentráramos nuestro esfuerzo en guardar esas enseñanzas en nuestra memoria. Pero sabéis que nuestra hermandad ha sido golpeada por fuerzas malignas. El maestro Filolao decidió, con buen criterio, creo yo, poner por escrito nuestras enseñanzas, y así lo hizo, con la esperanza de que no se pierdan para siempre. Ahora bien, lo que me dices de las mujeres es más complicado, es algo muy peliagudo. Si todos podemos hacer lo mismo, ¿por qué la divinidad ha distinguido entre varón y mujer? Si la estructura de contrarios se trastoca, el mundo entero se vendrá abajo. El cosmos no sería posible sin los contrarios hombre-mujer, luz-oscuridad, bueno-malo. La mujer debe someterse al marido, como la materia a la forma. La materia, si no recibe la impronta de la forma, será algo informe y confuso. La hembra debe ser fecundada por el macho para que haya vida. Y hay algo más grave: lo semejante se conoce por lo semejante; la hembra es materia y conoce la materia, pero tendrá más dificultad en conocer la forma, el verdadero principio activo y vivificador. La forma, la idea, tiene relación y afinidad con el macho y el padre, mientras que la hembra y la madre tienen afinidad con la materia —Timeo no quiere herir a Axiotea, por eso parece buscar las palabras más suaves—: Por eso nuestro maestro y fundador dio tratamiento diferente a lo que es diferente, como el varón y la mujer. Por eso la iniciación a los misterios es de forma separada para varones y mujeres.

A Axiotea le pareció que Timeo incurría en contradicción, pero no insistió porque sus compañeras no disimulaban sus gestos de repulsa, disfrazados de aburrimiento.

—Creo que es hora de cerrar esta sesión. Quiero terminar volviendo al principio, a elogiar a la ciudad de Fliunte. Porque todo el mundo habla de Pitágoras como el «joven samio de larga cabellera», lo cual es verdad, pero nadie dice que su bisabuelo fue un desterrado de Fliunte. Así que sus raíces se encuentran en esta ciudad. No es extraño, cuando estoy aquí me parece que recibo el aliento y el empuje del maestro. Os envidio, ciudadanas fliasias, porque el empuje y aliento que yo recibo cada vez que os visito vosotras lo tenéis a vuestra disposición en todos los momentos de la vida.

Axiotea, aunque se daba cuenta de que quizá abusaba del invitado, pero convencida de que la oportunidad la pintan calva, se puso de nuevo de pie, si bien, como sus compañeras hicieron lo mismo, su gesto no fue entendido como el deseo de formular una nueva pregunta, sino de finalizar la larga sesión de estudio y debate.

Axiotea se guardó la pregunta. Quizá fue mejor así. Timeo hubiera insistido en su respuesta: la mujer debe obedecer al marido. Axiotea hubiera replicado: ¿Significa que la pitagórica que quiera ser una mujer libre tiene que renunciar al matrimonio? Si no hay esposo, no hay sumisión, insistía Axiotea, pero solo para sí misma.

6. Noticia de Atenas

Los últimos días de Timeo en Fliunte fueron tranquilos. Las mujeres que habían acudido a escucharlo regresaron a sus ciudades. Axiotea volvió a sus esporádicas visitas al sinedrio pitagórico donde conversaba con Danae y Lastenia, pero ya no intentó más debates con el visitante.

Tuvieron que pasar varios días para que Axiotea pudiera hablar libremente con Lastenia. Las reglas del sinedrio no favorecían el diálogo horizontal. La amistad era santo y seña entre los pitagóricos, es verdad, pero las amistades particulares, como se las llamaba, que nacían y crecían a hurtadillas al margen del grupo, no eran bien vistas, pues escapaban al control jerárquico de una vida en común por momentos asfixiante. Pero la amistad siempre acaba por abrirse paso y los amigos desarrollan un sentido especial para percibir el momento en que el ojo o el oído del superior tienen que atender otras cosas.

La puerta del escritorio se había quedado entreabierta mientras Lastenia empuñaba el cálamo sobre el papiro.

—¿Estás ocupada? —musitó Axiotea con un pie ya dentro de la sala.

—¡Uf! —contestó Lastenia sorprendida mientras la inesperada visita echaba un vistazo al papiro—. Se ha puesto enfermo el esclavo que también hace copias. Por eso todo el trabajo me lo pasan a mí.

—Sé leer, pero escribir se me da mal. ¿Qué estas copiando?

—El libro de Timeo. Si lo lees, verás que hay muchas cosas que te van a molestar. Lo que dijo en la sesión del auditorio se queda corto, todo eso de que el hombre es la forma y la mujer la materia, pero hay otra cosa peor. Vas a flipar: las mujeres somos un cuerpo femenino en el que ha entrado el alma de un hombre cobarde.

—O sea, que yo, mi alma, es la de un hombre cobarde.

Axiotea, indignada, esperaba a leer ella por sus propios ojos esas barbaridades.

—¿Ya has hecho alguna copia del *Tratado* de Timeo?

—He terminado una, pero tengo que hacer más. No es un libro muy largo.

—Me gustaría quemar el manuscrito entero —a Lastenia se le contagia el fervor de Axiotea—, pero eso te comprometería. Mejor haremos lo siguiente. Cogeremos todas esas frases denigratorias contra las mujeres y las tacharemos, como si se hubiera caído un borrón. ¿No te has encontrado rollos así, con borrones o tachaduras o palabras que no se entienden?

—Más de uno.

—¿Y qué haces cuando te mandan copiarlo?

—Dejo un espacio en blanco y sigo. ¿Cómo voy a saber lo que allí estaba escrito?

—Pues eso haremos. ¿Estás decidida?

—¿Que si lo estoy? Claro que sí. No tengo alma de hombre y menos de un cobarde.

—¡Bravo, Lastenia!

—Sé cómo hacerlo. No hay que borrar frases enteras, basta con quitar las palabras que deshonran a las mujeres.

—Iremos a la caza de esos libros, pero ya no tacharemos las palabras impropias, directamente los quemaremos. Una obra así, tan denigratoria para el género femenino, no tiene derecho a ocupar un espacio en ninguna biblioteca.

En el siguiente encuentro, las dos amigas comprendieron que en su conversación anterior se les había calentado la cabeza, que la indignación no es buena consejera, que la mente dominada por la ira no toma buenas decisiones.

Axiotea le comunicaba a su amiga estas ideas, temiendo que pudiera considerar que se echaba para atrás como una cobarde. ¿Acaso tenía razón Timeo de Locros? Pero fue todo lo contrario: la expresión de Lastenia se distendió como quien arroja al suelo la pesada carga que le aplasta.

Claro que se les había calentado la cabeza y también la boca. No podían ni quemar esos libros ni emborronarlos. Primero porque se delataban a sí mismas, y sobre todo porque no se puede pagar así a quien que te ha beneficiado: no hubiera sido justo.

Después de haber hecho la copia del *Tratado* de Timeo de Locros, Equécrates le encomendó a Lastenia otros rollos para copiar.

—Tendrás que ponerte a escribir mañana y tarde. Ya sabes que ahora estás tú sola para hacer copias, porque el otro taller lo he tenido que cerrar.

—A mí no me importa —le contestó Lastenia—, me gusta hacer copias, es una forma de leer libros y aprender filosofía.

Equécrates le había proporcionado un libro de Aristocles de Atenas. Le dijo que no le gustaba llamarlo Platón, que era un mote un tanto estúpido. Se titulaba *República o sobre la justicia*, una obra tremenda, de nada menos que diez rollos. Eran los rollos que más le gustaban a Lastenia de todos los que había copiado hasta ahora. Decían que era un libro de filosofía, pero más parecía como meterse en uno de esos simposios que hacen los hombres con vino y bailarinas. La verdad es que vino no había mucho, pero sí acaloradas discusiones entre los asistentes.

Ya le había anunciado Equécrates que serían diez rollos, o diez libros. Tenía trabajo para más de un mes mañana y tarde, y eso para hacer una sola copia.

—La mitad de lo que escribo no logro entenderlo —le decía a su amiga, a la que informaba de su trabajo siempre que se encontraba con ella—. Me ha dicho el maestro que es una obra de filosofía, y que da igual si no la entiendo, que la copie como está y vale.

Todo el malestar que Lastenia había acumulado con el manuscrito de Timeo lo recuperaba ahora en gozo copiando a Platón, sobre todo cuando llegó al quinto rollo. Disfrutaba leyendo lo que decía sobre las mujeres y sobre todo anticipando mientras copiaba la alegría que le iba a dar a su querida Axiotea. ¡Qué enorme descubrimiento! Leer en el rollo de un filósofo tan respetado en Fliunte como era Platón le esponjaba el alma. Se sintió afortunada como copista, porque ella podía leer primero y disfrutar antes que nadie esas palabras liberadoras, las que decían que «no existe en el gobierno de la ciudad ninguna ocupación que sea propia de la mujer como tal mujer ni del varón como tal varón, sino que las dotes naturales están repartidas indistintamente en unos y otros seres, de modo que la mujer tiene acceso por su naturaleza a todas las labores y el hombre también a todas; únicamente que la mujer es en todo más débil que el varón» o que «todas las ocupaciones han de ser desempeñadas en común por nuestros guardianes y guardianas». Se sintió además poderosa: podía entregar a la posteridad esas palabras, ayudar a inmortalizarlas haciendo copias, y también se regodeaba en la capacidad que tenía para borrar del mapa los improperios denigratorios contra las mujeres, como habían estado tentadas de hacer ellas dos con el manuscrito de Timeo. Era una arma formidable en manos del copista.

Más tarde pensó que en realidad ese poder no era tan grande porque otros muchos copistas (¿por qué habrá tan pocas mujeres diestras con el cálamo?) copiarían tal cual lo que Timeo había escrito, que los cuerpos de las mujeres son las tiendas en las que se alojan las almas de los hombres cobardes, aquellas que no merecen un cuerpo masculino, dotado de músculos poderosos, cerrada barba y pene erecto. ¡Qué envidia, por Ártemis, hija de Zeus!

Si grande fue el gozo de Lastenia escribiendo esos increíbles pasajes de la *República* de Platón, lo que sentían las dos amigas juntas, leyendo esos pasajes sobre la mujer guardiana, fue un arrebato de entusiasmo.

—Claro, claro —ratificaba Axiotea mientras repetía la frase del rollo: no es contra natura asignar la música y la gimnástica a las mujeres de los guardianes, o la mujer y el hombre tienen las mismas naturalezas en lo que afecta al gobierno de la ciudad.

Axiotea ya no paró mientes en pedirle a Equécrates permiso para leer todos los libros de la obra de ese Platón de Atenas. En su petición, no podía evitar dejar traslucir un ribete de reproche por no haber dado a conocer esta innovación de un filósofo que los pitagóricos de Fliunte consideraban como «uno de los nuestros» —más adelante supo que otros muchos pitagóricos pensaban igual—, recordando además los estrechos lazos que tanto Platón como los pitagóricos de Grecia habían tenido con Sócrates.

—No hay previsto convocar nuevas sesiones de estudios. La obra de Platón la hemos adquirido recientemente. Hasta que no termine la copia Lastenia, no podremos organizar una lectura en el auditorio. Ya sabes que la copia que hemos adquirido en la Academia de Atenas debemos conservarla como oro en paño. El papiro es frágil. Cuenta además que cada uno de los rollos mide hasta diez codos.

—Pues autorízame a que le dicte a Lastenia y así de paso puedo leer la obra.

—No debemos hacer distingos. Cuando esté la copia lista, la pondremos en la biblioteca a disposición de todos los compañeros. Y en su momento propondremos una lectura en el auditorio.

—¿Y las compañeras?

A Equécrates le golpeó el rostro un fuerte acceso de ira. Quizá había sido simple inconsciencia de Axiotea, pues de sobra tenía que saber que en la comunidad pitagórica había compañeros, pero no compañeras o heteras, pues esa palabra estaba reservada precisamente para aquellas mujeres hacia las que el pitagorismo fomentaba la mayor aversión, mujeres libres, no sujetas a la autoridad de un esposo, entregadas a los caprichos y a los excesos.

Tras la entrevista con el maestro, antes de regresar a su casa, Axiotea preguntó por Danae. No se encontraba en esos momentos allí, le dijeron las sirvientas. Lo intentó de nuevo sin éxito en los días sucesivos. Ya era obvio que Danae eludía el encuentro personal con Axiotea, seguramente informada del choque con su padre, el director de la escuela.

—Conoces las reglas, Axiotea —le dijo Danae cuando al fin se entrevistaron, siendo las dos conscientes de que se había abierto una herida—. Eres libre de seguir con nosotras o abandonar. Si te vas, te olvidaremos, eso es todo, no hay más castigo. Insisto, eres libre.

—Quiero leer el libro de Platón. No es pedir algo contrario a nuestras reglas —Axiotea insistió en «nuestras».

—Creo que el director ya te ha hablado sobre el tema. Acaba de llegar el libro, hay que hacer copias. Solo contamos con Lastenia. No es un oficio fácil el de copista. Esta chica venía casi aprendida, ha sido un regalo de los dioses. Espero que no se despiste con tu impaciencia. Porque sois muy amigas, ¿no es verdad?

—Ya sabes que te estoy muy agradecida por todo. ¡Os debo tanto! Gracias a vosotras he podido abrir mi mente y salir de la rutina de los pucheros y el telar. Estoy orgullosa de formar parte de las iniciadas en los misterios.

Danae escuchaba paciente, mientras parecía evaluar una diferencia cuya profundidad temía. Había sospechado que esa diferencia acabaría surgiendo, pero no lograba saber si la sospecha derivaba de lo que estaba observando en su querida Axiotea o más bien de lo que ella observaba en el interior de sí misma. Esto segundo era lo que más le asustaba.

—No se me pasa por la cabeza —continuaba Axiotea— pedir la baja en la comunidad, pero también te digo con total confianza que no me importa ser expulsada. Es lo más bonito de nuestros misterios: si uno se quiere ir, se va, con toda libertad, y se lleva todo lo que ha aportado y aun más. También puede ser expulsado, claro, si no se atiene a las normas. Eso me parece correcto.

Las dos mujeres estaban hablando en una sala discreta de la casa. Una sirvienta las interrumpió para anunciarle a Danae que alguien preguntaba por su padre.

—Dile que vuelva más tarde, que está en el campo.

—Ya se lo he dicho, pero insiste.

Al abrir la puerta Danae se encontró con un triste espectáculo: un mendigo esquelético y harapiento con gesto de pedir piedad. No era habitual que los mendigos llamaran a la puerta de una casa particular, pero en este caso se daba un detalle sorprendente: el mendigo llevaba una tablilla colgada al cuello con la pentalfa grabada en rojo. ¿Sería un verdadero pitagórico o uno de esos filósofos errantes que pululan por las urbes griegas disfrazados de sacerdotes de Orfeo o de sabios varones entendidos en misteriosos asuntos?

Los sirvientes recogieron al mendigo. Lo lavaron y después le dieron de comer. Ante su insistencia, aun con la duda de la identidad del personaje, Danae ordenó a un joven esclavo que fuera al campo a dar aviso al amo. Debía de estar ya de regreso porque enseguida llegaron a casa. El mendigo pidió que le dejasen solo con Equécrates.

—Ya sabéis que Dión ha sido asesinado. El proyecto de levantar en Siracusa la república ideal de Platón ha terminado en un baño de sangre. Su hombre de confianza, Calipo, también discípulo de Platón, es el que ha empuñado el puñal asesino y ha decretado la caza del pitagórico, porque nos considera los colaboradores de Dión. He logrado esquivar el puñal de Calipo y he podido al fin llegar al Peloponeso, pero no he sido bien recibido ni me ha acompañado la salud. Soy el último, todos los compañeros han muerto, algunos en la misma ciudad de Siracusa y otros en la huida. Todo se ha gastado, nada se ha obtenido.

Equécrates quedó consternado aunque ya conocía la muerte de Dión.

—Poco antes de morir, porque lo presentía, me confió un mensaje y me ordenó memorizarlo y llevarlo a Platón o a los responsables de algún grupo pitagórico.

—Todavía no has dicho cómo te llamas.

—Ni falta que hace, nunca nadie me ha considerado digno de tomarme en cuenta. Mi nombre no te dirá nada. Soy siracusano y pitagórico, y me llamo Antonio. Ya nadie queda para dar fe de lo que digo.

—¿Estuviste con Dión en sus últimos días?

—Sí. Lo devoró el avispero. La ambición lo corrompió todo, también a Dión. Cuando se quiso dar cuenta, ya no había marcha atrás. Es la historia de siempre: dos gallos en un gallinero.

—Algo más habría —atajó Equécrates.

—Claro, siempre hay algo más. Dión consintió en matar a Heraclides, su propio amigo y aliado, y después Calipo, el traidor, ordenó matar a Dión.

—¿Cómo pudo llegar a este punto?

—Dión comprendió al final que estaba equivocado. Lo comprendió después de intentar poner en práctica el proyecto político siguiendo el dictamen de Platón, ya sabes, abolir la democracia y formar un gobierno con una pequeña aristocracia al frente, un grupo de sabios que dirigiera los asuntos más importantes. Fue un desastre: un asesinato siguió a otro, todo ha terminado en un baño de sangre.

Antonio era el vivo retrato de un múltiple fracaso. Fracaso de los círculos pitagóricos, casi extinguidos en Sicilia y en Italia. Fracaso del experimento platónico, esa Calípolis que, a la vista de lo ocurrido en Siracusa, rozaría el esperpento y el ridículo si no hubiera sido por el inmenso tributo en vidas humanas sacrificadas en una voraz hoguera de odio, donde ardieron además la amistad y la justicia.

—¿Cuál es el mensaje de Dión?

Lo recitó con un hilo de voz:

> *Yo ya no puedo rectificar.*
> *Escucha la voz del pueblo.*
> *La arrogancia es compañera de la soledad.*

La llegada de Antonio sentó como un mazazo en la comunidad pitagórica de Fliunte. Incluso el paciente y temperado Equécrates sintió que algo se resquebrajaba en su mundo. Les gustase o no a los pitagóricos, la Academia platónica no les era algo ajeno y sus compromisos políticos tampoco.

Antonio murió pocos días después, como el corredor Filípides, que expiró tras anunciar a los atenienses la victoria en la batalla de Maratón.

La reunión que celebraban regularmente en el auditorio se hizo eco de la noticia de Sicilia. Tras el informe de Equécrates, Hipólito, que le seguía en edad y en la jerarquía del grupo, pidió la palabra:

—Somos los últimos seguidores del maestro. ¿Dónde queda un pitagórico vivo? ¿Quizá en Tarento? ¿Dónde están los tebanos o los atenientes?, ya no digamos los de Crotona. Todos están muertos, somos los últimos.

—Hay que adaptarse a los tiempos —deja caer Equécrates.

—Maestro —insiste Hipólito—, lo hemos hecho, nos hemos adaptado, pero esas innovaciones no solo no nos salvan de la decadencia, sino que son la causa de la decadencia. Es lo peor que podría pasarnos: que viésemos la salvación en lo que nos conduce a la ruina. Debemos recuperar nuestros símbolos, en toda su integridad.

—Nos hemos ganado merecida fama —insiste Equécrates, que se considera responsable de la dirección del círculo— con nuestra teoría del alma como armonía. Hasta Platón, aunque no la apruebe, ha tenido que hacerse eco de esta aportación de nuestro círculo.

—Quiero decir algo —Danae asistía en esta ocasión a la reunión en el auditorio—. Como responsable de las iniciadas, quiero someter a debate la propuesta de una de ellas, Axiotea de Fliunte. Dice que deberíamos matizar nuestra regla sobre el secreto. Lo justifica alegando que Platón da conferencias públicas en la Academia y que Sócrates se preciaba de ser persona que hablaba con todos, pobres o ricos, jóvenes o viejos. Dice Axiotea que el secreto debería afectar solo a nuestros ritos iniciáticos, pero no a los conocimientos que nuestros miembros descubren. Eso deberíamos abrirlo a todo el que tenga afán de saber.

La intervención de Danae sentó como un jarro de agua fría, algo insignificante comparado con el sunami polar que vino a continuación:

—Nuestra iniciada presenta a este sinedrio una propuesta: que se determine una pauta de conducta para las mujeres que no están casadas, porque el maestro dijo que la mujer debía someterse al esposo, pero nada se dice de las mujeres que no están casadas —ante la perplejidad de los varones asistentes, Danae añadió—: Podríamos citar a Axiotea a que acuda un día a defender estas propuestas.

—Yo me pregunto —respondió Hipólito— si puede ser una buena pitagórica la mujer que anuncia que ni está casada ni ganas que tiene. ¿O no sabéis que anda diciendo eso por ahí? La gente decente sabemos que las mujeres adultas, fuera de las esposas, son las hetairas o las putas. ¿Dónde se ubica Axiotea? No me imagino una hetaira o una puta pitagórica —Hipólito no disimulaba su irritación—. Eso quería decir: empezamos con innovar esto o lo otro y acabamos en estos absurdos. Lo que *él dijo* —era la fórmula con la que aludían a Pitágoras— eso es lo que vale.

—Platón en su *República* defiende la igualdad de la mujer con el varón —Danae exponía con convicción las propuestas de Axiotea.

—Platón es un hombre de perfectas palabras —Hipólito asume el papel de la ortodoxia—, en teoría es capaz de construirte los Campos Elíseos o la Isla de los Afortunados, pero en la práctica… bueno, acabamos de oír cómo ha terminado su experimento de Siracusa, mejor no recordarlo. Y de la igualdad de hombres y mujeres, que me digan cuántas mujeres estudian en la Academia. Somos nosotros, los pitagóricos, los únicos que defendemos y practicamos la igualdad con las mujeres. Aquí hay iniciados e iniciadas. ¿Puede decir Platón que en su escuela hay académicos y académicas?

7. Compañeras

—De aquí o salimos de estampida o no salimos. No hay otra forma.

Así de decidida estaba Axiotea.

—Me duele mucho hacerle esto a Danae —dudaba Lastenia—. ¡Ha sido tan buena! Vine con lo puesto y ella me acogió y me ha dado de todo. Mi oficio, pues soy copista, se lo debo a ella.

—Si no miras más allá, nunca saldrás de este redil. Es verdad que aquí estás bien, tienes tu seguridad, el regazo que necesitas en tus deliquios. Pero piénsalo.

—Todo está pensado: salí de Mantinea y mi destino era Atenas.

—¡Pues a por ello!

Las dos tomaron la decisión de viajar a Atenas y pedir la admisión en la Academia de Platón. Sabían que en ninguna escuela filosófica se admitían mujeres, pero tenían una gran ventaja. Habían leído la *República*, allí donde dice que el hombre y la mujer eran iguales en naturaleza.

—Es el propio Platón el que nos abre su escuela con ese libro. Si nos rechaza por ser mujeres, le montamos el lío. Lo acusaremos de demagogo y mentiroso. Buscaremos mujeres aliadas en Atenas, aunque sea en los burdeles. Nos van a oír,

Lastenia. Demostraremos que la voz de una mujer vale tanto como la de un hombre. ¿No te ilusiona? Yo también quiero mucho a Danae, pero eso no me va a frenar. Me da igual lo que hagan las demás mujeres. Yo lucho por mí, quiero poder leer esos libros que leen los hombres. Si después no me dejan discutir con ellos, peor para ellos. Todo esto lo llevo muy mal, quiero decir en la comunidad. Todas mis compañeras están encantadas con su papel de esposas, encantadas de someterse a sus maridos, a mí me consideran una desgraciada, la pobrecilla, sin un marido que la proteja. Es porque nosotras mismas cedemos. No les echo la culpa a los hombres. Ellos son así, ya lo sabemos. Lo que más me fastidia es que sean mis propias compañeras las que critiquen mis ínfulas, eso dicen, que si tengo ínfulas, que qué arrogante soy. Querer leer libros, aprender, pues claro que soy arrogante y pretenciosa, no me importa que me denigren, que me repudien. Lucho por mí, si no lucho yo por mí, ¿quién lo va a hacer? ¿Lo hará mi madre, que está como loca buscando un marido que me someta y me doblegue? Eso por no hablar de mi padre. ¿Lo hará Danae, que sí, es muy buena, pero que nos cuida y nos guía y nos reconviene como si fuéramos dóciles ovejitas?

—Todo lo que dices es lo mismo que pienso yo —asintió Lastenia con alborozo.

De todos estos pensamientos Axiotea preparó una versión dulcificada para convencer a Danae, con la que habló por extenso tan pronto tuvo oportunidad.

—Me gustaría que Equécrates escribiera una carta dirigida a Platón en la que recomendara nuestra admisión como alumnas de la Academia.

Las dos hablaban de pie en el patio, junto al granado, seguramente conscientes de que la entrevista no iba a ser muy larga.

—¿Cómo? —respondió Danae alarmada y con rostro rencoroso—. ¿Es que Lastenia se va contigo?

—Sí —atajó Axiotea—, ella ha decidido que se viene conmigo.

En ese momento Danae bajó los brazos. «Tú también» debió de pensar, dolida. A veces se hace el bien a otros, pero no pensando en los otros, sino en nosotros mismos, en el beneficio que nos reportará el bien que hacemos a otros.

—Hablaré con el director —dijo, y se marchó.

Axiotea no se sorprendió. Miró al granado y admiró la belleza de sus frutos. Tocó una de las granadas que estaban al alcance de su mano y concluyó que ya estaban maduras.

Los días siguientes fueron horrendos para Lastenia. Notaba el vacío de Danae y de todo el personal de la casa. Apenas la saludaban cuando antes venía siendo tratada como una de la familia. La consideraban ya no una traidora, porque no había sido iniciada en sentido formal, pero sí una ingrata, pues todos recordaban que había llegado con lo puesto y que en la casa había recibido las atenciones que solo reciben las hijas de la familia.

Axiotea seguía participando en la vida de las iniciadas. Así era mejor para todas y Danae no se veía obligada a dar la amarga noticia de una deserción. Más adelante había previsto, de acuerdo con su padre, explicar que se había trasladado a Atenas para seguir estudios en la Academia. La presencia de Axiotea le infundía confianza a Lastenia.

—Saldremos mañana al alba —le dijo Axiotea tras la reunión habitual con sus compañeras—. No te preocupes, todo está arreglado. Tengo ya la carta.

En su plan de acción figuraba una segunda estrategia: había aprendido de memoria los principales pasajes de la *República* de Platón, donde hablaba de la igualdad de hombres y mujeres. Esa sería su segunda baza si fallaba la carta.

—Si Platón se niega a aceptarnos, le cantaremos su propia declaración de igualdad de hombres y mujeres. Y a ver qué dice —Axiotea se frotaba las manos de emoción contagiosa—. Lo tengo todo preparado.

Las dos amigas se despidieron hasta el día siguiente a la hora convenida. Desbordada por la emoción, Lastenia repetía las frases memorizadas de la *República*, después se fue a dormir y se acurrucó en la cama a la espera de los rosados dedos de la aurora.

No fue Lastenia la primera en levantarse, ni tampoco la única que había pasado la noche en blanco. Danae actuaba como una verdadera ama de casa: la última en acostarse, la primera en levantarse. Y allí estaba en la cocina, con la leche caliente, la miel, el pan tostado y el queso. No dijo nada, como si temiera que su lengua soltase algún improperio, quizá con los oídos alerta a la espera de que Lastenia pronunciara alguna palabra. Las dos en silencio, con ojos llorosos que la escasa luz de los candiles disimulaba.

Danae pensó por un momento si todo lo que había amado a Lastenia no era en realidad amor hacia sí misma, pensó si la amistad, que tanto elogiaba el maestro, no era más que una forma de egoísmo, de amarse uno a sí mismo a través del otro, un egoísmo vergonzante, que no se atreve a presentarse abiertamente. Le tendió a Lastenia un pequeño bolso de tela, en uno de cuyos costados estaba bordada la pentalfa pitagórica. Lastenia dudó en cogerlo, pero Danae se lo colgó al cuello antes de salir de la cocina para ya no volver a verse. Las emociones eran más profundas y más devastadoras de lo que pudieran expresar las palabras.

En el ágora de la ciudad, Lastenia se unió a los viajeros que estaban esperando al carruaje de caballos que transportaba los equipajes. Y allí, ¿cómo no?, estaba su amiga de aventura. Si todo iba bien, al final de la jornada llegarían a la próspera Corinto.

—Aquí tengo la carta de recomendación —Axiotea señaló el bolso que llevaba colgado.

—Aquí llevo —Lastenia apuntó al saco donde llevaba su equipaje— el rollo quinto de la *República*.

—¿Qué me dices? —preguntó Axiotea atónita.

—Ha sido fácil. Equécrates me iba dando los rollos para copiar y me proporcionaba los papiros en blanco. No se ha dado cuenta, pero el rollo quinto, el que habla de las mujeres, lo he copiado dos veces, una para él y otra para mí. Te lo traigo como regalo, quería sorprenderte.

Axiotea abrazó a su amiga en medio del alboroto de los viajeros con sus equipajes.

—Mejor lo llevo en mi bolso. El papiro es muy delicado. Dentro del saco se puede estropear.

Así fue como las dos amigas, más unidas que nunca, poseídas por un entusiasmo arrollador, comenzaron su aventura ática. La filosofía las esperaba en Atenas.

Era la primera vez que Lastenia se alejaba tanto de su ciudad, pero Axiotea había viajado a Delfos con su padre. Ni tan siquiera habían calculado que una mujer libre no podía viajar sola. ¿No podía? No era usual, no era costumbre, no solía ocurrir. Toda mujer tenía que llevar un tutor al lado, sea el marido, el padre o un familiar. Dos mujeres libres viajando solas suscitaban sospechas que se dejaban ver en las miradas y los gestos de los demás.

Al parar a mediodía, junto a una fuente en las laderas de una montaña, Lastenia abrió la pequeña bolsa de lana que le había entregado Danae antes de partir. Había dentro una generosa loncha de queso, higos secos y una tajada de pan. Y por supuesto se encontraban dentro las dracmas que le había confiado al llegar a Fliunte. No las contó, pero tuvo la impresión de que se habían multiplicado. Además de los alimentos y el dinero, había una pequeña funda, de lino blanco, en cuyo interior encontró la mitad de una tablilla de madera de olivo en la que estaba dibuja una parte de una pentalfa.

—¿No sabes qué es eso?

—Ni idea —respondió Lastenia boquiabierta.

—Pues sí que te quería Danae. A mí, que soy iniciada, no me han dado ese símbolo, que así se llama esta media tablilla. Sirve para que la presentes ante cualquier pitagórico para que reconozca que eres de la secta. Esta tablilla tuya tiene que coincidir con la que tenga la otra persona y reproducir exactamente entre las dos el dibujo de la pentalfa. Con esto te identificas como pitagórica de Fliunte. ¡Guárdala! Nos será útil.

Lastenia se quedó pensativa, quizá dolida al verse superada por la generosidad de Danae.

La dura jornada de viaje terminó para Axiotea y Lastenia en Céncreas, el puerto de Corinto que da al golfo sarónico. Hasta allí viajaban todos los que deseaban seguir viaje por mar hacia Atenas u otras ciudades de la Grecia continental. Los demás descendían en la ciudad de Corinto, si esa era su meta o si deseaban tomar una nave para viajar hacia occidente por el golfo de Corinto, como los viajeros que visitaban el santuario de Delfos o las ciudades italianas.

Al concluir el viaje, fueron en busca de una posada.

En esta jornada, la primera vez que las dos mujeres se exponían a cuerpo, sin la protección de un hombre, Axiotea tuvo la inspiración: nada, y menos una apariencia, un atuendo, una costumbre, la iba a apartar de su meta. Ya en la posada, después de haber cenado, se lo propuso a su amiga y, al hablarlo, notaron que se agitaban sus pechos.

—Me voy a vestir de hombre.

—¿Qué dices?

—¿No has visto cómo nos miraban?

—Sí, es verdad —asintió Lastenia pensativa.

Axiotea le expuso su idea. Se disfrazaría ella, mientras que Lastenia pasaría por su esposa.

—Aquí no nos conoce nadie. Cuando embarquemos hacia Atenas, seré un respetable varón griego que viaja con su esposa. Me compraré un manto y una túnica de hombre. La mía te la regalo. Mañana iremos al mercado y pensaremos en todo.

—¿Y la barba?

—Hay hombres imberbes. ¿No has visto en Fliunte, cuando bajas de la acrópolis, que hay una estatua de Asclepio sin barba?

—No me había fijado.

—La barba no es problema. Recuerda a Ulises, cuando llega a la isla de Ítaca, que se le aparece Atenea «con figura de un joven pastor ovejero, delicado a la vez como un hijo de reyes; traía suspendido a los hombros un manto plegable y hermoso, sandalias en los pies relucientes y un dardo en la mano». Solo tengo que cambiar el dardo en la mano por un buen cayado. Los mitos están llenos de hombres y mujeres que se disfrazan, eso es muy nuestro. Lo mismo pasa en las tragedias: ya sabes que los personajes femeninos están interpretados por actores que son hombres. Se ponen la máscara y listo. Pues eso haré, ponerme una máscara, más sutil que la del teatro.

—¿Y las tetas?

—Yo casi no tengo tetas. Ni siquiera llevo el sostén. Me pondré una venda para aplanar el torso.

—¿Y qué haremos con la carta de recomendación?

—Es verdad, no lo había pensado.

Axiotea tomó el hatillo donde guardaba las cosas más personales. Allí estaba la carta, en la que se hablaba de Axiotea de Fliunte. No decía que fuera seguidora de la secta. Se limitaba a recomendarla como hija de un buen amigo suyo. No daba más explicaciones ni trataba de justificar tan inaudita petición.

—Tú eres copista, amiga, ¿qué te cuesta cambiar el nombre?

—No es tan fácil —Lastenia apretó los labios y soltó—: Tengo una solución mejor: un borrón sobre la «a» final o una gota de agua que borre la tinta y santas pascuas, nadie sabe si dice Axiotea o Axioteo. No necesito ni comprar tinta, con agua lo soluciono.

—Sabía yo que tú lo arreglabas. Toma buena nota: en adelante, me llamo Axioteo. Esto para afuera, porque para nosotras seremos hetairas, compañeras. Ya sé que esa palabra es malsonante. Al diablo los oídos de los hombres. Ellos bien que se llaman hetairos entre ellos y tienen sociedades o clubes que se llaman hetairías. Pues nosotras somos hetairas, compañeras, entre nosotras, y no mujeres de mal vivir. Safo dijo que Leto y Níobe eran entre ellas hetairas muy queridas. ¿Sabes que hay un cómico ateniense que escribió una obra titulada las *Asambleístas*? Pues en esa obra trata a sus amigas de hetairas. Por eso me gusta Atenas. En el Peloponeso no se oyen esas cosas.

—Eso seremos nosotras, hetairas —asintió Lastenia.

—Ni putas ni esposas, hetaira y amiga Lastenia, mujeres libres.

Lastenia de pronto dudó y lo expresó con sobresalto, como era ella.

—¿Y qué pasa si te admiten a ti y a mí, por ser mujer, me rechazan?

—No te preocupes, a una copista como tú se la rifan en cualquier escuela de Atenas. Además, en algo soy y seguiré siendo pitagórica: la amistad es sagrada, compañera.

8. El ingreso en la escuela

Se acercaban al Pireo, ellas creían estar llegando al Paraíso.

Al descender del barco que las había traído desde Corinto, un polifónico vocerío ofrecía todo tipo de servicios. Se anunciaban habitaciones baratas en el Pireo, una taberna cretense con el mejor retsina y con espectáculo musical, una taberna siciliana con el juego de cótabo más lascivo, la reina de la noche y sus sirenitas depiladas, todo tipo de transporte hasta la ciudad de Atenas, en coche de caballo, en mula con silla de montar y borriquillo para el equipaje, tiendas de regalos, collares de oro, ajorcas de ámbar.

Por cuatro dracmas tomaron un coche para ellas dos. «Es un lujo que nos podemos permitir», comentaron.

—Ahora soy un hombre, recuérdalo —cuchicheó Axiotea a los oídos de su amiga.

Lastenia no se acostumbraba. Ya en el barco había metido varias veces la pata, lo que provocaba recelosas miradas.

El cochero era un experto cicerone. Hablaba deprisa, aunque sabía que el viaje duraba una hora larga y no podía quedarse sin rollo. El oficio obliga. El coche era para tres o cuatro personas y sus equipajes. Había otros coches donde se hacinaban de seis a diez personas, y otros, los más baratos, que cargaban el equipaje y las personas viajaban a pie.

—Me habéis dicho que venís de Arcadia, ¿verdad?

—Sí, yo soy de Mantinea y mi esposo de Fliunte.

Lastenia le dio un codazo a su amiga, las dos a punto de romper a reír.

—Pues esta es mi bienvenida —les dijo al tiempo que les entregaba una tablilla.

Era una pieza de madera noble, pulida y reluciente en la que se habían escrito estos versos:

Si nunca has visto Atenas, eres un simple ignorante,
Si la has visto y no te ha fascinado, un borrico de carga,
Si te vas y no lo lamentas, un tarugo empedernido.

Los tres versos iban precedidos de la fórmula de salutación habitual, y tras los versos firmaba un tal Lisipo.

—Yo de poesía entiendo poco, pero los cómicos son los que mejor se dan a entender. Y Lisipo era un buen cómico, vencedor en el concurso de las Dionisias. Y además procedía de Arcadia, pero se enamoró de Atenas y le ha dedicado a nuestra ciudad versos muy hermosos.

—¿Y de qué ciudad era ese Lisipo? —preguntó Lastenia.

—Vaya, vaya, eso tendrías que explicármelo tú. Sé que ganó su premio con *Bacantes*, pero no me preguntes de qué ciudad venía, eso sí, era arcadio.

Las dos viajeras observaban embelesadas su nuevo paraíso sin atender demasiado al relato del cochero, que pese a todo supo ganarse su atención.

—Todavía no me has dicho a qué barrio vas —se dirigía obviamente al varón.

—A una pensión del Cerámico —le contestó Axi.

—Lo que tú digas, jefe —asintió el cochero—, pero por un poco más puedes ir a Escambónidas, que es un barrio más elegante —giró la cabeza a la derecha para dirigirse ahora a la mujer—, y de mejor fama, vas a comparar.

—Pues mira, esposo —Lastenia habla con buscada naturalidad—, el cochero me ha convencido. Yo iría a ese otro barrio.

—Pregúntale qué comisión tiene —dijo Axi con tono displicente.

—Eh, jefe, que uno es un profesional, yo le puedo sugerir posadas en cualquier barrio de Atenas. Con cuatro dracmas me considero bien pagado, bueno, sin pasarse, que no sabes lo que come este bicho. Y los días que hago dos viajes, fantástico, pero hay días que solo llega morralla a esta ciudad, y, venga, todos al Cerámico como borregos, cuando no se quedan directamente en alguna posaducha del Pireo.

—Me has convencido. Llévanos a Escambónidas, que allí por lo visto vive la gente bien.

La hora de viaje se pasó rápido. Avanzada ya la tarde, atravesaron el ágora en espontáneo silencio, pese al todavía intenso vocerío aunque ya no fuera hora de mercado. Las dos viajeras contemplaban admiradas aquel espacio deslumbrante de templos que al decir de los cómicos reunía lo mejor de cada casa de Atenas. Dejando a la izquierda la Avenida Panatenaica, la que conduce a la puerta Dipilón y a la Vía Sagrada, continuaron hacia Escambónidas.

Poco después de cruzar el ágora, el cochero las dejó en una posada de modesta apariencia, donde una patrona que no hacía gala de la hospitalidad ateniense les asignó una pequeña habitación, cuya puerta abría hacia el pasillo, porque el escueto camastro y la silla desnuda se habían comido todo el espacio. No les importó demasiado: habían llegado al paraíso y no era cuestión de desencantarse la primera noche. Cansadas de la larga e intensa jornada, se sentaron sobre la cama con las piernas cruzadas y tomaron higos secos y pasas. Tras apagar la vela, se arrebujaron bajo la manta.

—Pues es verdad que tienes las tetas pequeñas —dijo Lastenia mientras palpaba.

—¿Y tú por qué las tienes duras ahora?

—Es que me pones, esposo mío.

—¿Ves como ha sido buena idea? ¿Cómo te ibas a disfrazar tú de hombre con esas manzanas que tienes, tan pletóricas?

La estrecha cama las empujaba a la comunión de los cuerpos.

A la mañana siguiente, la patrona, más cercana, al recibir el trióbolo que Axi le entregó en pago, les ofreció un almuerzo completo por un óbolo más cada una. Lo aceptaron presintiendo que estaban ante una jornada crucial y enigmática, en la que todo podía ocurrir.

¡Qué buena les pareció aquella leche de cabra que encerraba las esencias de los aulagares del Ática! Por no hablar de la torta de calabaza o la miel del Himeto.

Salieron a la calle dispuestas a llevarse el mundo por delante. Antes le dieron una dracma a la patrona para reservar la habitación los próximos tres días.

Estaban en el centro de la ciudad. El cochero les había explicado el día anterior que desde el ágora debían tomar la avenida de las Panateneas y salir por el Dipilón. Y así lo hicieron.

Al cruzar las murallas, se abría una inmensa avenida que recibe el nombre de *Demosion Sema*, una zona de monumentos funerarios públicos, de ahí su nombre, una especie de calle de las tumbas. En este momento para Axi y Lastenia toda aquella grandiosa exhibición monumental no cuenta más que como el camino que conduce a la Academia de Platón. Les habían dicho que desde la muralla no había más que cinco o seis estadios.

La avenida de los monumentos termina en un parque amurallado que recibe el nombre de Academia. Lo que todo el mundo sabe es que en ese parque se encuentra uno de los tres célebres gimnasios de Atenas. Los otros dos son el Liceo al nordeste y Cinosargo al sureste, los tres fuera de las murallas. Los gimnasios son famosos no solo por las actividades físicas y deportivas que se realizan, sino porque los maestros de todo tipo acuden a su entorno a ofrecer sus cursos y conferencias a los jóvenes.

Puede imaginarse que por estos lares no se atisba ninguna mujer, porque aquí, en Atenas, la gimnasia y las ciencias o la filosofía son asunto reservado a los hombres. ¿Adivinan ahora la audacia de estas dos jóvenes mujeres extranjeras asaltando la cuna de la más célebre escuela de filosofía abierta en el mundo conocido?

Lastenia y Axi se sientan en un banco de piedra junto al famoso altar de Prometeo. Han revisado el recinto del parque. Toman un poco de aliento para seguir avanzando en su plan. Les han informado que la escuela de Platón se encuentra fuera del recinto amurallado, aunque al parecer algunos profesores aprovechan alguna sala del gimnasio para impartir la clase; cuando el tiempo es bueno, la clase es en el exterior, en las zonas porticadas del gimnasio. Merodean en busca de ese posible grupo, pero no vislumbran a los estudiantes de filosofía. Tampoco los gimnastas han acudido a esta hora de la mañana.

Salen del recinto de la Academia, donde, además del gimnasio y de altares a diversas divinidades, hay también un templo dedicado a Atenea, la diosa protectora de la ciudad.

El caso es que Academia es el nombre que se da a la zona de alrededor de este parque, en la que se encuentra la finca de Platón. Les han dicho que está un poco hacia el norte. Toman una senda que se adentra en un frondoso bosque. El suelo se halla alfombrado de marrón y amarillo. Huele a tejo y a despreocupación.

Axi, para eso es el varón, toma la iniciativa y pregunta a un paseante.

—Estoy buscando la escuela de Platón.

El paseante mira de arriba abajo al joven. No dice nada, se limita a señalar con el dedo la dirección y continúa su camino. ¿Será un filósofo?

Muy cerca de allí, rodeado de los olivos y plátanos, se ve un muro. Un poco más adelante se vislumbra la puerta de entrada. Está cerrada. Es media mañana. Lastenia, que es un poco más alta que Axi, otea el interior. Junto a la casa se ve un hombre mayor sentado al sol de otoño, inmóvil.

—Vamos a esperar —dice Axi. Se sientan en la yerba y sigue—: ¿Has visto a ese viejo?

—Sí, un tipo raro.

—Un pobre diría yo.

—Mira, sigue husmeando por ahí.

—Seguro que tiene algo que ver con los estudiantes platónicos.

—Igual es un disidente.

—Yo creo que eso solo ocurre entre los pitagóricos —Axi habla con conocimiento de causa—. Me decepcionaría saber que en la Academia también hay disidentes y expulsados. Que haya diferencias de opiniones es normal, pero eso de que el disidente sea declarado muerto, borrado del mapa, me parece horrendo. Es lo que peor llevaba en el grupo de Fliunte.

Lastenia se levanta y vuelve a observar al viejo sentado junto a la casa.

—No se ha movido.

Oyen ruido de voces. Se acerca gente. Es un grupo de hombres maduros, hay algún joven. Lastenia y Axi se alejan un poco de la puerta. El grupo entra. A la cabeza de todos ellos va un cojo. «¡Otro cojo!», piensa Lastenia, recordando a su ya probable padrastro.

—Estos son, seguro, los platónicos —Axi siempre ha tenido buen olfato—. Y el viejo sentado debía de ser Platón.

—Casi seguro, porque ya debe de ser un vejete.

—¿Cómo lo sabes?

—Lo que tú me has dicho: que fue discípulo de Sócrates, y Sócrates murió hace casi cincuenta años. Así que Platón pasará de los setenta.

—Pues es verdad, no había caído.

El grupo, sobre una docena, entra en la finca y se dirign al anciano que estaba tomando el sol. El último cierra la puerta corriendo el pestillo; levanta la vista y observa a la pareja de jóvenes.

—No os conozco. ¿Deseáis algo? —pregunta.

—Hemos venido a ver a… —contesta Lastenia.

—…a Platón —dice Axi cortando bruscamente a su compañera, al tiempo que le hace un gesto de reprobación.

—Dime qué deseas —el portero se dirige a Axi—, Platón está ya un poco mayor.

—Vengo a matricularme en la escuela —Lastenia ya se ha dado cuenta de que se había saltado el protocolo.

—El curso ha comenzado hace unos días, al terminar la vendimia. Tendrás que venir en primavera.

—He viajado desde Fliunte para unirme a la escuela de Platón. Traigo una carta de recomendación.

—¿Y esta mujer? —pregunta el portero.

—Me acompaña.

El portero, que parecía algo más que portero, no debió de entender que fuera suficiente justificación para entrar. Les rogó que esperasen en la puerta. Poco después regresó y se identificó como Jenócrates de Calcedonia, un discípulo avanzado, a juzgar tanto por la edad (habría cumplido ya los cuarenta, así que casi doblaba en años a las dos candidatas) como por la confianza de la que parecía gozar.

—Entrégame esa carta que traes y vuelve mañana: Platón te recibirá.

Lastenia le dio un codazo a Axi. Temía quedarse fuera del proceso de admisión.

—Mi esposa vendrá conmigo. Forma parte de la misma solicitud.

Jenócrates, perplejo, no supo qué contestar, pero Lastenia se quedó tranquila, más cuando oyó a Axi dar la siguiente explicación:

—Cuando la vean cómo maneja el cálamo o cómo recita la *República*, estoy seguro —Axi ya no vacilaba con la máscara de las palabras— de que el maestro le abrirá las puertas de par en par.

9. QUERIDO MAESTRO

Jenócrates citó a Axioteo para el día siguiente a primera hora de la mañana. Al parecer, al anciano Platón le gustaba madrugar.

En adelante, las dos aspirantes a filósofas pasarían a ser la pareja matrimonial Axioteo y Lastenia. Cada día representaban mejor su papel. Las dos tenían que esforzarse, porque ni Axiotea era un hombre ni Lastenia una sumisa esposa. Ni eran ni querían ser lo que se veían forzadas a representar.

A la mañana siguiente, con las primeras luces del día, Axioteo y Lastenia recorrieron el *Demosion Sema* y se plantaron en la puerta de la finca de Platón en la Academia. Esperaron hasta que vieron a un hombre que salía de la casa. La finca no era muy grande. Según se entraba, cerca de la puerta de acceso, había una casa. La planta calle era amplia. Se utilizaba como aula de enseñanza, discusión y lectura, y también como sala para la comida común o los simposios frugales de la Academia. Además había pequeños dormitorios para invitados. Uno de ellos, muy modesto, lo ocupaba Jenócrates, que junto con Platón y Espeusipo eran de los pocos que residían fijos en la casa. Los demás por la tarde solían retirarse a la ciudad, donde tenían su alojamiento. Se dice que Aristóteles en sus años como discípulo de Platón residió siempre en la ciudad.

Sobre la planta calle había una construcción que ocupaba como un tercio del total. Los otros dos tercios eran una superficie corrida donde se alineaban cuidadas jardineras con variadas especies de plantas. Una idea sin duda copiada de los jardines de Adonis que las mujeres atenienses cultivaban en sus terrazas, haciendo florecer las plantas para la celebración de las Adonias. Se obtenían así unas flores tan hermosas como efímeras.

Jenócrates se sorprendió al ver allí tan puntual a la pareja. Era obvio que la puntualidad era una virtud apreciada en la casa.

Los invitó a entrar. El maestro estaba esperando en la puerta. Como hacía fresco a esa hora de la mañana, pasaron al interior de la sala. Platón era un vejete, Lastenia no se había equivocado.

Axi había tenido cuidado en acudir con el bolso de hombre, no con el suyo habitual bordado en color azafrán, que ahora utilizaba Lastenia. Allí dentro llevaba la copia de la *República*, el hermoso regalo de Lastenia, y también el *Discurso Sagrado* de Pitágoras.

¿Es que las personas a medida que envejecen se hacen más serias? ¿O quizá Platón había sido un tipo serio durante toda su vida? Axi vio ante sí un rostro sombrío camuflado bajo un esbozo de sonrisa. Le infundió respeto. Ese Platón que tenía a la vista, por fin, no ligaba del todo con el autor luminoso que había creído descubrir en los libros de la *República*, ese mensaje que hablaba al futuro de la igualdad entre hombres y mujeres, pero que quería ser ya realidad allí, en esa mañana de otoño en el jardín de Platón.

—Es un honor recibir a un amigo de Equécrates —le dice en tono cálido y con una apenas perceptible inclinación de cabeza mientras se dirige a una silla. La invita a su vez a que tome asiento sin mostrar ninguna indicación a Lastenia.

—Puedes ver que me acompaña mi esposa. Sabes que entre los pitagóricos no consideramos a las mujeres ajenas a la filosofía —Axiotea invita a Lastenia a sentarse a su lado.

—No, por Zeus, claro que no —se apresura a responder Platón—. Y no solo eso, yo creo que no debe ser ajena ni siquiera a las tareas de gobierno, que, como bien sabes, para nosotros es el principal compromiso del filósofo: llevar el timón del Estado.

Lastenia representa aparentemente con gusto el papel de sumisa esposa permaneciendo en silencio con las manos cruzadas sobre su regazo. Las palabras que acababa de pronunciar el maestro sonaron muy bien a sus escépticos oídos.

—De su esposa ya hablaremos después —Lastenia tiene que hacer un esfuerzo por contenerse—. En cuanto a ti no sé qué te ha movido a solicitar el ingreso en nuestra escuela. Es la primera vez que lo hace un seguidor de Pitágoras, iniciado en los misterios.

—Te seré sincero —era el momento de emplearse a fondo—, he leído la *República*, casi un poco a hurtadillas, pues Equécrates es muy celoso con lo que leemos en la hermandad. Pero, bueno, al final accedió: he podido leer los diez rollos y aquí estoy, seducido, entusiasmado, con la Calípolis.

Axiotea notó la incomodidad del disfraz. Tenía que dividir su atención entre lo que era la representación de su papel masculino y lo que en verdad le interesaba, que era la conversación filosófica. Y así comprendió que lo que era un lastre, el disfraz, era también la puerta de acceso a la filosofía. No había más remedio que cargar con la máscara como el tributo que por ser mujer tenía que pagar para formar parte de ese selecto club.

A Platón se le trasluce un gesto de nostalgia cuando ve ante sí a un muchacho de rostro barbilampiño y voz aflautada. No sabe que ese joven lleva dentro del bolso un rollo con uno de los libros de la *República*, aquella ya lejana obra con la que celebró sus cuarenta años y que encierra la oceánica experiencia de su primer viaje a Siracusa. Ese muchacho de mirada inquisitiva y rostro afeminado ignora que después del primer viaje vino un segundo y después un tercero, trazando un camino que acabó desembocando en un mar de desencanto, pero también de maduración.

Platón no da por perdido ese camino decepcionante en parte, doloroso en parte, y también fecundo, un viaje ya postrero, lo intuía, que filtraba su experiencia, aquilataba su razonamiento y atemperaba su alma proclive a la melancolía, cuando no a la cólera. Ese muchacho que tenía enfrente le removía el baúl de los recuerdos, porque el pasado vibra al ritmo de nuestras vivencias presentes, sin saber si resultaría un desbarajuste final o un conjunto más armonioso. ¿Acaso no era la armonía el horizonte hacia el que cabalgaba el auriga?

La melancolía está muy cerca de la nostalgia, casi son hermanas.

Sentir que el tiempo se acaba es la experiencia constituyente de la vejez. Si no lo notas es que no te estás haciendo viejo. Pero ¿cómo iba Platón a comunicarle ninguno de estos pensamientos al joven solicitante?

—Esta semana el director es Jenócrates —Axiotea se quedó perpleja ante estas palabras de Platón—. Claro, eres nuevo. Habla con él y te lo explicará todo.

—Eso significa —se apresuró Axiotea— que he sido admitido.

—Si has leído la *República*, has hecho ya la mitad del camino. Desde hoy nuestra escuela se honra con tener su primer amigo, Axioteo, procedente de la ciudad de Fliunte.

Jenócrates andaba por allí cerca, despistado en apariencia, pero sin quitarle ojo al anciano maestro.

—Es nuestra forma de organización —explicó Jenócrates haciéndose cargo—, cada diez días nombramos a un director entre todos los veteranos. Este periodo me ha tocado a mí: soy el director decenal.

Cuando Platón se levantó de la silla, Jenócrates se apresuró a ayudarle, porque parecía tener alguna dificultad. «Es menester que yo a la funesta vejez obedezca», se lamentaba homéricamente.

—En los próximos días hablaremos de la *República*.

Platón se dirigía solo a Axiotea, Lastenia seguía sin existir. Esa era la prueba de que el disfraz había sido una buena idea. Los tributos son así, incómodos pero te abren la puerta.

Mientras Platón salía de la sala, Jenócrates tomó el relevo. Le explicó (tampoco para Jenócrates existía Lastenia) los puntos principales de la organización.

—Platón es nuestro maestro. Él ha fundado esta escuela, en esta finca, que es suya. ¿Sabéis la historia? —Axiotea niega—. Platón fue a Siracusa invitado por el tirano de allí, Dionisio. La relación acabó mal y el tirano vendió a su invitado como esclavo. La fortuna quiso que un amigo suyo, Aniceris de Cirene, lo identificara en el mercado de esclavos de Egina. Lo compró por 30 minas y así recobró la libertad. Platón reunió el dinero para devolvérselo a Aniceris, pero este lo rechazó. Con ese dinero compró este jardín, y así gracias al dinero de un esclavo esta escuela de filosofía ha echado a andar.

—¡Vaya qué casualidad! —comentó Lastenia.

—Casualidad no, la astucia de la razón, suele decir Platón.

Jenócrates siguió explicándole a Axiotea cómo funcionaba la escuela. Le dijo que podía incorporarse cuando quisiera, aunque el curso ya había comenzado.

—¿Puedo comentarte un detalle?

—Claro, habla con franqueza.

—Mi esposa vendrá conmigo. Es apasionada de la filosofía como yo.

—No, claro que no, no puede ser —atajó Jenócrates—, la Academia no admite mujeres. Debes dejar a tu esposa en casa. Cuando termines la jornada de estudio, volverás a la ciudad y podrás estar con ella.

—Deseo hablar con Platón, él lo entenderá.

Axiotea fue tan tajante que Jenócrates se sintió relegado.

Platón se encontraba tomando el sol sentado en un banco del jardín. Axiotea sacó del bolso el manuscrito de la *República*, era el libro quinto, y se lo tendió al maestro.

—Esta copia la ha escrito Lastenia, mi esposa. Es la prueba de su vocación por la filosofía —Platón desenrollaba el manuscrito con ojos chispeantes— y de su destreza como copista.

—Amigo Axioteo, tienes razón en elogiar a tu esposa.

Lastenia contiene la respiración mientras Platón deja ver una sonrisa ojeando el rollo y quizá admirando su caligrafía.

—Es verdad, los filósofos son varones —Platón parece sorprendido—. Es la primera vez que una mujer pretende ser alumna de la Academia.

—Siempre hay una primera vez —asiente Axiotea—. Esta es la primera escuela de filosofía —así dice con ánimo de lisonja, aunque para ella las primeras han sido las comunidades pitagóricas.

—Bueno, quizá la podremos aceptar como copista, pero no como candidata a los estudios filosóficos —las palabras de Platón tienen el tono de una sentencia.

Jenócrates no disimulaba su gesto de enfado mientras recibía de Platón el manuscrito. Tras hablar entre ellos al oído, Jenócrates les dijo:

—Vamos a examinar este manuscrito. Si tiene suficiente calidad, pensaremos si tu esposa puede trabajar entre nosotros como copista.

Las dos amigas abandonaron el jardín decepcionadas, pero con un hilo de esperanza. Habían quedado con el director en verse al día siguiente.

Regresaron a la ciudad. La calle de las tumbas estaba más transitada a medida que se aproximaban a las murallas.

Aprovecharon para pasar por el ágora. La actividad comercial era tan intensa a esa hora que uno se perdía en medio de aquella algarabía de personas y animales. Aquel espacio, el ágora, no entendía de sexos. La voz más aguda de las mujeres anunciando sus productos tenía que hacerse oír sobre el timbre más grave de los hombres. ¿Por qué no podía ser igual el espacio de la Academia? Si las voces de las mujeres valían para anunciar y promocionar los tejidos, las salchichas y las hortalizas, ¿por qué esas voces no iban a servir para presentar tesis, defender argumentos y plantear objeciones en un debate?

—Me gusta esta estampa abigarrada de voces y colores —comenta Axiotea.

—Se lo pienso decir mañana a Platón. Si se pone terco, le preguntaré si concibe una bella ciudad, o una Calípolis, como él la llama, formada solo por hombres.

—Te dirá que la asamblea de los ciudadanos, donde se deciden los asuntos de la ciudad, está formada solo por hombres.

—¿Y por qué han de decidir solo ellos? ¿Por qué nos borran a las mujeres?

—También a la guerra van solo los hombres.

—¿Y qué más es solo de hombres?

—Los banquetes esos que hacen. Aquí en Atenas son muy aficionados.

—He oído decir que van acompañados de sus hetairas.

—Es verdad, son las esposas las que no pueden asistir.

—He hecho bien huyendo del matrimonio.

—Le diremos a Platón que hay que construir una ciudad que tome como modelo el ágora y no la asamblea, una ciudad abierta, con hombres y mujeres.

—Igual le da un patatús al vejete.

Tras dejar atrás los puestos de carnes, que les parecieron pestilentes, los de frutas y verduras aliviaban los sentidos.

Incluso compraron unos racimos de uvas y una tarrina de miel.

—Eh, mira.

Era un puesto de perfumes: aríbalos, lécitos y otros tarros con aromas totalmente desconocidos para ellas. Preguntaron por el precio de uno de ellos y respondieron con una sonrisa a la perfumista que se lo ofrecía. Quedaron un rato en el lugar para llevarse puesto parte de ese perfume.

Muy cerca de los perfumes se escuchaban las proclamas de un vendedor.

—Lean, lean las comedias de Alexis, el mejor fármaco para cualquier mal, especialmente el de cabeza, *La pitagórica,* un éxito seguro, ganadora en las Dionisias, las aventuras de *Galatea.* Si quieres ligar en Atenas lee *La muchacha ática.*

De pronto el vendedor se callaba para atender las demandas de algún cliente. Después seguía.

—Dos comedias para partirte de risa, por solo cinco dracmas. Cinco comedias, siete dracmas.

Lastenia y Axiotea se acercaron al puesto de papiros. El vendedor les ofreció los versos de Safo por dos óbolos.

—Si no os va la comedia ni la lírica —dijo dirigiéndose a Axiotea y Lastenia—, de la Academia nos llega un enjundioso diálogo. No entenderás ni una palabra, pero podrás fardar de sesudo filósofo.

Lastenia le pidió ojear el papiro. Se sorprendió al ver el nombre de Timeo. «No puede ser», pensó y se lo devolvió al librero. El precio era de dos dracmas. Tuvo tentación de echar mano al bolso, pero se detuvo. Mejor hablarlo despacio con Axiotea. Por si acaso memorizó los nombres del principio y las dos primeras líneas.

Por la tarde, en la posada, apalabraron con la patrona quedarse en la habitación hasta la próxima primavera por un precio aceptable. Para entonces, esperaban haber encontrado un modo de ganarse la vida. Jenócrates les había dicho que la escuela no cobraba nada por las enseñanzas, pero que son los propios estudiantes los que deben sufragarse los gastos. Les dijo también que discrepaba de esa política, pero que era la voluntad inquebrantable de Platón.

Lastenia y Axiotea hicieron balance por la noche en el dormitorio. Allí las dos se sentían invencibles. Es verdad que Lastenia no había sido admitida. Fue una decepción solo en parte. En parte lo esperaban, por eso habían urdido la trama del disfraz. Ahora comprobaban que había sido una buena idea, aunque fuera duro.

—Yo cada día me siento más a gusto como hombre. Chica, te miran de otra manera. Ni me veo devorada por hombres rijosos, ni me escucho eso de «mujer tenía que ser». Esto es otra cosa. Es verdad que es incómodo, debo tener cuidado que la túnica no se deslice y se me vea la teta o la piel femenina, porque el cuerpo de una mujer no es igual que el de un hombre. Y cuando me venga la regla tendré que ser más cuidadosa. Vivo un poco con el temor de que un día descubran lo que soy.

—¡Qué tontería! ¿Cómo te van a descubrir?

—Recuerdo a un pitagórico de Tarento que nos dio una conferencia en la hermandad de Fliunte. Era médico. Babélica le preguntó algo y él respondió que, igual que identificas a un toro o un león como machos sin necesidad de examinar sus órganos sexuales, con el hombre y la mujer pasa lo mismo, que los distinguimos, no desnudándolos primero, sino viéndolos con la ropa puesta.

—Tonterías, tú fíate de lo que ves, no lo que ha dicho un tarentino turulato. ¿Alguien se ha percatado de algo? Sabes que hay hombres barbilampiños y otros afeminados, pero son hombres. No hagas caso —Lastenia no les daba importancia a los temores de su amiga, y añadió medio en broma medio en serio—: ¡Cuánto me gustaría que fueras un hombre de verdad!

—No seas frívola.

Lastenia se apretujó contra Axiotea, buscando el calor del contacto.

—Necesito que compenses aquí en el dormitorio, en nuestro mundo secreto, toda la humillación que acumula durante el día una sumisa esposa. Es un disfraz insoportable. Solo me consuela pensar de la que me he librado huyendo de la celada matrimonial que mi madre y el cojo me tenían preparada. Te aseguro que se me hace un disfraz pesado: la sumisa esposa, siempre un paso detrás de ti, mirando hacia el suelo, oír y ver lo menos posible, guardar silencio, no poder responder ni rebatir. Creo que eso de sumisa se va a terminar. Tengo ganas de soltarle un descaro a ese Jenócrates, que no mira con ojos lascivos, sino de desprecio. ¿Te has fijado cuando le has dicho que ibas a hablar con Platón, que él lo entendería?

—Es que ahí me he pasado. Luego ha resultado que era el director decenal. Se ha sentido puenteado, marginado.

—Es lo que a mí me hace sentir en cada momento, ¡que se aguante! No me dirige la mirada y menos la palabra.

—Eres mujer, ¿lo has olvidado?

—La Academia no admite mujeres —Lastenia imita entre risas la voz áspera de Jenócrates.

Durante la noche, las dos amigas juntas en el dormitorio, sin disfraces, se sienten dos combatientes, con la moral en todo lo alto.

10. El jardín de las musas

Jenócrates como director de turno convocó a Platón y Espeusipo para decidir sobre el extraño candidato de Fliunte. Extraño porque hasta la fecha nadie había solicitado el ingreso para él y su esposa. No podía comprender que pudieran estar tan profundamente enamorados.

—Ese chico, Axioteo —dice Platón—, viene recomendado por Equécrates. No podemos rechazarlo, ya lo sabéis. Y por cierto que el nombre de Axiotea me suena familiar, pero Axioteo no lo había oído hasta la fecha.

—Ni tú ni nadie —ataja el director, que se pregunta en tono malhumorado—: ¿Y qué hacemos con la mujer?

—El rollo de la *República* parece bien copiado —responde Espeusipo—. Tal vez, como copista, podría sernos útil.

Espeusipo es sobrino de Platón, hijo de Eurimedonte de Mirrino y de Potoné, la única hermana de cuatro, que siempre ha tenido a Platón, el benjamín de la familia, como el hermano preferido. Pese a su mala salud, Espeusipo sabe que será el heredero de la escuela, y piensa como tal, calculando y administrando los recursos con vistas al futuro. Entre los sénior de la Academia, como Jenócrates, Aristóteles de Estagira o Heraclides del Ponto, Espeusipo tiene fama de tacaño. Él les contesta que es muy fácil ser generoso con los bienes ajenos. «Hay que regar el huerto, cultivarlo, podar los almendros, cavar y entrecavar las eras de las legumbres. Tenemos que alimentar a los hortelanos, a la cocinera y a los otros sirvientes».

Además de los estudiantes de la Academia, están los sénior , unos, estudiantes avanzados, y otros, profesores ya consagrados en alguna disciplina, como Eudoxo, un afamado astrónomo y matemático.

—Podríamos aceptarla oficialmente como cocinera —Espeusipo parece haber dado con la solución—, aunque trabaje como copista. Así evitamos las habladurías.

—¿Qué te parece? —pregunta Platón a Jenócrates con su débil hilo de voz.

—A mí la copia también me ha parecido buena, pero me da la impresión, por como escribe, que será muy lenta. Igual se tira un año copiando las *Leyes*, creo que Filipo de Opunte ya tiene lista la copia final.

—Está bien, le haremos prueba de escritura antes de tomar la decisión —sentencia Espeusipo.

Al día siguiente, Axiotea y Lastenia se presentaron en el jardín a primera hora.

—Platón te da la bienvenida a la Academia —así la recibió Jenócrates—. Vamos a dar un paseo por la finca para que te vayas familiarizando.

—Es un gran honor —respondió agradecida Axiotea—. Y de mi esposa, ¿qué me dices?

—De eso hablaremos más tarde. Ahora te voy a explicar cómo funcionamos. El estudio comienza a esta hora de la mañana. El punto de encuentro no es esta casa, que como sabes es propiedad de Platón, sino el gimnasio de la Academia. Supongo que sabes dónde se encuentra.

—Sí, claro.

—Muy cerca de aquí, solo tienes que cruzar la puerta del parque y enseguida lo verás. Allí, en el patio porticado, os recibirá el maestro, que esta semana es Aristóteles de Estagira, un gran profesor. Es de los más veteranos de la casa aunque todavía es muy joven. Allí, en el pórtico, el profesor dirige los ejercicios de lectura y de razonamiento. El curso ya ha empezado, así que el propio Aristóteles, cuando termine la lección de cada día, te pondrá al corriente. Después te podrás incorporar al grupo.

En la huerta de Platón, porque además de una zona ajardinada también había un espacio dedicado a la agricultura, trabajaban varios sirvientes, la mayoría eran hombres. Había una mujer a la que todos llamaban Ártemis. Era como el ama de casa y la llave de todas las puertas: daba las órdenes a los sirvientes, era la jefa de la despensa, recibía a los proveedores. Tenía razón Espeusipo al decir que había que cuidar los recursos para mantener la institución.

La escuela platónica no cobraba unas tasas fijas a los estudiantes, pero recibía donativos según las posibilidades de cada uno. Aristóteles, aun cuando nunca pernoctaba en la casa de Platón, era uno de los más generosos. Se sabía que tenía una especial relación con el rey de Macedonia, donde su padre Nicómaco había ejercido como médico.

—Después de la clase en el gimnasio, el profesor y los estudiantes salen al parque. Sabes que en el recinto de la Academia hay muchos caminos y senderos. Nuestros alumnos dan la clase por el paseo central, que es espacioso y pueden agruparse todos alrededor del maestro o sentarse en alguna exedra según los casos.

—¿Una clase por el paseo en medio de la gente?

—Sí, a veces hay personas que se suman, incluso intervienen en los debates. Platón quiere que su escuela sea algo abierto a todos, no una capillita como hacen algunas sectas por ahí.

Axiotea no se atrevió a replicar, aunque percibió la pulla contra los pitagóricos.

—Con la clase por el paseo termina la sesión de la mañana. Por la tarde a veces los profesores sénior dan conferencias en el gimnasio. Son abiertas a todos los que desean instruirse. Se anuncian con bastante antelación. Puedes asistir si lo deseas o si el tema es de tu interés. Mañana Eudoxo de Gnido, que está estos días en Atenas, pronunciará una conferencia sobre astronomía. Vuestro profesor os recomendará las que sean más apropiadas. Cuando no haya conferencia, puedes visitar la biblioteca. Allí tienes muchas obras disponibles, por supuesto hay copia de todos los diálogos de Platón. También encontrarás libros de tu secta, que seguramente no habrás leído. Como puedes ver, la enseñanza gira en torno al gimnasio y el paseo en el recinto amurallado de la Academia.

En todo momento Jenócrates se dirigía a Axiotea.

—Me gustaría saber qué planes tienes para mi esposa.

—Hemos analizado la copia del libro de la *República*. Está bien hecha —ahora Jenócrates se dirigía a Lastenia.

—Muchas gracias.

—Vamos a entrar en la casa, harás una prueba.

Axiotea y Lastenia se miraron sorprendidas.

Ártemis apareció en el salón con un manojo de tablillas. Desató el lazo y sacó dos de ellas perfectamente enceradas. Llevaba además el rollo que Axiotea le había entregado el día anterior a Platón. Desenrolló una parte, el comienzo del libro, y lo fijó sobre la mesa. «Serán desconfiados», pensó Lastenia. Jenócrates había previsto comprobar si coincidía la letra.

—Ya sabemos que eres buena copista. Ahora queremos saber a qué velocidad escribes. Así que esfuérzate por copiar claro y rápido.

—No es lo mismo escribir con el cálamo en el papiro que con el punzón en la tablilla.

—Ya. El papiro es más complicado, sobre todo porque no admite fallos. No puedes borrar tan fácil como cuando escribes en la cera.

Lastenia pasó la prueba sin dificultad. Incluso el malhumorado Jenócrates no pudo evitar una expresión de sorpresa, abierta a una media sonrisa, cosa rara para él. Tomó la tablilla y el rollo, y desapareció. Seguro que fue a entregar los resultados de la prueba a Platón y Espeusipo.

Allí quedaron Axiotea y Lastenia junto a Ártemis, una mujer de serena presencia que las doblaba en edad. En su atuendo y porte exterior no se dejaba ver su condición de esclava, aunque lo era, si bien los hombres de la casa la trataban con respeto, e incluso con un punto de deferencia. Bajo su estricto control pasaban todas las mercancías que llegaban a la casa, desde las ristras de ajo o la ánforas de vino hasta las remesas de papiro importadas de Egipto.

Ártemis acompañó a la aparente pareja a la biblioteca, una sala aneja del gran salón. La estancia, que daba a la pared oeste en la que había una pequeña ventana, estaba repleta de cajas con los rollos, ordenadas en una estantería. En una habitación contigua se ubicaba el escritorio, donde realizaban el trabajo los copistas. Había un muchacho escribiendo y un señor mayor, que era Filipo de Opunte. Al parecer este alumno avanzado de la escuela, que en la Academia era considerado como el más fiable amanuense de Platón, se había encargado de realizar la copia final en papiro de las *Leyes* a partir de las tablillas que escribía el maestro. Cuando la obra estuviera terminada, más de doce rollos, empezaría el trabajo de reproducir las copias con vistas a organizar la lectura pública entre los sénior de la Academia.

—He oído que eres una experta copista.

Por una vez, alguien, precisamente Ártemis, interpeló a Lastenia por sus propios méritos, no por ser la esposa de Axioteo.

—Es un oficio que me gusta.

—Pues este será tu lugar de trabajo.

—Y ese que ves ahí, tu jefe —Filipo escuchó el comentario de Ártemis, levantó la vista del papiro, pero siguió empuñando el cálamo.

Ártemis acompañó a Axiotea y Lastenia a un paseo por la finca. Ella se colocó junto a Lastenia, que quedaba así en el centro. Les explicaba los detalles de las plantas, los árboles y los senderos para pasear.

—Esta es la zona de verano —dijo señalando un plátano frondoso y alto bajo el que habían instalado unos bancos de madera y una mesa de piedra, que tenía la apariencia de un altar. Sobre ella depositaban los papiros y los materiales de escritorio—. Es el lugar preferido por Platón en los meses de la canícula. Debajo de este plátano ha escrito buena parte de las *Leyes*, su última obra, que está todavía por terminar, y otros muchos diálogos.

—No es un sitio muy cómodo para escribir —puntualiza Lastenia.

—Platón a veces escribe reclinado sobre la mesa, pero por lo general apoya las tablillas sobre sus piernas. Sus amigos las recogen, y luego los copistas las pasan al papiro.

—¿Y esta estatua? —pregunta Axiotea.

—Es Sócrates, el alma de esta escuela. Dicen que le gustaba frecuentar una zona del Iliso donde crecen los plátanos. Por eso Platón ha colocado aquí este busto dedicado al maestro que tanto venera.

Siguieron su paseo circular hasta que llegaron a una pequeña cabaña en la zona norte de la finca. Estaba flanqueada por olivos a un costado y por un esbelto granado en el otro. Tenía la apariencia de ser la garita donde los jardineros guardaban los aperos de la horticultura.

—Este es el tabuco de Jenócrates.

—Creía que se alojaba en la casa con los demás —contesta Lastenia.

—Al principio, sí; ahora se ha hecho construir esta cabaña y se aloja aquí. Es un hombre muy austero. En el interior apenas hay un camastro. Dedica la mayor parte del tiempo a la meditación y también a escribir. Desde luego no pasa ni un solo día sin guardar al menos una hora de silencio.

Junto a la cabaña se extendía una amplia zona de cultivo, extensas eras de alubias, lentejas, garbanzos o guisantes.

—¿Y habas? —Lastenia se tomó la libertad de preguntar.

—No, no hay habas —contestó Ártemis sin adivinar ninguna segunda intención.

Destacaba entre todos los cultivos un amplio cuadro de calabazas. Marchitas ya las hojas de la planta, a punto para la cosecha, los frutos exhibían sus generosas dimensiones y su intenso color entre el rojo y el amarillo.

—Aquí comemos calabaza fresca hasta el mes de enero. Se conserva muy bien. Además, Jenócrates para esto es un experto, las corta en trozos, las inserta en una cuerda y las deja secar al aire.

En la última parte, situada al este de la finca, se encuentra la famosa exedra. Es el lugar de las lecturas y los debates. Los profesores que allí se reúnen llevan sus rollos, sus mapas o los artilugios que les parecen oportunos para sus demostraciones.

Al fin regresaron al punto de partida, la casa donde vivía Platón, Espeusipo y otros invitados. Se le llama también Museo, porque, como es bien sabido, el museo es el lugar donde habitan las musas, que son a su vez las diosas de la educación, y la educación para los griegos camina sobre dos patas, la gimnástica, cuyo centro es el gimnasio y la palestra, y el museo, donde aprenden las artes de las musas, que son artes de la palabra, la poesía, la retórica o la historia.

La entrada a la casa está flanqueada por dos estatuas a cada lado, que representan las cuatro musas. Es un motivo más para justificar este bello nombre.

—Yo siempre he visto ahí las estatuas. Mi señor, el noble Platón —Ártemis nunca olvida mostrar agradecimiento a su dueño—, cree que la filosofía es la música más alta. Así lo aprendió de Sócrates. Por eso, primero encargó las estatuas de las musas, y poco después la de Sócrates que habéis visto bajo el plátano.

El jardín de Platón incluye un museo o escuela de filosofía, una exedra para las lecturas y discusiones, y una huerta donde trabajan hasta cuatro hortelanos.

—Yo aspiraba a ser admitida como estudiante de filosofía, con todos los derechos, asistir a las lecturas y a los debates, pero tengo que conformarme con ser copista.

Ártemis registra este amago de queja, pero no da ninguna respuesta.

11. La música más alta

Axiotea se encontraba satisfecha, Lastenia no tanto.

—Me gusta el trabajo de copista, pero lo que nos habíamos propuesto era venir aquí a defender nuestro derecho como mujeres a ser admitidas en una escuela de filosofía. Ese era nuestro objetivo. ¿No lo estarás olvidando, Axi?

Las dos habían iniciado sus respectivos programas. Axi se presentaba todos los días en el gimnasio a primera hora. Allí se despedía de Lastenia, que seguía camino hasta el jardín de Platón.

Para Lastenia el trabajo tenía mucho de rutina. Quizá se debía a que Filipo le había encomendado hacer una copia de un diálogo al que llamaban el *Timeo*. Otra vez ese nombre que a las dos les traía recuerdos desagradables. Empezó a copiar. Al principio se le hizo interesante, porque entendía bien el texto, pero llegó un momento en que no se enteraba de nada. Se lo dijo a Filipo.

—Claro —le contestó—, es uno de los diálogos más difíciles. Trata de física, del universo, un tema que Platón no ha investigado mucho.

—¿Por qué se llama el *Timeo*?

—Ya sabes que denominamos a cada diálogo por el personaje más destacado, después de Sócrates, claro está. Y en este caso es un tal Timeo de Locros.

Lastenia disimuló su sorpresa.

—¿Es acaso un físico ese Timeo?

—Sí, precisamente, y ha escrito un libro en el que Platón se inspira.

—El caso es que no entiendo nada, y estoy todavía por la mitad del diálogo. ¿No sería mejor que continuara otro que entendiera lo que copia?

—Ahora no hay nadie disponible. Tenemos que hacer llegar un ejemplar a la corte de Macedonia. Es un cliente muy importante.

—¿Y qué hago?

—No te preocupes: tú escribe palabra por palabra lo que leas, aunque no lo entiendas. Eso es lo normal en los copistas, que no entiendan todo lo que copian. Si lo entendieran todo, serían verdaderos filósofos.

—Pues entonces soy casi filósofa, ¿no?

—¿Por qué?

—Porque entiendo muchas cosas.

Filipo sonrió y continuó con su trabajo.

La tarea rutinaria de Lastenia contrastaba con la ilusión de Axi. Algo no iba bien entre las dos amigas.

—No hemos venido aquí a confirmar lo que ya sabíamos: la mujer a trabajar, el hombre a estudiar. Hemos venido a romper esa rutina, no a confirmarla.

—Ten paciencia, Lastenia. Yo ahora mismo estoy atada. Me he disfrazado de hombre y con este disfraz no puedo defender a las mujeres, ni me puedo defender como mujer, porque aparento ser hombre. No ha sido buena idea, pero tenemos que pensar.

—Me siento sola, Axi. Estoy allí trabajando como una esclava.

Las dos amigas regresan a la posada de la ciudad tras la jornada de estudio y trabajo en la Academia. Llegan a un acuerdo.

—Yo por la tarde —le propone Axiotea— te explicaré todo lo que he aprendido por la mañana. Así las dos vamos aprendiendo la filosofía. Llegará un momento en que podremos dar el salto: yo me quitaré el disfraz de hombre y tú, el de sumisa esposa.

—Perdona, Axi, me estaba poniendo un poco nerviosa.

Axiotea empezó esa misma tarde la primera lección.

—Hoy nos ha explicado Aristóteles el tema del lenguaje. Ha dicho que el lenguaje es lo que hace a los hombres tan especiales, porque somos capaces de hablar. Ha dicho que el filósofo debe distinguir entre palabra y voz, porque los animales tienen voz, pero no palabra. Es muy buen profesor, es como un guía que te va mostrando el camino, te señala los peligros o las encrucijadas y te dice por dónde hay que seguir para ir avanzando. Por ejemplo, cuando nos dice que los animales tienen voz, nos invita a que los alumnos pongamos casos que conocemos. Nos hemos quedado con el perro. La voz del perro es el ladrido. Ladrando el perro muestra sus emociones, como nosotros cuando gritamos o cantamos o chillamos.

—¿No es un poco rollo todo esto?

—No, porque siempre llega a algo interesante. Verás. El lenguaje nos sirve para comunicarnos. Eso, claro, si entendemos el lenguaje. Si no lo entiendes, el lenguaje es un blablablá.

—Como el *Timeo* de Platón —salta Lastenia—. Es el diálogo que estoy copiando. No entiendo ni jota.

—Exacto. Es porque hay cinco clases de lenguaje. El *político* es el que hablan los hombres cuando se reúnen en las asambleas. El que utilizan los oradores cuando escriben una defensa o una acusación judicial se llama lenguaje *retórico*. La tercera clase es el lenguaje del que se sirven los particulares para conversar, como nosotras ahora. Lo llama lenguaje *ordinario*, el de la vida cotidiana. La cuarta es el que utilizan los artesanos y los expertos en sus especialidades, matemáticos, arquitectos, escultores, curtidores o médicos. Es el lenguaje *técnico*. Y finalmente, la quinta es el lenguaje *dialéctico*, que es el que usan los que entablan un diálogo, bien haciendo preguntas, bien dando las respuestas. Este es el propio de la filosofía.

—Ahora veo lo que me pasa con el *Timeo*. Empieza a hablar de mezclas, divisiones y triángulos, y me pierdo.

—Claro, es porque no entiendes el lenguaje técnico de los matemáticos.

—Filipo me ha dicho que es un diálogo muy difícil, pero yo no veo que tenga que ver con lo que leímos de Timeo en Fliunte.

Al volver al trabajo al día siguiente, Lastenia continuó con la copia del *Timeo*. En medio de aquel pantano de oscuridad, pues seguía sin entender lo que escribía, recibió un primer latigazo que le recordó al que sintió la primera vez que leyó el papiro de Timeo de Locros.

En aquel océano de aguas turbias resplandeció como un relámpago una frase que decía que «puesto que la naturaleza humana es doble, el género mejor sería aquel que luego se habría de llamar varón». No había duda: entre varones y mujeres, el varón era el mejor y más poderoso. Platón comenzaba a enseñar las uñas. Decepción.

Unas líneas después, el relámpago se convirtió en estruendo atronador al leer otra frase más insolente, y además calcada de lo que había leído en Timeo de Locros: «el varón que domina sus pasiones habría de vivir con justicia, pero si sus pasiones lo dominan vivirá en injusticia. El que viva como es debido llevará una vida feliz, pero, si fallara en esto, cambiaría a la naturaleza de mujer en la segunda generación; y si en esa vida aún no abandonara el vicio, sufriría una metamorfosis hacia una naturaleza animal semejante a la especie del carácter en que se hubiera envilecido». Irritación.

Lastenia, al ver reiterada la misma idea en dos pasajes tan cercanos, temiendo que podría volver a insistir más adelante, se esforzó en memorizar el lugar del rollo donde lo escribía, para poder contárselo a Axiotea.

La nueva invectiva no tardaría en llegar. Ya bien avanzado el rollo, se encontró esta perla, que volvía a las andadas: «*Como los que nos construyeron sabían que en alguna oportunidad de los hombres iban a nacer las mujeres y las restantes bestias y se percataron de que muchos animales también necesitarían usar las uñas a menudo, por eso modelaron en los hombres que estaban naciendo en ese momento principios de uñas*». Rabia

Y lo más amargo quedaba reservado para el final, las últimas líneas del rollo: «*Ahora parece haber llegado casi a su fin lo que se nos había encomendado al principio, hablar acerca del universo hasta la creación del hombre. Tenemos que recordar, además, brevemente, cómo nació el resto de los animales. He aquí la exposición correspondiente. Todos los varones cobardes y que llevaron una vida injusta, según el discurso probable, cambiaron a mujeres en la segunda generación*».

No es que la mujer haya salido del hombre, es que ha salido de los hombres cobardes e injustos. Llanto.

Lastenia no se atrevió a llevar a cabo lo que le pedía el cuerpo: tachar o emborronar o simplemente dejar de copiar aquellos escarnios contra las mujeres. Miraba de reojo a Filipo y desistía: la autoridad del secretario de Platón, una autoridad no basada en la imposición, sino en la competencia del copista, y cada vez más en el respeto e incluso la complicidad del compañero de trabajo, se lo impedía.

Cuando Lastenia terminó de copiar el *Timeo*, tomó un retazo de papiro, pues muchas veces, al terminar la copia, quedaba algún resto de dos o tres palmos que se recortaba y quedaba relegado para escribir alguna carta o cualquier otro apunte breve. Filipo no controlaba esos pequeños detalles, aparte de que era habitual que los colegas acudieran al escritorio a buscar recortes de papiro para tomar notas en las conferencias.

Y así Lastenia, sin percatarse de ello, escribió una pequeña antología del *Timeo* platónico, recogiendo aquellos lugares que podían servir como arma en la defensa del derecho de las mujeres o en la denuncia de esos filósofos misóginos que parecían reproducir las diatribas antifemeninas de los viejos poetas.

—¡Has dado en el clavo, amiga! —clamó emocionada Axiotea cuando leía aquel pequeño papiro que le recordaba las antologías homéricas que circulaban en el grupo pitagórico de Fliunte—. ¡Una idea brillante! Ese es el camino.

Axiotea pronto se percató de que se le estaba viniendo abajo la *República* de Platón, precisamente el libro que le había empujado a llegar a la Academia. ¿Cómo podía explicarse una contradicción tan flagrante entre dos obras de un mismo filósofo? ¿O quizá no era tan flagrante?

La pequeña antología en su parte final incluía la escala de perfección de los seres vivos, comenzando por el varón, del que salía la mujer, y después las aves, que procedían de los hombres superficiales, a continuación los animales terrestres, los que inclinan la cabeza hacia la tierra, para concluir con la especie acuática, nacida de los hombres más ignorantes.

El trabajo de Lastenia era monótono solo en apariencia. Se había convertido en una cazadora o en una sabuesa, husmeando allí donde anidaban los improperios contra las mujeres.

Pero la monótona apariencia se rompió una mañana. Bictas, el joven esclavo que fungía como lector en los debates de la exedra, se había puesto enfermo. Filipo de Opunte realizaba de vez en cuando esa función de lector propia de esclavos. El amanuense como el lector eran trabajos penosos para la mentalidad de un hombre libre de estirpe aristocrática. Manejar el cálamo era pesado y aburrido. Leer en voz alta resultaba enojoso cuando se podía escuchar sin esfuerzo lo que estaba escrito. Muchos de los sénior de la Academia solían frecuentar la biblioteca, donde leían para ellos mismos, en una lectura silenciosa. Eso era diferente: es verdad que tenían que forzar la vista, pero se ahorraban al menos el esfuerzo de pronunciar en voz alta.

Tal era el caso del macedonio Aristóteles, al que se apodaba *el lector*, no porque se hubiera ofrecido a leer textos en los debates, sino porque frecuentaba mucho la biblioteca, donde pasaba horas leyendo, y también porque solía deambular en solitario por los paseos del parque con un rollo entre las manos, en lugar de dialogar con sus colegas.

Fue precisamente Aristóteles el que sugirió a Platón que podía ser la chica copista la que ejerciera como lectora. Sabía que ella había estado los últimos días haciendo una copia del *Timeo*, la obra platónica que los sénior estaban discutiendo.

Cuando escuchó la invitación, más bien una orden, de labios de Jenócrates, Lastenia se puso nerviosa. Indecisa, dejó el cálamo que tenía en la mano.

—Toma el rollo del *Timeo*, el que copiaste tú, así entenderás mejor tu propia letra. Vas a venir a la exedra a leer los pasajes que te vayamos pidiendo.

Lastenia, dubitativa y confusa, se levantó y tomó la caja donde estaba depositado el rollo.

—No sé qué es eso de lectora, yo soy copista.

—Para copiar una cosa antes tienes que leer el original. Pues bien, eso debes hacer: leer en voz alta. Es más cómodo que copiar, ¿no te parece?

No podía echarse atrás. La convocaban a la exedra, a la que todos se referían como una especie de lugar sagrado, allí donde el maestro lanzaba los desafíos, los temas que iban a debatir y donde se leían sus obras. Un lugar que nunca antes había pisado una mujer. Le subió un golpe de calor, como una ola abrasadora que debió de poner al rojo vivo los extremos de sus orejas.

Vestía su túnica de lino, sujeta por los hombros con delicadas fíbulas de madera de boj bruñidas y tersas como el marfil. Su túnica blanca contrastaba con el cinturón verde que la ceñía y la caja de olivo viejo que llevaba como quien se dispone a presentar una ofrenda a los dioses.

A indicación de Jenócrates, Lastenia depositó la caja sobre el altar y extrajo el rollo. Parecía una sacerdotisa que se disponía a realizar un ritual religioso. Solo le faltaba alguna ínfula sobre la cabeza u otro distintivo de su dignidad sacerdotal. Quizá agradecía no ver su cara enrojecida y ardiente.

Aquellos hombres que frecuentaban la exedra con la misma asiduidad que Lastenia el escritorio tal vez eran conscientes de que iba a ser una voz de mujer la que iba a llevar a sus oídos las aladas palabras platónicas sobre la evolución de los seres vivos, que tal era el tema de debate.

Cuando ya Lastenia estaba preparada con el rollo entre las manos, Jenócrates le pidió que le diera la vuelta para situarse en la parte final, donde Platón resume en dos páginas cómo nacen los otros animales. Lastenia se tomó su tiempo, pues había que desenrollar con una mano y enrollar con la otra hasta cubrir los más de siete metros de papiro.

Recordaba el lugar exacto donde debía comenzar. Nunca había leído en público. Carraspeó sin osar levantar la mirada. Se acordaba perfectamente de esta parte del diálogo, donde se dice que los cuerpos de las mujeres se convertían en los habitáculos de los hombres cobardes e injustos. Eso la irritaba, más ahora, dispuesta a leerlo delante de hombres expectantes.

Vaya usted a saber por qué Platón considera a las aves, la especie que sigue a los hombres y las mujeres, como los animales más inteligentes. Las golondrinas trisaban nerviosas a aquella hora de la mañana otoñal, balbuciendo que había llegado la hora de migrar. Lastenia envidiaba a las golondrinas. Si alguna vez su alma hizo el tránsito de un cuerpo masculino al femenino que ahora ocupaba, en este momento estaba deseando emprender el camino inverso, que es en realidad el que ha hecho en apariencia su amiga Axiotea.

Lo cierto era que Lastenia había tomado el peor de los disfraces, el de sumisa esposa, justamente lo que le había empujado a abandonar la casa paterna. Es verdad que la apariencia de sumisa esposa le parecía mil veces preferible a la realidad de una feliz esposa en Mantinea. De sumisa esposa aparente es fácil escapar, de esposa real nunca se sabe.

Las golondrinas seguían trisando ajenas al debate sobre las aves en la Academia.

Fue en ese momento de aquella mañana otoñal cuando una golondrina en vuelo dejó caer su excremento sobre la exedra y vino a aterrizar sobre la cabeza de Jenócrates, que se encontraba junto a Lastenia a punto de comenzar la lectura. Como actor sobre el escenario, tuvo que soportar las risas de sus colegas, que alzando la vista al cielo reprochaban la mala educación de las inteligentes golondrinas.

La risa de los filósofos mitigó los nervios de Lastenia que más distendida comenzó a leer:

Ahora parece haber llegado casi a su fin lo que se nos había encomendado al principio, hablar acerca del universo hasta la creación del hombre. Tenemos que recordar, además, brevemente, cómo nació el resto de los animales. He aquí la exposición correspondiente. Todos los varones cobardes y que llevaron una vida injusta, según el discurso probable, cambiaron a mujeres en la segunda encarnación.

Lastenia siguió leyendo encorajinada con esas últimas líneas. Después de la mujer, el siguiente peldaño descendente eran las aves, que nacían de hombres dados a la observación de los fenómenos celestes y al cultivo de los sentidos. No eran malos, tan solo superficiales, los hombres que habían dado origen a las aves. «Si bien se mira», había pensado Lastenia cuando copiaba estas líneas, «las aves deberían estar un peldaño más alto que las mujeres».

Siguió narrando los escalones siguientes, siempre en descenso. La tercera clase era la de los animales terrestres y la cuarta y última, la de los peces.

Lastenia comenzaba a respirar. Leyó las últimas líneas casi en tono triunfal:

De esta manera, todos los animales, entonces y ahora, se convierten unos en otros y se transforman según la pérdida o adquisición de inteligencia o demencia.

Estas son las últimas palabras del *Timeo* de Platón.

—Me gustaría preguntarte —comenzó Aristóteles, el más joven de los presentes si descontamos a Lastenia—, por qué has relegado este tema del origen de las especies animales a este breve apartado final.

—Veo algunos absurdos en tu teoría —critica Heraclides del Ponto—: si no hubieran existido hombres cobardes e injustos, no habría mujeres. Si no hubiera habido físicos que estudian los cuerpos celestes, no habría pájaros. No me parece muy ajustado al discurso probable que tú presentas.

Un torrente de críticas es lo que Lastenia escuchó tras la lectura, para su regocijo. Solo Jenócrates, que ya se había olvidado del excremento de la golondrina, habló en otro sentido.

—Parecéis niños de pecho —Jenócrates se dirigía a Aristóteles—. Platón ha presentado un discurso verosímil, algo así como una ficción. Claro que habla de un mundo generado por el demiurgo, claro que habla de generación de las especies unas a partir de otras, pero Platón, al describir la generación del mundo, hace como el geómetra cuando construye una figura. No significa que el universo haya empezado a existir más que a efectos pedagógicos: para facilitar la comprensión se muestra el objeto, el cosmos, como una figura en proceso de formación. La figura geométrica no se genera, existe pura y simple desde siempre, igual que el cosmos.

—Pues pregúntale a nuestra lectora —insistió con tono ácido Heraclides— qué ha pensado al ver escrito que las mujeres han nacido de hombres cobardes e injustos. O, si lo prefieres, pregúntale a la golondrina por sus miracielos antepasados.

—No se puede leer el *Timeo* al pie de la letra —insistía paciente Jenócrates.

—No sabía que Platón fuera el nuevo Homero para reclamar una lectura alegórica —replicaba Heraclides con firmeza.

—Hay que dar tiempo a que las semillas germinen —sentenció Platón con su fino hilo de voz.

Lastenia podía leer en la exedra, más aún, la habían obligado a leer los últimos párrafos del *Timeo* platónico, donde se había escrito uno de los dicterios más burdos contras las mujeres. Otra cosa es que la lectora pudiera hablar y hacerlo con la misma libertad con que hablaban los varones. No había olvidado que el oficio de lector, en su caso, lectora, lo mismo que el de copista, eran oficios serviles. Eso no quitaba para que sintiera un intenso regocijo con aire de venganza al ver que los propios amigos, los académicos, se enzarzaban en una crítica mordaz a las palabras de Platón que ni ella misma hubiera hecho mejor. Solo lamentaba que no estuviera allí su amiga Axiotea para compartir con ella el regocijo al ver cómo la fortaleza se resquebrajaba desde dentro, sin necesidad de un asalto exterior. Parecía que se abría un nuevo camino hacia el mismo horizonte.

Lastenia, poseída por un entusiasmo disimulado, no podía dejar pasar la oportunidad: solo se preocupó de no mostrar su regocijo y menos aún de alardear. Además que no se engañaba, los argumentos de Heraclides contra los dicterios de Platón no apuntaban a una defensa de las mujeres, se limitaban a exponer la incoherencia del relato platónico.

—Soy una simple lectora —Lastenia aprovecha un momento de silencio en la exedra—. A veces la fortuna nos depara sorpresas. He estudiado dos años en la escuela de Equécrates de Fliunte. Primero copié el libro de Timeo de Locros y después aquí el *Timeo* de Platón. No sé si hay que leerlo al pie de la letra o como una obra de ficción. De cualquier manera que se lea, la mujer es un varón degradado, cobarde e injusto. La decepción abre la puerta a la rabia. He venido a la Academia en busca de la Calípolis de la *República*, la ciudad justa, en la tierra, no como los pitagóricos, que lo relegan al mundo de la divinidad, el cielo o el más allá.

Aristóteles parecía visiblemente molesto. Guardó un silencio extraño, como si meterse a disputar con una mujer le hiciera de menos.

—En Atenas —Lastenia continúa ante el desconcierto de los oyentes— la libertad de expresión, la *parresía*, el hablar con franqueza, se vive como un orgullo nacional. Me siento amparada por ese orgullo vuestro para decirle a Platón que lo escrito en el *Timeo* es justo lo contrario de lo que ha escrito en la *República* —ahora se dirigió en persona al maestro para concluir con inesperada firmeza—: Te ruego con la mayor modestia por mi parte y con todo mi respeto que contemples la posibilidad de excluir los pasajes que denigran a las mujeres. Con ello tu obra no mermaría en nada, son apenas unas líneas, antes bien se vería libre de una manifiesta contradicción y nadie podría reprocharte que has cambiado de chaqueta.

Un ruido de gente que se aproximaba ahogó el tenue murmullo desaprobatorio de los que ocupaban la exedra. Seguramente eran los principiantes, incluida Axiotea, que habrían terminado la sesión matinal.

—Confío en no haber leído mucho peor que Bictas —dijo Lastenia, todavía el regocijo en su rostro, mientras los académicos daban por concluida la lectura.

12. EDIPO

Mientras Lastenia y Axiotea abandonaban el recinto del jardín en dirección a la ciudad, Jenócrates convocó a los sénior a una reunión por la tarde, no en la exedra, sino en la sala interior. No era cuestión de airear el desconcierto.

Jenócrates se encontraba muy incómodo, pues había sido él quien había presentado a Lastenia como lectora, aunque la idea hubiera partido del joven estagirita.

—No sé por qué una mujer —replica Aristóteles ante los reproches de Jenócrates— no puede hacer la labor de lectora. Lo ha hecho bien, como también cumple con la tarea de copista. Yo soy muy aficionado a la lectura silenciosa. He visto la copia que ha hecho del *Timeo* y me parece buena y correcta. Hay que reconocerlo: a veces la mano femenina es más agradable.

—¿Acaso te estás burlando? —contesta Jenócrates enojado.

—Hablo enteramente en serio.

—¿Crees que se deben admitir mujeres en la exedra? —pregunta Espeusipo incrédulo.

—Si admitimos a un esclavo, no veo por qué no admitir a una mujer. Además, yo ya he criticado la *República* en muchas ocasiones. Eso de proclamar la igualdad entre hombres y mujeres trae estos barros. Esa chica, Lastenia, se cree que puede aprender filosofía como un hombre. Y lo cree así porque ha leído la *República* de Platón en la hermandad pitagórica de Fliunte. Te ha pillado, amigo Aristocles. Tú siempre has alardeado de ser consecuente.

—Domínate, joven Aristóteles —medió Platón—. Has criticado la *República*, pero no te has parado a pensar si lo has hecho con razón o sin ella.

—Creo tener razón cuando rechazo de plano que deban ser comunes los hijos, las mujeres y las posesiones, y también cuando dices que el hombre y la mujer son en todo iguales.

—Hay excepciones —apostilló Heraclides.

—Exacto, hay excepciones, siempre las hay, lo que no significa que no haya leyes universales. El hombre y la mujer, el libre y el esclavo, el griego y el bárbaro: quien no sepa descubrir la diferencia no será verdadero filósofo —Aristóteles concluyó con gesto altivo—: Establecer distinciones claras no está al alcance de la mayoría.

Platón decía que Aristóteles era como un caballo desbocado, mientras que Jenócrates avanzaba despacio como un asno, por eso añadía que el primero necesitaba freno y el segundo, la espuela. Aparte de esas diferencias personales, había otras cualidades de carácter que se traducían en roces constantes entre ellos.

El debate entre los sénior no llegó a ninguna conclusión. Con el paso del tiempo Axiotea y Lastenia pudieron comprobar que aquella lectura en la exedra resultó ser como las flores de los jardines de Adonis, una planta tan hermosa como efímera, lo contrario de lo que persiguen los buenos agricultores.

—Necesitamos hacer algo —se inquieta Lastenia.

—Hacer ¿qué? —Axiotea parece que se enfada.

Entretanto, se estaban quedando sin dinero. Además de comprar la comida y cuidar la vestimenta y el calzado, tenían que pagar a la patrona. Necesitaban un manto para el invierno.

Lastenia se hizo imprescindible en el escritorio a las órdenes de Filipo. Cuando este se ausentaba, ella quedaba al frente del papiro y de las materias escriptorias, las tintas, los cálamos, las cajas para los rollos.

—Mi esposo también sabe escribir —le plantea Lastenia a Espeusipo—. Por la tarde, después de la sesión matinal, podría ponerse a copiar en el escritorio. Así ingresaríamos lo necesario para nuestros gastos.

—Está bien, que se presente a Filipo.

Espeusipo, sobrino de Platón, ejercía a los ojos de todos como el sucesor de la escuela y, por tanto, como máximo responsable. Su tío era el propietario de la finca y sobre todo el fundador de aquella escuela, que no había sido la primera en las ciudades griegas. Antes, Fedón de Élide había fundado escuela en su ciudad y Euclides hizo lo propio en Mégara, pero la de Platón pronto ensombreció a todas las demás. Tras más de treinta años de historia, el liderazgo de la Academia era tan indiscutible como la hegemonía cultural de Atenas. En esos momentos la Academia no era tanto un parque público, con su gimnasio, en honor a un antiguo héroe, cuanto la escuela de Platón.

Filipo estuvo encantado de aceptar un nuevo copista, pero nadie entraba en el escritorio de la Academia sin antes pasar por una prueba.

—Por el momento continúa haciendo prácticas con el punzón. No estás todavía para tomar el cálamo —sentencia Filipo tras analizar las tablillas del examen—. No tengas la tentación de correr, porque la claridad y la limpieza de la copia también cuentan. Por ahora yo iré viendo cada día la cantidad y calidad de tablillas que eres capaz de copiar —añade Filipo siempre tan perfeccionista—, después pasarás al cálamo, que ya es algo serio. Tu esposa te explicará que, si estropeas un papiro, irá a tus expensas, y ya te digo que es un material caro.

Filipo era tan educado como estricto.

Desde ese momento, la vida cambió para Lastenia y Axiotea. Las tardes en el escritorio les dieron la oportunidad de abordar de cerca a los sénior que acudían a la biblioteca. Aristóteles era uno de los más asiduos, no en vano lo llamaban el lector. Siempre se le veía con un rollo en la mano. Las dos amigas se especializaron en el manejo astuto de sus respectivos disfraces.

Axiotea hacía buenas migas con Aristóteles. Le debía de recordar sus primeros tiempos en la Academia. Lastenia sentía debilidad por Filipo debido a la cortesía con que la trataba a pesar de ser su jefe. Las dos amigas trazaron un plan para sondear qué podían esperar de estos filósofos.

La celebración de las Dionisias urbanas, en el umbral de la primavera, les ofreció la primera oportunidad. Eligieron asistir al primer día de las representaciones dramáticas. En la Academia no estaba bien visto que las mujeres atenienses presenciaran las comedias: aducían que los versos de los cómicos voceaban las peores groserías y, claro, tenían que proteger los oídos femeninos. Platón solía decir que la tragedia es el teatro más indicado para las mujeres y la gente educada en general, así como las marionetas son las representaciones idóneas para los niños.

En el teatro, como en la casa, las mujeres y los hombres tenían reservados espacios diferentes, de modo que las parejas se separaban durante la función. La entrada costaba dos óbolos a cada persona para todo el día. Podían contemplar las tres tragedias y el drama satírico por la mañana, y por la tarde las comedias.

En esta época, y Espeusipo recuerda que era así desde la fundación de la Academia, era habitual reponer las tragedias clásicas de los grandes autores junto con otras nuevas que se representaban por primera vez. Por aquel tiempo la tragedia iba perdiendo aceptación entre los espectadores en favor de la comedia y otro tipo de espectáculos.

Este año reponían el *Edipo Rey* de Sófocles. Era la pieza que abría el apretado calendario dramático. Al llegar al teatro, Axiotea se acomodó a su disfraz y se sentó en la zona de los hombres, en tanto que Lastenia y Ártemis ocuparon sus puestos en la zona reservada a las mujeres. Poco después de tomar asiento en la grada, llegaron algunos miembros de la escuela, entre ellos Aristóteles y Filipo de Opunte. Al verlos, Axioteo carraspeó buscando dar un tono grave a su voz antes de saludar y al tiempo alzó la mano invitándoles a sentarse junto a él.

Los aguaciles, llamados rabducos por la vara que portaban, en esta primera sesión tenían fácil el trabajo de poner orden, pues los espectadores llegaban con hambre de versos. Axiotea de vez en cuando se volvía hacia atrás y hacía gestos a Lastenia y Ártemis sentadas unas gradas más arriba.

—¿Y Platón? ¿Cómo es que no ha venido? —pregunta Heraclides a Filipo.

—Nunca ha sido muy afecto al teatro, ya lo sabes. Desde que quemó sus dramas, solo vive para la filosofía, la poesía más elevada, como él dice.

—Lo veo cada día más melancólico, sobre todo desde la muerte de su amigo Dión —agrega Aristóteles.

Cuando suena la trompeta, el alboroto cesa como el bullir de la olla al sacarla del fuego. El drama comienza: una multitud de jóvenes avanza desde la derecha hacia la orquestra, unos toman asiento, otros se postran en la escalinata frente al palacio del rey de Tebas. Se abren las puertas de doble hoja y sale a su encuentro un personaje escoltado por dos guardias. Es Edipo, el rey, con el cetro en la mano y el manto de púrpura sobre su túnica blanca. Polo, el protagonista, es el actor de moda en Atenas, tanto que parece estar por encima de los personajes que representa. No en este caso, porque Edipo es el padre de todas las tragedias. ¿Qué ha hecho Edipo, el hijo de la fortuna, como él mismo se llama, para merecer semejante destino?

Al terminar la representación, el aplauso entusiasta a Polo-Edipo cierra el prólogo a esta primera jornada de tragedias. Las próximas serán obras de autores vivos que compiten por la corona.

A la espera de la siguiente tragedia, los filósofos de la Academia se reúnen en torno a Ártemis. Saben que lleva en la cestilla alguna de sus sabrosas delicias. Todavía son visibles los efectos del baño catártico.

—No entiendo cómo Platón no capta la fuerza purificadora de la tragedia —comenta Aristóteles.

—Yo tampoco entiendo —replica Lastenia sin temor a caer en el ridículo— quién guía los pasos de Edipo hacia ese cruel destino final.

—Ni yo logro ver —dice Axiotea— cuál es el hierro o el defecto de Edipo.

—Edipo es un pobre niño abandonado por sus padres —responde Heraclides—, así que el hierro es de Cayo y de Yocasta, no de Edipo. Si la tragedia nos impresiona, se debe a que no es un mito de tiempos pasados, es la realidad de hoy día. ¿O no es legal en nuestras ciudades dejar a recién nacidos expuestos a su suerte en los caminos?

—Se abandona más a las niñas —arguye Lastenia—, no tanto a los niños. Así que cuando veáis un matrimonio en el que el marido es un cuarentón y la esposa una jovencita, puede que el marido sea el padre de su mujer.

Aristóteles mostraba un gesto displicente con este tipo de discusión, que además de innoble le parecía que no iba al fondo de la tragedia. Prefería disfrutar de las delicias de Ártemis, sobre todo el pastel de sésamo que tanto gustaba a Platón.

Mientras en grupo continúa en vivo debate sobre Edipo, Aristóteles rumia sobre la esencia de tragedia. Buscar la esencia es lo propio del filósofo y el estagirita cree haberla encontrado: es la catarsis. «Tengo que ponerlo por escrito», se decía, «es la única manera de que no se lo lleve el viento».

Si alguno de los colegas le hubiese preguntado: «Y qué es eso de la catarsis», seguramente habría rehusado contestar o quizá se hubiera limitado a decir: «Si te estremeces y lloras al verla, es una buena tragedia». Creía además que la buena tragedia es la que hace emerger la compasión y el miedo del entramado mismo de los hechos, no de una puesta en escena efectista que, además de cara, no es propia del arte.

Los alguaciles quebraron el debate, incluida la meditación de Aristóteles, al hacerse oír de nuevo para pedir que regresaran todos a sus puestos, que la próxima tragedia iba a comenzar.

El grupo de los académicos se despidió y regresó a la ciudad. Después del *Edipo Rey* pensaron que cualquier otra pieza no lograría más que desdibujar el efecto trágico de la obra de Sófocles. Y otro incentivo se esfumaba: el gran actor Polo solo había sido contratado para representar el *Edipo* que abría la jornada.

Ahora comenzaba el concurso con nueva compañía de actores y nuevo autor trágico. Axiotea y Lastenia seguían con hambre de tragedia y continuaron hasta el final. Regresaron a la ciudad empapadas de versos. Ya cerca del ágora, oyeron a dos hombres que discutían sobre lo que habían visto. Uno de ellos se lamentaba: «No es buena idea servir el mejor plato al principio. Después de Sófocles todo parece mediocre».

El comentario sorprendió a la presunta joven pareja.

—Me ha gustado mucho, ¿y a ti? —pregunta Axiotea.

—La voz de la reina, Yocasta, me ha sonado bronca y varonil.

—Es verdad. No sé por qué tienen que ser hombres los que hacen papeles de las mujeres.

—El que hacía de Yocasta llevaba sujetador —Lastenia suelta una risa mordaz—, para simular los pechos, supongo que te has fijado.

—¿Y has visto las sandalias? No hay mujer que se las calce.

—Podríamos presentar una moción al arconte para que los papeles femeninos los representen actrices.

—¡Qué difícil es todo! —se oyó decir a Axiotea lanzando al aire su lamento.

13. Teatrocracia

Terminadas las Dionisias urbanas, Aristóteles aprovechó que era director decenal para proponer un nuevo debate sobre la tragedia. Con la reciente reposición del *Edipo Rey* nadie se opuso a la propuesta, aunque a Jenócrates le parecía que el tema ya había sido objeto de disputa en otras ocasiones.

Axiotea no fue invitada a participar, pero aun con todo, después de seguir en el gimnasio las lecciones de la mañana sobre astronomía, se dirigió a la exedra, el lugar habitual de las lecturas y comentarios de los académicos. Encontró a los allí reunidos en pleno debate, casi le pareció gresca más que discusión. Le costó hacerse una idea de lo que se debatía. La gresca era entre Aristóteles y Jenócrates, como casi siempre, y el motivo más que la disputa sobre la tragedia era la crítica que el joven estagirita dirigía al maestro.

Aristóteles hablaba entusiasmado de la tragedia. Decía que era la principal escuela de filantropía y que Atenas podía sentirse orgullosa de esta escuela; incluso se atrevió a conjeturar que Pericles se refería al teatro cuando decía que Atenas era la escuela de Grecia.

Después de estos elogios a la tragedia, le metía el dedo en el ojo a Platón, aunque no estaba presente. Según él, el maestro no había entendido que la política y la poética no se pueden apreciar con la misma vara de medir y mucho menos que la tragedia transforma nuestras emociones cotidianas en emociones estéticas depuradas por el arte. Aristóteles decía esto con un deje displicente que molestaba a los más devotos de Platón.

—Sabes que Aristocles está delicado y que no puede contestarte —atajó con desagrado Jenócrates—. No es elegante criticar a un ausente.

—No me vengas con remilgos, pues bien sabes que el mismo Platón ha escrito en la *República* que ningún hombre ha de ser honrado por encima de la verdad.

Jenócrates, aunque renuente, dio el brazo a torcer. Se hubiera lanzado al debate abierto con el macedonio de no haber hecho acto de presencia Platón, que salía de la casa acompañado por Filipo de Opunte. Seguramente, al escuchar algo de aquella sorda disputa, pensó que había llegado el momento de ofrecer a los compañeros los últimos pensamientos sobre el teatro que había reflejado en las *Leyes*.

Como ya era un poco tarde, acordaron continuar la sesión al día siguiente. Platón les anunció que propondría leer algunos pasajes de su última obra. Lastenia, que no perdió detalle desde su escritorio, cuya ventana daba a la exedra, se las arregló para que Filipo le encomendara la lectura. Le entregó el tercer rollo y le indicó el punto donde debía empezar, casi al final.

Lo leyó a modo de entrenamiento. El texto no le gustó, pues, si lo entendía bien, Platón renegaba de la tragedia, pero quedó fascinada una vez más por la belleza del papiro escrito; los trazos firmes y precisos, la rectitud de las líneas, las columnas equilibradas, eran como el espejo que devolvía la nítida imagen de Filipo, el que había pasado a limpio las tablillas que Platón había escrito. La copista Lastenia quería ser como Filipo.

Al día siguiente, después de las lecciones de la mañana, se reunieron en la exedra. Axiotea buscó el apoyo de Aristóteles, al que se pegó para poder asistir a la reunión. Comenzó la lectura con las palabras introductorias de Platón, el autor del pasaje que se iba a leer a continuación:

—Por lo que escuché ayer, el joven Aristóteles cree que el teatro es la escuela de Atenas. Para mí es otra cosa: es la medida de la corrupción y la decadencia de nuestra ciudad, y eso se debe a que nuestras leyes han empujado a la multitud hacia la libertad absoluta. El resultado lo contemplamos en los escenarios y no menos en el ágora o en la asamblea.

No era infrecuente que Platón soltara abiertas críticas a sus discípulos. Lo hacía especialmente con Aristóteles, que tampoco se privaba de desafiarlo pese a su juventud.

Lastenia miró a Filipo y comenzó a leer:

«Me refiero, en primer lugar, a las leyes que en el pasado regulaban la música. La música se encontraba entonces dividida en ciertos géneros y estilos. Una clase de canciones eran las plegarias a los dioses que llevaban el nombre de HIMNOS. *Un segundo tipo eran los cantos fúnebres o lamentaciones, que se llaman* TRENOS, *otra clase eran los* PEANES, *cantos guerreros en honor a Apolo, y otra, una creación dionisíaca, llamada* DITIRAMBO. *Otro tipo de canto son los* NOMOS *de Terpandro, que se cantan acompañados de cítara.*

Distinguidas así estas especies y algunas más, no era posible utilizar mal un tipo de melodía para un género que no fuera el suyo. La autoridad SUPREMA *en estos asuntos era entendida y con su conocimiento juzgaba y también castigaba al que no obedecía. No había siringa ni gritos incultos de la masa, como ahora, ni aplausos para dar el apoyo, sino que estaba establecido que los que habían completado su educación escucharan en silencio hasta el final, mientras que los niños, sus ayos y la mayoría de la plebe eran advertidos mediante la vara del servicio de orden. La multitud de los ciudadanos querría que se la gobernara en estos asuntos con esa disciplina y no osaba juzgar por medio del tumulto.*

Más tarde, y pasado el tiempo, los poetas, aunque naturalmente dotados para la poesía, se convirtieron en los iniciadores de la ilegalidad antimusical. Ignorantes de la justicia y las reglas de la Musa, en éxtasis y presas del placer más de lo debido, mezclaron trenos con himnos, peanes con ditirambos e imitaron las canciones para flautas con las que eran para cítara, uniendo todo con todo, una fusión enloquecida. Sin darse cuenta, por necedad musical, pretendieron falsamente que la música no tiene ningún tipo de corrección, sino que la forma más correcta de juzgar es el placer del que la goza, sea este alguien mejor o peor. Al hacer composiciones de ese jaez y proclamar al mismo tiempo teorías por el estilo, instauraron en la plebe la ilegalidad respecto de la música y la osadía de creerse capaces de juzgar.

Y así los teatros de silenciosos se volvieron vocingleros, como si conocieran lo bello y lo que no lo es en las artes, y una TEA-TROCRACIA detestable suplantó en la música a la aristocracia. En efecto, si hubiera sido solo en la música donde hubiera surgido una DEMOCRACIA de hombres, lo sucedido no habría sido tan terrible, pero lo cierto es que, a partir de la música, cundió la opinión de que todo el mundo lo sabía todo y estaba sobre la ley, con lo cual vino la libertad y la democracia. En efecto, al creerse sabios perdieron el miedo, y la falta de temor engendró la desvergüenza. Pues la desvergüenza maligna se produce por un exceso de libertad y de confianza en uno mismo, y consiste en no temer ni respetar la opinión del mejor».

Esta lectura hizo que en adelante a Lastenia se la conociera como *la copista lectora*. ¿Quién podría decir, tras haberla escuchado, que la voz femenina no es acorde con la música filosófica?

La mayoría, sobre todo Jenócrates y Espeusipo, acogieron el pasaje con entusiasmo. No podían reprimir un respeto reverencial por todo lo que salía del cálamo o de la boca de Platón; por el contrario, Aristóteles guardó silencio. Se sentía cada vez más alejado del viejo maestro, pero no quiso entrar en el debate, pues temía ser muy duro con un anciano achacoso. Le parecía un despropósito hablar de *teatrocracia*, una palabra que Platón se acababa de inventar con intención de denigrar las artes escénicas. El joven Aristóteles creía que el público era un juez más acertado de las obras musicales y literarias que los jurados de expertos. Prefería el aplauso o los pitos del público antes que el voto cautivo de los jurados sumisos.

El debate se convirtió en una panoplia de elogioso incienso hacia el autor, tachonado por elocuentes silencios, no solo de Aristóteles, sino también de Hermodoro de Siracusa o de Heraclidas Póntico.

Axiotea también se sintió decepcionada, pero, muy astuta, se limitó a elogiar el *Edipo Rey* y la interpretación de Polo.

Platón se mantuvo en silencio mientras intervenían los colegas. Solo al final, cuando ya el debate estaba agotado, comentó:

—Queridos amigos, con las *Leyes* creo haber compuesto la tragedia más hermosa, porque es una imitación de la vida más bella y mejor. ¿No es eso la tragedia?

Al terminar el debate en la exedra, Axiotea y Lastenia se dispusieron a regresar a la ciudad. Para su sorpresa, Hermodoro de Siracusa se unió a ellas.

La primavera estaba siendo húmeda. Los frecuentes charcos sobre la calzada les obligan a caminar en fila. Además, venía de frente una riada de personas, jóvenes bulliciosos que se dirigían al gimnasio de la Academia, labradores y hortelanos con sus acémilas que regresaban a su pueblo tras una jornada en la ciudad, gente que iba a sus huertos en las riberas del Cefiso, paseantes. Hermodoro busca la manera de poder hablar. Tiene que aprovechar el corto paseo hasta la ciudad para hacer su propuesta. Se topan con un monumento funerario que tiene un espacio verde alrededor. Los tres agradecen la compañía silenciosa de los colores variopintos mezclados con los generosos aromas florales. Se sienta en un peldaño e invita a hacer lo mismo a sus compañeros.

—Es un lugar ameno, ¿no os parece?

Sentados ya los tres, Hermodoro suelta su discurso.

—Soy de Siracusa, ya lo sabéis. Pasaré el verano aquí, pero el próximo invierno debo regresar a casa. Mis padres me reclaman. Tengo ya permiso de Platón para vender copias de sus libros en Siracusa. Ya sabéis que ha estado allí varias veces, invitado por Dionisio, primero el padre y después el hijo.

—En tres ocasiones —interrumpe Lastenia—, y las tres veces el viaje acabó mal.

—Es verdad, pero Platón es muy recordado en la ciudad. Tiene fama de gran filósofo. Todo el mundo sabe que se jugó la vida por conseguir que los tiranos fueran gobernantes humanos y filantrópicos. Es verdad que no lo consiguió, pero hizo todo lo que pudo. El caso es que hay demanda de sus libros y hasta ahora nadie se ha puesto manos a la obra.

Axiotea y Lastenia se miran como preguntándose qué tiene que ver todo eso con ellas.

—Eres una buena copista —Hermodoro habla ahora a Lastenia—. Te puedes sacar una pasta trabajando para mí. Yo te doy los rollos de papiro, la tinta y todo lo que necesites. Platón ya ha terminado su magna obra, las *Leyes*, que consta de doce libros. En menos de un mes puedes tener copiada la obra completa. Puedes contar, más o menos, tres dracmas por libro.

—Pues el que compre la obra completa, ¿cuánto tendrá que pagar?

—Un dineral, es verdad, pero también les ofreceré el *Critón* y otros diálogos cortitos, que los venderé a dos dracmas. Quien quiera las *Leyes*, que es además la última obra, tendrá que pagar por los doce libros unas ochenta dracmas o por ahí. No olvidéis que Platón pagó un dineral por unos libros de Filolao, hasta cien minas dicen algunos, pero eso, de ser cierto, no era precio de mercado, sino el deseo de Platón de beneficiar a los familiares del pitagórico.

Hermodoro, de vez en cuando, interrumpía su discurso intentando dar entrada a la intervención de Lastenia.

—Ya sé que por el momento estás comprometida con Filipo de Opunte, que es como estarlo con el mismo Platón. Y tú, Axioteo, quizá podrías practicar. Cuando termines el curso, podrías dedicarte a ser copista.

—¿Cómo te atreves a ofrecerme el trabajo de un esclavo?

—Me temo que no acabas de calibrar bien, amigo. El futuro es de las letras, libre y esclavo no servirá de nada sin la *paideia*, la cultura. Eso lo está entendiendo ya mucha gente. Tener los libros de Platón, más que los de ningún otro, da prestigio. Así es la vida.

—Pues esa gente que lo pague, en eso creo que tienes razón. No entiendo a quién le pueden gustar esas soflamas del viejo.

—Amigo Axioteo, no te excedas. ¿Acaso no ves lo genial que hay en él? ¿No le estás agradecido por sus lecciones?

Lastenia tiró del manto a su amiga para que no siguiera por ese camino, como indicándole que dejara el tema en sus manos.

—Amigo Hermodoro, no sé si te das cuenta de que la copista soy yo, no mi esposo.

14. LA CARTA DE REGIO

Platón nunca fue de rendirse fácilmente. Sin embargo, la muerte de su gran amigo, Dión de Siracusa, había resquebrajado el universo diamantino en el que habitaba. No fue un accidente ni una funesta enfermedad lo que se llevó la vida del amigo, fue un asesinato. Una gota envenenada colmaba el vaso: había sido Calipo, el amigo y colaborador de Dión, el que había tramado el complot en un asqueroso quítate tú para ponerme yo. Las almas excelentes llamadas a liberar a Sicilia de la violencia y la injusticia abrían las puertas a la violencia y la injusticia más extremas.

Así se explica que el edificio platónico diera alguna muestra de resquebrajamiento. Para otros amigos de la Academia, como el joven Aristóteles, ese suceso no fue solo una grieta alarmante, sino una verdadera demolición. Algo no andaba bien en esa república en palabras que había construido Platón.

Uno no abandona la morada de toda una vida para echarse en manos de la intemperie. Platón, que había cumplido ya setenta y siete años, siguió aferrado al cálamo y al punzón para rematar su obra magna, las *Leyes*, con las recetas que habían arraigado en sus años tiernos a los primeros contactos con Sócrates.

Los amigos de la Academia celebraban con dolor el cuarto aniversario de la muerte de Dión.

Dos meses después, llegó una carta procedente de Regio.

«Leptines de Siracusa, hijo de Leptines, a Platón y a los amigos de la Academia.

Ningún hombre debería enorgullecerse por haber dado muerte a otro. Lo digo porque ahora os anuncio mediante esta carta que yo he dado muerte al más traidor de todos los seres mortales, Calipo de Atenas. Lo digo, no con orgullo, pero sí con plena convicción. Asumo mi responsabilidad ante los dioses infernales y ante vosotros, los verdaderos amigos de Dión.

Sabéis, porque así lo ha escrito Platón, que Calipo, a diferencia de Dión, no era un alma dada a la filosofía ni se había entregado al estudio, como hace todo verdadero académico. De todos es conocido que las familias de Dión y Calipo desde tiempo inmemorial estaban unidas por los sagrados lazos de hospitalidad. Por esa razón, cuando el cruel y caprichoso tirano Dionisio el joven ordenó el destierro de Dión, Calipo lo acogió en su casa de Atenas.

Los que hemos sido discípulos de Platón recordamos cómo acudían los dos a las lecciones de la Academia, reforzando de este modo los lazos de Zeus hospitalario con los no menos sagrados de la amistad. Fue también Calipo el que inició a su huésped y amigo en los misterios de Eleusis. ¿Qué otros lazos más divinos podían unir a dos hombres de bien?

Nadie mejor que Calipo y su hermano Filóstrato podían ser más idóneos para acompañar a Dión en su regreso a Siracusa para derrocar al tirano e instaurar el régimen de gobierno que el divino Platón nos ha enseñado, un régimen iluminado por la luz del bien y que apunte a un horizonte de equidad y justicia.

Apenas embarcó la expedición en el puerto de Olimpia, los dos siniestros hermanos comenzaron a dar prueba de la ruindad que ocultaban en sus almas corruptas. No ya solo por la inicua motivación que empujó a Calipo a viajar a Siracusa, porque inicuo es adherirse a una empresa noble y arriesgada, como la que emprendió Dión, para evitar una probable condena judicial que pendía sobre él por actos indignos cuando desempeñó el cargo de navarca.

Pero dejaré de lado este episodio que vosotros, como atenienses, conocéis mejor que nadie y que ha dejado escrito el orador Demóstenes.

Ahora empezaré a contar el comportamiento inicuo que yo mismo he podido presenciar. Siempre agazapado a la sombra de Dión, siempre atento a apropiarse del brillo y el esplendor que irradiaba la persona de Dión, siempre al lado de Dión. Y, cuando el pueblo de Siracusa aclamó a Dión como libertador, junto a él estaba a un lado su hermano Megacles y al otro Calipo el ateniense, coronados todos ellos.

Adornado con el prestigio que tomaba prestado de Dión, una vez que Heraclides murió, vio Calipo la ocasión propicia para apoderarse de Siracusa si eliminaba a Dión. Se olvidó del tirano Dinisio y preparó la conspiración. Se confabuló con los enemigos de Dión, corrompió a los principales de los mercenarios y urdió el plan asesino con los veinte talentos que los enemigos de Dión pusieron en sus manos.

No quiero extenderme en las maquinaciones e intrigas que Calipo tejió en torno a Dión. Él, que había luchado a brazo partido contra los secuaces del tirano, solo sucumbió ante la traición del que parecía ser su mejor amigo.

Tales actos no se pueden expiar ni serán susceptibles de purificación.

Ya sabéis cómo se comportó Calipo tras el asesinato: se proclamó tirano de Siracusa y mandó una sórdida carta dirigida al pueblo ateniense. Ningún engaño ni palabras lisonjeras podrán ocultar que Calipo de Atenas es el hombre más despreciable por su maldad.

¿Qué podíamos hacer los que seguíamos fieles al proyecto político de Dión?

El propio traidor, enloquecido por la gloria, caminó ciego hacia su ruina final. Cuando se le terminaron los veinte talentos y no pudo pagar a los mercenarios, dejó ver su verdadera naturaleza de hombre ruin y miserable. Poliperconte y yo decidimos hacer justicia no sin antes haber recabado la ayuda de Zeus hospitalario. Nosotros no hemos sido más que el brazo ejecutor del dios. Después de realizado el acto de justicia, hemos sabido que el puñal que ha segado la vida del traidor es el mismo que utilizaron los asesinos de Dión.

Los principales enemigos de Dión fueron aquellos que se ocultaban bajo la máscara de la amistad.

El acto de justicia ocurrió en Regio, desde donde escribo esta carta para consuelo de los verdaderos amigos de Dión de Siracusa, y que nadie acuse a la fortuna o a los dioses de mostrarse indiferentes ante la monstruosa impiedad de Calipo».

A Espeusipo le caían las lágrimas mientras Hermodoro daba lectura a la epístola de Leptines. Filipo tampoco podía disimular las huellas del llanto silencioso. Nadie se sentía con fuerzas para pronunciar alguna palabra.

Jenócrates ayudó a Platón a levantarse de su asiento y comenzaron a dar un paseo por el jardín. Los demás le siguieron. La lentitud del paseo se acompasaba con el alma azorada por la pena.

Axiotea y Lastenia no acababan de comprender la situación. Pero lo poco que entendieron les parecía muy alarmante.

—El discípulo predilecto de Platón había caído bajo el puñal asesino de su mejor amigo. ¡Qué decepción!

—A lo mejor no lo hemos entendido bien —replicó Lastenia a su amiga sin ninguna convicción—. Le preguntaré a Aristóteles: me mira con cara indulgente, eso me fastidia, pero es quien mejor se explica.

—¡Vámonos a casa! Esto me agobia.

—Espera. Yo no me quedo con la duda. Esta tarde habrá exedra, ya lo verás.

—¿Dónde queda aquel sueño de Fliunte, cuando decidimos venir aquí a estudiar la *República* que habíamos leído? —Axiotea resoplaba de ira o de congoja o de ambas cosas—. Y encima este puto disfraz. Me da asco ser hombre y voy y me disfrazo de hombre. ¡Basta ya!

—Espera, Axiotea. No vamos a tirar por la borda todo nuestro trabajo. Estamos aquí infiltradas y vamos a llegar al final.

—¿Qué final? No hay final —explotó.

—Sí, esos libros siniestros que hablan de las mujeres con desprecio.

Al fin Axiotea se calmó. Los nervios no son buenos consejeros.

Por un momento las dos amigas callaron. Parecían haber entrado en modo silencio, como si hubieran sido sorprendidas por su voz interior. De pronto Lastenia volvió los ojos hacia a su amiga. No le sorprendió ver que una lágrima resbalaba por su mejilla, pero le dolió lo poco atenta que había estado a su malestar.

—No es nada —dijo Axi respirando hondo—, a veces me agobio.

Lastenia le tomó la mano, la apretó fuerte y el cruce de miradas hizo el resto. Sin duda la pena, el peso del disfraz, estaba permeando el alma de Axi.

Por la tarde en efecto hubo exedra, como había barruntado Lastenia. De modo espontáneo la inquietud que acongojaba el alma a los amigos de la Academia les llevó a reunirse de nuevo. Platón no solía acudir a los debates verpertinos.

—Está cansado —lo justificaba Espeusipo.

—Más bien dolido —matizó Jenócrates.

—Yo creo que satisfecho —se atrevió a decir Hermodoro—. Al menos el traidor no se ha ido de rositas. He sabido que mis conciudadanos comentan que en Atenas se cría la miel más dulce y la cicuta más mortífera.

—No creas —respondió Espeusipo—, es mejor la cicuta del Peloponeso.

Aristóteles se encontraba como ausente. Se notaba que no deseaba entrar en ese tipo de comentarios. O quizá quería llevar el debate por otro camino. Pidió disculpas y se dirigió al escritorio, donde se encontraba Lastenia, que ya había comenzado su jornada vespertina.

—Toma, lee. ¿Entiendes esta carta?

Lastenia tomó el papiro y lo ojeó. Era una carta, no muy larga. Comenzó a leer.

—Vamos —le dijo—. La vas a leer en la exedra.

Aristóteles estaba tan decidido que Lastenia no se atrevió a replicar.

—Como complemento a la carta de Leptines, propongo leer ahora otro documento. Es bueno conocer todas las opiniones, ¿no os parece?

Espeusipo, que se debió barruntar de qué se trataba, no supo reaccionar. Lastenia comenzó:

«Calipo, hijo de Filón, del municipio de Exone, saluda al consejo y a sus conciudadanos de Atenas.

Soy ateniense y como ateniense me siento orgulloso de vivir en la ciudad donde antes han vivido Solón, Clístenes, Efialtes o Pericles. Me precio de la constitución democrática bajo la que convivimos y estoy orgulloso de haber servido a mi ciudad varios años de mi vida como navarca.

Me sumé a la empresa de Dión con este mismo orgullo. Pues Dión, como habíamos aprendido en la Academia, buscaba instaurar en Siracusa, su ciudad, un gobierno basado en la justicia en sustitución del régimen cruel e injusto de los tiranos.

He tenido que pasar por este trance para comprender que muchas veces la mayor de la injusticias se oculta bajo el manto de las palabras más bellas.

Partí de esta ciudad junto con mi hermano Filóstrato como amigo sincero de Dión. Creo, además, que también él era al principio de este trance un amigo sincero. ¿Qué nos ha hecho cambiar de situación? Ha ocurrido que los vientos violentos de una realidad brutal han trastocado el hermoso cosmos de palabras que habíamos levantado en la Academia.

Puedo decir que yo era de los amigos más próximos de Dión junto con su hermano Megacles. Éramos como un triunvirato en el que la autoridad de Dión nunca era cuestionada. Los problemas surgieron cuando conocí a Heraclides. Fue en Olimpia, mientras Dión estaba preparando el viaje a Siracusa.

Teníamos información casi diaria de lo que ocurría allí. Tan pronto como Dión vio el momento oportuno, emprendimos la navegación, dejando a Heraclides la misión de navegar con trirremes y con los mercenarios reclutados.

La llegada de Dión a Siracusa fue sorprendente. Ocupado el tirano y su ejército en asuntos fuera de Siracusa, Dión pronto convocó a una gran multitud y proclamó públicamente que había venido por la liberación de todos los griegos de Sicilia, y les urgió a elegir como generales a aquellos hombres que estuvieran bien cualificados para efectuar la restauración de su independencia y la disolución de toda la tiranía. La multitud aclamó de forma unánime a Dión y a su hermano Megacles como generales con poderes absolutos.

Acogí con entusiasmo estas medidas. Yo, que nunca había pasado en mi carrera de ser un oficial de marina, quedé sorprendido por la capacidad de Dión.

Unos meses después llegó Heraclides con los trirremes y los mercenarios. Muy pronto comenzó la disputa entre los dos, Heraclides y Dión, porque, contra lo que han dicho muchos con falsedad, había desacuerdos y no mera ambición de poder. No, al menos, en Heraclides. La asamblea nombró a Heraclides comandante de la flota, lo que molestó a Dión, aunque después tuvo que aceptarlo.

Tras huir el tirano, comenzaron los problemas de verdad. Era el momento de pasar de los programas y las palabras a los hechos. El pueblo reclamaba reparto de la tierra y de la propiedad. Hipón, uno de los líderes del pueblo, proclamaba con insistencia en la asamblea que *la igualdad es el principio de la libertad como la pobreza es el principio de la esclavitud para los desposeídos*. En esos momentos la mayoría del pueblo comenzó a distanciarse de Dión y, al mismo tiempo, es verdad, los demagogos más radicales azuzaban el odio contra él.

Era tarea imposible buscar puntos de encuentro: Dión y Heraclides representaban los extremos. Siracusa quedó escindida en dos frentes de combate. Eso ya no era una ciudad, sino un campo de batalla. A partir de ese momento no había dos bandos en lid, sino tres: el del tirano y sus aliados, el de Dión y los nobles, y el de Heraclides y el pueblo. A veces se imponía uno, a veces el contrario, sin llegar a ninguna victoria definitiva. Pero cuando las tropas del tirano saquearon y devastaron la ciudad, otra vez se abrió camino la posibilidad del entendimiento. Fue Dión con sus mercenarios peloponesios el que derrotó al tirano y lo expulsó de la ciudad, lo que le valió el ser elegido general con plenos poderes.

Sin el peligro del tirano, Dión se impuso y Heraclides quedó reducido a un mero particular, al que sin embargo recurría Dión para que tratara de congraciarlo con las reclamaciones del pueblo. Y en ese juego Heraclides no quiso entrar. Dión se negó sistemáticamente a considerar el reparto de tierras, incluso llegó a derogar las escasas medidas que se habían tomado en este sentido.

Dión tenía en sus manos todos los resortes del gobierno. Heraclides era un simple particular, pero no era sordo ni mudo. Alzó la voz cuando Dión hizo venir de Corinto consejeros y colegas, dando prioridad a gente extranjera de su confianza y despreciando a sus conciudadanos. En realidad, había hecho venir a los corintios con la esperanza de establecer con más facilidad el modo de gobierno que imaginaba, que era abolir la democracia, como si fuera no un modo de gobierno, sino un bazar de constituciones, tal como decía Platón en la *República*, y, combinando el sistema lacedemonio y el cretense, la democracia y la monarquía, con una aristocracia al frente que dirigiese las cosas más importantes, ese era el modo de gobierno que quería establecer y organizar, viendo que también los corintios se gobernaban más bien con una oligarquía y no sometían al pueblo demasiadas cosas de interés público. Entonces, como le pareció que Heraclides, muy especialmente, se opondría a este plan, dejó vía libre a aquellos que hacía tiempo deseaban matarlo y a los que él hasta entonces se lo había impedido. Presentándose en su casa lo mataron. Dión ya tenía todo el poder.

Para encubrir su responsabilidad, vano intento, le preparó unos funerales espléndidos y acompañó el cadáver con el ejército en comitiva y después arengó a la multitud, concluyendo para vergüenza suya que era imposible que la ciudad abandonara su estado de agitación si ambos, Heraclides y Dión, estaban a la vez en la vida política.

La república de las palabras que Platón había construido en la Academia dejó paso a la república real, en la que los gamoros, los terratenientes de toda la vida, seguían en el poder en Siracusa. Esa fue la revolución de Dión.

Mi hermano y yo, al conocer la noticia, fuimos presa del pavor. Ahora vendrán a por nosotros, pensamos al unísono. Unos días después, pasado el primer momento de pánico, unos desconocidos se presentaron en casa. Me condujeron ante Dión. Él sabía que el pueblo no le iba a perdonar. Sabía también que muchos de los mercenarios eran incondicionales de Heraclides. Me necesitaba para tratar de domeñar a esos enemigos o al menos para saber cómo pensaban. Tenía que infiltrarme entre ellos y tomarles el pulso.

Me encontré con un Dión débil, atolondrado. No fingía. A partir de ese momento cada tarde tenía que acudir a su casa a darle noticias. Nunca me habló de Heraclides.

Una tarde, antes de la caída del sol, cuando yo solía pasar por su casa, me mandó llamar. Estaba ya rodeado de amigos. Al parecer había tenido una extraña visión: se le apareció una mujer grande, por su ropaje y rostro en nada diferente a una Erinia trágica, limpiando la casa con una escoba. Estaba tan asustado que nos hizo pasar la noche con él, pues temía que volviera aquella siniestra mujer. Al parecer no podía soportar el asesinato de Heraclides, como si fuese una baldón insufrible sobre su vida y sus obras. Eso le honra, pero el arrepentimiento tiene ese capricho: que siempre llega tarde.

Dión tuvo un gran defecto. Era sordo a las demandas del pueblo. No tuvo oídos más que para los nobles y los aristócratas y escuchó los cantos de sirena que salían de la Academia: el bien amado discípulo de Platón aspiraba a «una constitución y a un sistema legislativo verdaderamente justo y bueno, conseguido sin ningún tipo de matanzas o destierros», como le aconsejó Platón en una de sus cartas. Heraclides propuso repartir la tierra y establecer una constitución democrática: un consejo y una asamblea. Pero no, una democracia es el régimen de la ignorancia, la masa no puede gobernar. Y no cedió: el valiente Dión se vio cercado por sus amigos oligarcas. Porque a ellos se debía, a Heraclides lo quería solamente para que le ayudara a domesticar al pueblo.

Ese sendero lo llevó al crimen y la injusticia.

¿Es legítimo mantener la fidelidad al amigo cuando este conduce su vida por los senderos del crimen y de la injusticia?

¿Quién fue el que atentó contra los lazos sagrados de la amistad?»

Afortunadamente Platón no se hallaba presente en esta lectura vespertina. Espeusipo gesticuló en silencio ante determinadas expresiones de Calipo, pero temía que cualquier comentario o intento de suspender la lectura pudiera provocar un disputa. Aristóteles no se dejaba atemorizar fácilmente.

—No olvides, Espeusipo, que Odiseo se hizo atar al mástil para poder escuchar el canto de las sirenas sin perecer por ello —dice el Estagirita con sorna ante el rostro en cólera de algunos oyentes.

—Leer un documento no significa aceptarlo y mucho menos defenderlo —dijo Filipo buscando la concordia.

—Es verdad —sorprendió Jenócrates—, pero no es menos cierto que Odiseo ordenó taponar los oídos a sus compañeros. Solo el piloto, es decir, el filósofo, puede escuchar el canto de las sirenas.

—Eso significa que ese documento debe ser destruido —aprovechó Espeusipo.

—Por lo que yo he aprendido hasta ahora —se atrevió Axioteo—, lo que cabe hacer es examinar cuál de los dos responde a la realidad de los hechos.

—Eso te lo ha enseñado algún bárbaro del norte —guaseó Filipo.

—Axioteo tiene razón —Aristóteles se divertía viendo el rostro iracundo de Espeusipo—, siempre hemos dicho que nadie puede estar por encima de la verdad.

—Este odioso, hediondo y falso documento se parece al Ave Fénix. ¿cuántos hemos llevado a la hoguera hasta la fecha, Hermodoro?

—No sé, pero no tantos como libros de Demócrito.

Axiotea recorría sorprendida los rostros de los allí presentes. Solo ella y su amiga parecían no estar al tanto de esa fiebre pirómana de los académicos.

—Hay un problema con este documento —alegó Hermodoro—. Como sabéis, el odioso Calipo lo envió al pueblo y al consejo de Atenas, siendo él gobernante de Siracusa. Así que la carta se halla depositada y custodiada en el Metroon del ágora, como documento oficial. Cualquiera puede hacer una copia.

—Por si acaso, creo que estarás de acuerdo en destruir tu ejemplar —osó Espeusipo sugerir a su dueño.

—En modo alguno —ironizó Aristóteles. Y devolviendo el cumplido a Filipo, agregó:— Yo creía que eso de quemar libros era propio de los bárbaros del norte —como Espeusipo no disimulaba su rictus de ira, trató de limar asperezas—: No temas, amigo, en mi biblioteca estará seguro. Hasta la fecha ni las polillas ni los roedores han podido asaltarla.

—Y esos libros de Demócrito, ¿qué maldad encerraban? —preguntó Axiotea.

Nadie le contestó, como si la pregunta no viniera a cuento.

Axiotea se las arregló para hacerse la encontradiza con Aristóteles en el regreso a la ciudad. Lastenia, en estos casos, ya estaba acostumbrada a hacer el papel de sumisa esposa, así que fue Axiotea la que llevó la conversación.

—No entiendo lo de quemar libros —empezó.

—Estos atenienses tienen cosas así. Hubo un sofista famoso, Protágoras, también era del norte, de Abdera, que vio cómo recogían sus libros depositados en archivos o en templos, incluso en posesión de personas particulares, los confiscaban y los quemaban en una hoguera. Es verdad que esos episodios ocurrían en momentos de nerviosismo social. No era frecuente. Ya sabéis: Atenas produce la miel más dulce y la cicuta más mortífera.

—Es que no acabo de entender lo de ese Calipo.

—Fue un alumno de la escuela. Poco tiempo, es verdad. Tanto él como Dión son políticos, hombres de acción, muy dignos, pero poco reflexivos. Los dos están muertos.

—¿Tú también serás político cuando regreses a Estagira?

—A mí me tira más la ciencia, pero todo sabio tiene la obligación de contribuir al bienestar de la ciudad.

—Un libro que contiene errores o que desprecia y denigra a media humanidad, ¿merece estar en una biblioteca?

—Para mí un libro es algo más que un papiro enrollado, como una ciudad es algo más que un conjunto de viviendas y de templos. La ciudad es ante todo su constitución, sus leyes, los modos de relacionarse su gente. Un libro o te abre el camino hacia la verdad o no es un libro. Y digo te «abre el camino», porque ningún libro contiene la verdad total.

—Pero ¿por qué habría que quemar el rollo de Calipo?

—Bueno. Platón fue el primero en establecer que «ningún hombre ha de ser honrado por encima de la verdad». Lo tiene escrito en la *República*. Parece que lo ha olvidado.

—No entiendo.

—Parece que la verdad la tenga él y los que no opinan como él están en el error. No es así. Fue Dión el responsable del asesinato de Heraclides, uno de sus compañeros de viaje. Calipo tiene todo el derecho del mundo a denunciar este crimen.

—Pero, a lo que iba, ¿es legítimo quemar un libro en algunas circunstancias? Me refiero a un rollo de papiro que contenga falsedades.

—¿Cómo sabes tú que algo es falso? Antes debes investigar, examinar con cuidado los argumentos. ¿Acaso crees que hay sabios por ahí que se dedican a escribir que dos y dos son veinte?

—He oído que una vez —Lastenia saca los pies de las alforjas— Platón quiso quemar los libros de Demócrito.

—¿Dónde has oído eso? —carcajeó Aristóteles—. ¡Cómo se nota que eres la secretaria del secretario de Platón!

—Bueno, ¿es verdad o no?

—Eso he oído contar. Estaban dos pitagóricos de visita aquí, Amiclas y Clinias. Echaban pestes contra Demócrito, que si era un ateo, que si reducía todo al ciego azar, que si negaba la providencia, cosas así. Los dos pitagóricos le dijeron que era inútil quemarlos, pues habían alcanzado gran difusión pública. Eso se cuenta, pero a Platón no le gusta que se lo recuerden.

Lastenia miró a Axiotea antes de continuar. Creyó leer en su mirada un gesto de aprobación.

—A mí me dio rabia leer lo que ha escrito Platón en el *Timeo*, que las mujeres proceden de una generación de hombres cobardes.

—Es una metáfora. Platón a veces es más poeta que filósofo.

—Pues vaya poeta.

—Si la valentía está en los músculos y en la fuerza, es verdad lo que dice.

—Me gustaría quemar el *Timeo* —suelta Lastenia, que hace esfuerzos para no gritar en medio de la calle abarrotada, mientras Axiotea siente asco por las ropas que lleva y el estúpido juego en el que se ha metido.

Aristóteles agradeció llegar a la Dípilon, la puerta que daba acceso a la ciudad y donde solía despedir a los compañeros al regreso de la Academia.

II
Marchando juntas

15. ACARNAS

La Academia de Platón no era el mejor lugar para hacer amigas. Lastenia se aferró a la esclava Ártemis, la única mujer de confianza que conocía en Atenas.

Ártemis era esclava de nombre y tal vez de papeles, seguro que Platón tendría el contrato de compra, pero la realidad era bien distinta. Ejercía de ama de llaves y administradora, solo por debajo de Espeusipo. Ante el estado de salud de Axiotea, cada día más preocupante, sin otra salida a mano, Lastenia se decidió a preguntarle, fingiendo que era ella la afectada.

—No sabía que estuvieras enferma —le respondió Ártemis.

—Bueno, enferma no, pero no me baja la regla, tengo sofocos, me ataca la tristeza. A veces sin saber por qué rompo a llorar. Mi marido dice que eso no es normal.

—Conozco a una buena médica.

—¿Hay médicas en Atenas? —pregunta Lastenia entre incrédula y sorprendida.

—En Atenas, no, en Acarnas. Es un barrio que está a unas dos horas de aquí, hacia el norte.

—¿Podrías acompañarme? Se lo puedo pedir a Platón por mediación de Filipo. Si se lo pide él, quizá te dé permiso.

—No hace falta que recurras a Filipo. Yo se lo diré al amo y no pondrá ninguna pega.

—¡Qué alegría! Una médica en Atenas.

—En Acarnas —rectificó Ártemis—. En un municipio pobretón no les importa, pero en Atenas no permitirían que una mujer abriese una clínica o un simple dispensario.

—¿Quién lo impide?

—Las leyes más severas, las que no están escritas. Las mismas leyes que impiden que una mujer estudie aquí en la Academia. Porque tú, no te engañes, estás aquí como yo, como sirvienta. ¿O qué te crees que es un lector?

—Si un lector es poco, una lectora aún menos. Cuesta mucho esfuerzo leer en voz alta para que lo pueda hacer un hombre libre —dijo Lastenia siguiéndole la corriente.

—El lector, el actor que declama, son oficios serviles. Así piensan. Ya ves, no les importa tenerte en el puesto de un esclavo, pero nunca te aceptarán como uno de los amigos, que así se llaman entre ellos. Ahora tengo que dejarte —le dijo Ártemis—, quizá en dos o tres días podamos viajar a Acarnas. ¿Estarás lista?

—¡Claro! —Lastenia, muy satisfecha con esta disposición, para evitar sorpresas le dijo—: Me acompañará mi esposo.

—¡Él a sus lecciones de filosofía! —replicó con media sonrisa.

Lastenia ardía en deseos de compartir con Axiotea la excelente noticia, aunque le quedaba la duda de cómo reaccionaría Ártemis cuando conociera la trampa.

Corrió hacia casa al acabar su jornada en el taller con Filipo.

—Hoy te traigo el mejor regalo.

Axiotea estaba postrada en la cama con los ojos llorosos. Ni tan siquiera reaccionó ante la presencia de su amiga.

—Me ha dicho Aristóteles que te echa en falta —Lastenia le acariciaba la frente, sentada junto a ella en la cabecera de la cama—, que sin tus preguntas la lección es otra cosa. Vamos, que me ha dado a entender que eres su mejor alumno. Incluso ha llegado a decir que cuenta contigo para el futuro —como Axiotea seguía sin reaccionar, Lastenia continuó—: Yo creo que Aristóteles fundará su propia escuela tan pronto como Platón muera. Me lo ha dicho Filipo. Que solo habría un modo de que eso no ocurra y es que Platón lo deje como director de la Academia, pero Filipo dice que no, que el heredero será su sobrino Espeusipo. Tú podrías ser la mano derecha de Aristóteles.

—Mejor me dices qué es ese regalo que me traes.

—Le he dicho a Ártemis que estoy enferma. Le he contado todo lo que te pasa como si me pasara a mí. Me ha dicho que hay una médica en Acarnas y que en dos o tres días ella me acompañará. Le he dicho que tú vendrás conmigo. Una vez allí, ya nos arreglaremos. A la médica le diremos la verdad, que la enferma eres tú.

—¿Y qué pasará cuando se enteren en la escuela?

—No tienen por qué enterarse. Ártemis nos ayudará. Además Acarnas es un barrio al que nadie le hace caso en Atenas. Por lo visto, le llaman el barrio de los carboneros, porque en las laderas del monte Parnes hay mucho bosque y mucha gente se gana la vida haciendo carbón que luego venden en Atenas. Nadie sabe de esa médica, salvo, claro, las mujeres, que acuden a hurtadillas, porque no quieren que las ausculten los médicos.

El gesto de Axiotea iba recobrando una brizna de alegría.

—Mira, Espeusipo me ha pagado todo lo que me tenía atrasado, diez dracmas. Le he dicho que estabas enfermo y, al ver que llevas días sin acudir a las lecciones ni a la exedra, ha accedido a pagarme. Filipo le ha pasado la cuenta de las copias que he hecho —Axiotea no dice nada, pero le aprieta la mano a su amiga, que se la tiene cogida mientras le habla—. Tan pronto pueda pasaremos por el ágora y hablaré con Timoteo, el librero. Tengo ofertas de Hermodoro, ya lo sabes, pero prefiero trabajar con alguien que no sea de la Academia. Me ha dicho Ártemis que por los gastos de la médica (que, por cierto, se llama Fanóstrata) que no nos preocupemos, que no cobra nada. Aquí en Atenas hay médicos públicos, les paga la ciudad, pues en Acarnas Fanóstrata es una médica a la que paga el municipio.

—Pero nosotras no somos de Acarnas.

—Es igual, para si hace falta, tenemos unos ahorros. Además de estas diez dracmas, tengo treinta más ahorradas, ya lo sabes. Si hubiese hecho las copias para Timoteo, habría conseguido el doble.

—No vas a dejarme sola en medio de los lobos de la Academia —parece que Axiotea habla con cierta sorna, lo que alegra a su amiga.

Lastenia se daba cuenta de que cada día se agrandaba más el número de cosas que no podía comentarle a su amiga, y eso le preocupaba. Tenía que cuidar las palabras. Otras veces le hubiera dicho: vamos, levántate, mira este rollo que he copiado. ¿Por qué no podía decirle con toda franqueza que ella llegaba a casa cansada de darle al cálamo, de escuchar las reprimendas de Espeusipo, de sentir sobre el cogote la presión de Filipo para terminar un rollo?

Cuando tienes que guardar las formas, elegir las palabras, cuidar un gesto, no decir esto por no lastimarla, es que algo está pasando.

A Lastenia le costaba comprender que lo que estaba pasando no tenía que ver con una amistad, sino con un estado de salud, una enfermedad esquiva de rostro invisible que le estaba robando la alegría a su amiga, las ganas de luchar e incluso las ganas de vivir.

Esa noche, Lastenia, que ya había apalabrado con Ártemis el viaje a Acarnas, se preguntaba si no estaba llegando tarde. El sueño anegó sus deliquios.

Axiotea tardó un tiempo en reaccionar. A través de la ventana ya no entraba una brizna de luz ni se oía el rumor de la calle. Debía de ser medianoche. Dormía a su lado Lastenia, que rezumaba un suave y rítmico resuello, síntoma de robusta salud. A veces, en su tristeza, pues ella no le llamaba enfermedad, sentía pavor a que un día le faltara su amiga. Aquella noche, de pronto, en medio del silencio y la oscuridad de la noche, cuando Lastenia dormía su cansancio, se acercó a ella con cuidado, no fuera a despertarla, y en voz baja, su boca pegada al oído de la amiga, le susurró todo lo que debía haberle dicho y no le dijo, lo que una amiga le dice a su amiga del alma incluso en horas de amargura.

A la mañana siguiente, Lastenia madrugó para dirigirse a su jornada de copista en la Academia. Regresó a casa a mediodía, cosa que nunca había hecho antes, preocupada por su amada Axi. Para su sorpresa la encontró en la habitación leyendo el rollo que le había traído el día anterior y que ni siquiera había tenido fuerzas para ojear.

—No me lo puedo creer —dijo Axiotea—, un libro sobre enfermedades de las mujeres. ¿De dónde lo has sacado?

—Los lobos de la Academia almacenan de todo.

—¿Lo has copiado tú?

—No, he visto que lo leía Filipo y me ha parecido que te gustaría.

—No pienso devolverlo.

—Te traeré unas tablillas de la Academia para que hagas prácticas de copista. Así te entretienes.

—Claro, y además aprendo el oficio.

Según habían convenido, Ártemis llamó en su casa poco después de amanecer. Como se acercaba el tiempo de la canícula, le había parecido preferible aprovechar el frescor de la mañana. Para no llamar la atención en la fonda, Axiotea vestía su atuendo masculino de siempre. Al llegar a Acarnas, ya verían qué hacer.

Espeusipo había accedido a que un esclavo con un mulo las acompañara. Platón en estos asuntos no intervenía. El mulo, además de llevar el equipaje, podía ser útil si la enferma no soportaba el esfuerzo, pues era un viaje de dos horas cuesta arriba, hacia el monte Parnes.

Al comenzar el viaje, Ártemis ordenó al esclavo, llamado Ticón, que tomara al mulo del ronzal y que se pusiera delante, «y a buen paso», añadió. Detrás iban las tres mujeres, sí, las tres.

—¿Cómo te diste cuenta de que Axioteo era Axiotea? —pregunta Lastenia.

—Hay que ser un filósofo de la Academia para no darse cuenta de esas cosas.

—¿Por qué no me dijiste nada? —se interesó Axiotea

—Una esclava debe ver lo menos posible y hablar lo menos posible.

—Ahora ya sabes que la enferma soy yo.

—Tampoco en esto me engañé. Cualquiera podía ver que tú —se dirige a Lastenia— estabas más fresca que una rosa.

—En Acarnas volveré a ser mujer. El disfraz de hombre se está convirtiendo en mi mortaja.

El camino de Acarnas parecía el cauce de un río: un flujo continuo de personas y acémilas en medio de un diafónico griterío animal. El esclavo que tiraba del ronzal, con las mujeres detrás del mulo, que parecían como las truchas o los salmones que se empeñan en llevar la contra al curso de las aguas. A veces el esclavo tenía que ladearse con el animal para evitar que le arrollara la impetuosa corriente que parecía anhelar la meta en Atenas.

—¿De dónde sale tanta gente?

—Acarnas es uno de los municipios más poblados del Ática, si no el que más. Muchos transportan cargas de carbón, y otros, productos del campo. Mira esa mujer: lleva una cesta en cada mano y sobre la cabeza una canasta de verduras. El marido las ha recolectado al alba y ella lo lleva al mercado del ágora. Por la tarde regresará a casa con las cestas vacías y con unas dracmas en el bolsillo.

Ártemis había previsto un breve descanso cuando ya llevaban hora y media de camino. Tomarían un ligero tentempié, se refrescarían en la fuente y seguirían ruta para no llegar muy sofocadas y sudorosas. Axiotea no había tenido que montar en el mulo: el amor propio y la viva conversación le ayudaban a mantenerse en el trío.

—Espero —ya habían reanudado la marcha— que no te hayas sentido engañada cuando te dijo Lastenia que la enferma era ella.

—Nada hubiera cambiado, qué más da.

—No es una noble mentira, desde luego, pero tampoco es una mentira ofensiva, no queríamos engañarte.

—Que se jodan los amigos de la Academia —carcajeó Ártemis—, que no se enteran de nada. Aunque no sé, algún día pueden enterarse. Deberás estar preparada.

Ante las risas de las tres mujeres, el esclavo hacía ademán de volverse hacia ellas.

—Cuida —cuchicheó Lastenia—, no se vaya a enterar y corra con el cuento a Espeusipo.

—No te preocupes, no habla ni jota de griego.

Ártemis, todavía en medio del boscoso camino, entrevió las primeras casas de Acarnas ya próximas. El resuello del mulo, superadas ya las últimas pendientes del camino, anunciaba la hora del descanso.

—Estamos llegando.

—No ha sido para tanto —comenta Lastenia celebrando la resistencia de su amiga.

Axi no contestó. Otra vez su malestar le cortaba el contacto con el mundo exterior. Sintió deseo de despojarse de la túnica y la apariencia de varón para presentarse ante la médica (así, de esa manera extraña, la llamaba Ártemis) con su verdadero rostro, con la apariencia de ser lo que era, lo que siempre había sido, lo que deseaba volver a ser.

Las casi dos horas de viaje habían sido un paréntesis, casi un paraíso, del que ahora salía para sentir su boca reseca, su rostro ardiente y sus pies sudorosos. Un amago de vómito arrancó del vientre para salir por la boca en forma de tos ronca y adusta. Lastenia se apresuró a ofrecerle un vaso de agua que Axi le agradeció con una mirada triste.

—Ya verás como Fano te cura —Ártemis le dice confiada.

La zozobra de Axi queda en segundo plano a medida que se aproximan al destino. Ahora las tres mujeres van delante del esclavo que sigue con el ronzal en la mano.

—Esta es la casa.

Una anciana, sentada en una banqueta junto a la puerta, saluda a Ártemis como una vieja conocida.

—Le traigo una paciente a la doctora.

—Está en el dispensario, ya sabes, cerca del altar de Atenea Higiea. ¿Sabes dónde está? —bromea la anciana.

—Claro, le he rezado muchas veces a la diosa y siempre ha escuchado mis plegarias, pero por si acaso antes escucharemos a Fanóstrata.

La anciana sonríe y esboza un gesto de despedida mientras sigue haciendo bailar en sus manos las agujas de tejer.

Axiotea se debate entre la aflicción y la esperanza. Lastenia le toma la mano como quien dice «estoy aquí, confía en nosotras».

El templo de Atenea se les mostró majestuoso sobre un pequeño montículo que formaba en su cima una explanada en dirección al monte Parnes, la cumbre más alta del Ática. En las laderas crecía un bosque sagrado de olivos. El templo era singular, no por su construcción, que seguía los cánones habituales, sino porque estaba dedicado conjuntamente a Ares y Atenea Areia, diosa que nos protege en la guerra. Al final de la explanada se encontraba el altar dedicado a Atenea Higiea, en este caso la diosa sanadora, a la que también se rinde homenaje en las Panateneas de Atenas.

Ártemis ordenó al esclavo que permaneciera allí con el mulo, junto a una fuente, hasta que ella regresara, calculando que Axiotea y Lastenia se quedarían en el dispensario con Fanóstrata.

No lejos del altar se encontraba el complejo médico de Acarnas. Como era un municipio muy poblado, contaba con dinero suficiente para contratar al personal, médicos, comadronas y ayudantes. Cualquier vecino podía recurrir a sus servicios de forma gratuita. El espacio sanitario se hallaba bajo la protección de la diosa. La dependencia principal era el llamado dispensario, que tenía una singularidad muy notable: estaba dirigido por una mujer, que era médica y comadrona, Fanósrata, contratada por el municipio.

No había otro caso en el Ática de una médica en ejercicio. Esto solo podía ocurrir en Acarnas o en algún otro municipio periférico. También su currículo era algo singular, porque la mayoría de los aspirantes presentaban como aval a los médicos reconocidos con los que habían trabajado. Ahí es donde empezaba la veda de la medicina para las mujeres. Si no eran admitidas en una escuela filosófica como la de Platón, tampoco los admitía ningún médico como ayudantes.

A medida que se acercaban al dispensario, se escuchaban unos gritos entre de reyerta y de dolor.

—Es que hoy toca algún parto —explica Ártemis ante la sorpresa de sus acompañantes.

Fanóstrata atendió a las visitantes de Atenas tan pronto como la parturienta lo permitió.

—¿Quién es la enferma? —preguntó Fanóstrata.

—Soy yo —contesta Axiotea—. Bueno, visto así, como un varón, pero soy una chica de Fliunte. Es un poco largo de explicar.

Fanóstrata rompe el embarazoso silencio con una pregunta que ella misma se responde.

—¿Has venido andando desde Atenas? Pues entonces no estás tan enferma —el optimismo es una obligación de la médica.

—Saca pinta de tener una de esas enfermedades de la vida como dices tú —sentencia Ártemis.

—Ahora no puedo atenderos —se excusa Fanóstrata—. Hoy tengo pacientes hasta el anochecer. Hay días que ni para comer me dejan tiempo. No te preocupes —le dice a Axiotea—, mañana podremos hablar con tranquilidad.

Las tres visitantes atenienses regresaron con el esclavo y el mulo a la casa de la anciana que les había recibido. Todos la llamaban la abuela Maya.

—Estas dos chicas se van a quedar en tu casa. El esclavo y yo regresamos a Atenas.

—No es hora de emprender el camino a ninguna parte. ¿No veis el castigo que Helios nos envía?

Aquel año había llegado muy pronto el calor. Era finales de junio y el aire quemaba a mediodía. Hasta las nerviosas hojas del tiemblo se habían parado a escuchar el canto alborotado de las cigarras.

Maya las hizo pasar adentro. El mulo quedó atado del ronzal a una armilla fijada en la pared de la casa. Le dio al esclavo un balde de agua para que abrevara al animal.

—Aquí agua no nos falta, ni aun en estos veranos tan tórridos. El Parnes nos da el agua de sus fuentes contra el calor y la leña del bosque contra el frío del invierno.

El esclavo sacó las alforjas todavía cargadas sobre el mulo. Ártemis había preparado comida para los cinco, porque también había incluido una ración de pienso para el animal. Era la mejor prueba de que era ella la verdadera ama de llaves de la Academia, aunque tuviera que soportar el ominoso nombre de esclava.

Le hizo entrega a Maya de los alimentos, incluido un rotundo pan de hogaza sin empezar.

—Con invitados así es fácil ser buena anfitriona.

Mientras Ártemis y el esclavo disponían la mesa para comer, Maya acompañó a la joven pareja a su habitación. Axi ardía en deseos de volver a su apariencia de mujer, pero la presencia del esclavo se lo impedía por el momento. Así que tocaba esperar.

—En el dispensario —les explicaba Maya— hay habitaciones para el caso de enfermos graves, parturientas o enfermos que hay que operar. Aquí podéis estar hasta que la doctora diga, pero lo tuyo —le decía a Lastenia— no parece grave. ¿Qué te ocurre?

—La regla, que no me baja —contesta dubitativa mientras mira a su putativo esposo.

—Para eso no hay nadie mejor que Fanóstrata. En unos días estarás bien.

Regresaron a la sala de la casa, donde Ártemis había dispuesto la mesa. Maya añadió productos de su huerto: exquisitas lechugas de varios colores, entre ellas, una de hojas anchas y largas que tenía fama de hacer languidecer el deseo sexual, como se encargó de recordarles, no sin una esquiva sonrisa, aunque añadió que es la mejor para comer. Sirvió también acelgas cocidas, zanahorias y espárragos, «un banquete digno de las diosas del Olimpo», según el comentario nada jocoso de Ártemis.

Tras la copiosa comida, ya mediada la tarde, Ártemis le recordó al esclavo que podía ir aparejando el mulo, mientras el femenino banquete degustaba los postres de Maya.

—No os preocupéis, yo le explicaré a Espeusipo la situación, que regresarás a las clases cuando tu esposa se encuentre mejor.

—Me perderé las lecciones de Aristóteles —se lamentaba Axiotea, aunque recobró la sonrisa para añadir—: Le dices que el primer deber del marido es cuidar de su esposa.

—El macedonio no entiende ese lenguaje —replica Ártemis con sorna—. No lo veo yo casado a ese hombre, es más de coquetear con hetairas. Dicen que también frecuenta las tabernas del Pireo.

—Es filósofo día y noche —opina Axiotea—. Con todo es el que mejor me cae.

—A mí me mira por encima del hombro —dice quejosa Lastenia.

—Yo creo que mira por encima del hombro a todos, no solo a las mujeres, incluso al propio Platón. Llevo toda la vida en la Academia: he visto mucho y he oído mucho.

—Es un poco altivo, es cierto, pero luego te respeta, incluso te ayuda —Axiotea no oculta su admiración por el macedonio—. Me gusta conversar con él. Es menos de guardar las formas y más de ir al fondo de las cosas.

—He oído decir —cuchichea Lastenia— que es un infiltrado de Filipo de Macedonia en la Academia.

—¡Qué tontería! Si llegó aquí siendo un niño —ataja Ártemis—. Parece arrogante, es verdad, pero es una apariencia. Yo estoy con Axi.

Aristóteles era uno de los miembros más singulares de la Academia. De habla balbuciente daba la impresión de que su pensamiento iba por delante de sus palabras. Impresionaba por su atuendo llamativo y original, sus dedos ensortijados y su cabello corto, contra el uso habitual de los varones atenienses. De ojos pequeños y penetrantes, era llamado entre los amigos de la Academia el «garrillas» por sus largas y delgadas piernas.

Parecía indudable que consideraba ingenuas o incluso trasnochadas muchas de las doctrinas del fundador de la escuela, a punto de cumplir ya los ochenta años. Evitaba el choque con él, pero no podía sino desdeñar a quienes como Jenócrates (a Espeusipo lo disculpaba por su condición de sobrino) ponían a Platón por encima de la verdad.

No había sido solo Ártemis la que había escuchado el comentario doloroso de Platón: «Aristóteles da coces contra mí, como los potrillos recién nacidos contra su madre».

La mesa de comensalas en Acarnas eran por mayoría admiradoras de Aristóteles.

—A gusto me quedaría aquí con vosotras —Ártemis se levanta de la mesa—, pero me llama el deber en Atenas.

El esclavo hace rato que está en la puerta a la espera con el ronzal del mulo en la mano.

—¡Vamos, Ticón!

Axiotea y Lastenia quedaron con la abuela Maya, que les explicó por qué la llaman así.

—He sido la partera oficial del municipio desde que se fundó el dispensario. Fanóstrata fue una de mis primeras ayudantes, el parto no tiene ningún secreto para ella.

—Ártemis nos dijo que Fanóstrata era médica.

—Es que su padre era médico muy famoso en toda Ática. Lo tentaron en muchas ciudades, pero él nunca quiso abandonar este municipio, donde era el jefe del dispensario. Al no tener ningún hijo varón, le enseñó el arte a su hija, que sintió desde niña la vocación por la medicina. Desde que era una criatura, acompañaba a su padre en las visitas a los enfermos. Estaba todo el día aquí en el dispensario, y así ha aprendido del padre el arte médico, y de mí, el de la comadrona. Y lo lista que es, un portento. Al morir su padre, todavía joven, Fanóstrata fue elegida como médica titular del dispensario.

—Tenía entendido que en Atenas no dejan ejercer de médicas a las mujeres.

—Pues buen favor nos hacen —se carcajeó Maya—. Ya lo veréis vosotras, sabe hasta leer y escribir. Vienen muchos pacientes de fuera, sobre todo mujeres. Es natural, hay enfermedades nuestras que un hombre es mejor que no meta las manos ni los ojos. ¿No os parece? Muchas ricas y nobles mujeres de Atenas y otras ciudades acuden a Fanóstrata. Y eso levanta envidias, no creáis. Me refiero a los médicos, que consideran eso una intromisión. Pero, por fortuna, nadie osa meterse con ella. Os he dicho que sabe leer y escribir. Ya veréis que en el dispensario hay una pequeña alcoba con papiros e instrumentos para escribir, tiene hasta libros de médicos famosos. Hay veces que se los trae aquí y se los estudia de noche a la luz del candil.

—¿De verdad? —pregunta Lastenia sorprendida y admirada.

—También se dan casos en que, después de tratar a una paciente, le prescribe un régimen que es un poco complicado de retener. Entonces le pregunta si sabe leer y, si le dice que sí, le da el tratamiento por escrito, para que no lo olvide.

Maya tenía embobadas a las amigas cuando llegó Fanóstrata acompañada por su ayudante y mano derecha Cloe.

—Al fin, ya estamos aquí —saludaron las dos recién llegadas—. ¿Qué tal os está tratando la abuela de Acarnas? ¿Sabéis que es la más vieja del municipio?

—Ya he perdido la cuenta —murmura ella.

Axi se sorprende con el atuendo masculino todavía puesto. La abuela Maya con su calmado, casi melodioso, modo de hablar le había hecho olvidar las cuitas que pendían de su atuendo y apariencia varonil. Casi se alegró pensando que al fin y al cabo el disfraz era parte del problema.

—Cloe y yo necesitamos ahora descansar un poco. Hoy ha sido un día normal, no demasiado agitado, así que cenaremos y después saldremos al jardín a tomar la fresca y me contáis.

Fanóstrata residía en la vieja casa familiar. Tras la muerte de su padre hacía ya un decenio y poco después la de su madre, se quedó sola, pues había resistido con enconado coraje la fuerte presión que tenía que soportar una joven griega para evitar el matrimonio. En esto había contado con todo el apoyo del padre, que conocía la pasión de su hija por la ciencia médica. Los dos, ella y él, sabían que para una mujer compaginar la práctica de la medicina con el matrimonio era algo muy cercano a lo imposible.

La casa, además de un patio hermoso y amplio, con su altar doméstico, donde nunca se sacrificó ni un gallo, pero donde Atenea Higiea recibía las más gratas y dulces ofrendas hechas de harina y miel, contaba con un jardín repleto de árboles frutales, donde lucía en todo su esplendor un singular granado que era la envidia de todo el municipio. No podía faltar un frondoso laurel, un sauzgatillo, un saúco y abundantes matas de lentisco, así como un número interminable de hierbas con las que Maya era capaz de elaborar mil tipos de remedios.

Fanóstrata no sabía bien a qué atenerse con su nueva paciente todavía vestida de varón.

—Estas ropas —señala Fanóstrata en referencia a la túnica varonil de Axiotea— no creas que me extrañan, no eres la primera mujer que se disfraza de hombre.

—Era el único modo de que me admitieran en la escuela de Platón.

—Intuyo que te da vergüenza vestir esta ropa —a Fanóstrata no se le escapa el rostro ruborizado de Axiotea.

—Llevo más de dos años vestida así. Desde hace un par de meses me produce agobio.

—¿Por qué?

—Vestida de hombre me admiten en la Academia, puedo seguir los cursos y conferencias, leer las obras de Platón. Pero yo querría reclamar ese derecho para las mujeres, que se me reconozca como mujer que soy que tengo derecho a matricularme en la escuela.

Lastenia asiste con mirada inquieta a la conversación y siente ganas de reprocharle a su amiga que ella también está en esta lucha.

—Entiendo que son dos pasos distintos. Esto mismo nos pasa con la medicina. Las mujeres no podemos ser médicas, ni formarnos como tales, porque ningún médico nos acepta en su clínica. Tampoco podemos solicitar una plaza pública, ni abrir un dispensario privado. Quedamos arrinconadas como comadronas, pero el arte de la medicina nos está vedado.

—No a ti —apuntó Lastenia.

—Mi caso es especial. Mi padre era médico y yo me empeñé en seguir sus pasos.

—Gracias a tu empeño y a que eres la mejor. No hay médico en Atenas que sepa más que tú, ni aun Eutídico, el maestro de Hagnódica.

Cloe se llevó la mano a la boca como si hubiera destapado algún secreto.

—No nos engañemos —prosiguió Fanóstrata quitando importancia al lapsus de su ayudante—, a mí me toleran. Si quisiera pedir una plaza en Atenas, la asamblea, donde solo hay hombres, ¿a quién elegiría? Para empezar habría que ver si el consejo aceptaba mi solicitud. Creo que tiene razón Axiotea, no basta con que nos toleren, tenemos que ver reconocido el derecho, en igualdad de condiciones con los varones.

—Tienes razón —asintió Axiotea—. El día que descubran que soy una mujer, me van a echar a patadas.

—Y tú, Lastenia, ¿qué haces en la escuela?

—La coartada es que yo soy la esposa de Axioteo, y me han contratado como sirvienta.

—¿Te pagan?

—Poco, pero tengo que aguantar para que Axi pueda asistir a las lecciones y después ella me explica a mí todo lo que aprende. Y así con lo que gano podemos mantenernos y pagar la pensión en Atenas.

—Me vas a venir bien —le dice Fanóstrata.

—¿De veras? No sé en qué podría serte útil —responde sorprendida.

—Creo que eres copista —y sonriendo añadió—: ¿Hay algo de la Academia de Platón que no sepa Ártemis?

—Es verdad. Aprendí a escribir de pequeña, en el taller de cerámica de mi abuelo en Mantinea. Por eso me han puesto a trabajar en el escritorio con Filipo de Opunte, que es como el secretario, el que pasa a papiro lo que Platón escribe en las tablillas de cera. Y ahí estoy yo ayudándole.

—Necesito una copista. La diosa Atenea Higiea, por medio

de Ártemis, me la ha traído a casa —prorrumpe Fanóstrata en tono festivo.

—Me das una alegría. Pues tenemos poco dinero para pagarte.

—El tratamiento es gratuito. Tendrás que agradecerlo al municipio de Acarnas, que es el que me paga a mí y a mis ayudantas. Mañana hablaremos de papiros, tintas y cálamos.

Después de cenar, ya a punto de oscurecer, salieron al jardín. Fanóstrata, que acaba de cumplir los sesenta años, dejaba asomar su vigor anímico a través de las ventanas de su cuerpo enjuto.

—En este jardín encuentra Maya el mejor laboratorio para sus remedios.

El perfume de las plantas, el canto de las aves nocturnas y la algarabía de los grillos mostraban la fuerza telúrica del incipiente verano.

—Para según qué tipo de dolencias, confío más en los aromas y la paz de este jardín que no en los fármacos y los tratamientos del dispensario.

Fanóstrata no había echado en saco roto el pronóstico de Ártemis, cuando le dijo que la paciente parecía afectada por una de esas enfermedades de la vida.

16. EL JARDÍN DE LOS REMEDIOS

A la mañana siguiente, Cloe se dirigió al dispensario como de costumbre, mientras Fanóstrata se quedó en casa para iniciar el tratamiento de Axiotea.

—Has dejado tu ropa de varón.

—Sí, mi mortaja. Mientras esté aquí volveré a ser mujer, después ya veremos.

—¿Y qué hay de la regla? Algo me ha dicho Ártemis.

—Llevo ya dos faltas, y no conozco varón.

—Es un trastorno frecuente, sobre todo si has tenido algún disgusto, que a la vista está. Cuéntame qué síntomas sientes.

—Todo ha empezado con el disfraz. Al principio, estaba encantada, aprendía mucho en la Academia, conversaba, participaba en los debates. Lo ideamos todo para que nos admitieran. El problema es que con el paso del tiempo el disfraz se ha convertido en la realidad. Yo hago de varón, con el estatus de varón, voy a las conferencias, a los debates, a las lecturas y Lastenia hace de sumisa esposa, y menos mal que ahora trabaja de copista, que es algo más cercano al saber y a la filosofía, pues copia libros de Platón, pero no deja de ser la mujer en un mundo de hombres, vamos, como una sirvienta. Eso me duele, y a ella, también. Así empezó.

—¿No habéis pensado en abandonar y volver a vuestra realidad de mujeres?

—Tenemos dudas, pues eso significa echar todo a rodar. Llegamos aquí porque habíamos leído la *República* de Platón, donde dice que la mujer está dotada para realizar las mismas tareas que un hombre. Todo palabras, es una república hecha de palabras, papiro y tinta, nada que ver con la realidad. Me dolería mucho abandonar por no resistir, no me lo perdonaría, pero a veces...

—... a veces te afliges, te agobias...

—Sí, agobio, angustia, congoja, eso al principio. Después ha llegado lo peor, el insomnio, noches enteras sin pegar ojo, inapetencia (y así estoy). Mucha sed, náuseas, sudores. Lastenia, al levantarnos, dice que me nota calentura.

—Espero que no te hayas puesto algún pesario.

—No.

—Menos mal. Muchas veces me he encontrado mujeres que, por miedo a ir al médico o por reparo, se han intentado curar ellas solas o con alguna amiga que no sabe de medicina, y se han causado graves daños.

—Tengo que decir que esta noche he dormido un poco mejor, será que me sienta bien la montaña.

—Lo más urgente es tratar la regla. Eres muy joven. Si conseguimos que te baje, lo demás se te irá pasando, con la ayuda de este jardín, vida tranquila, lejos de la Academia y de la filosofía.

—Y sin disfraz.

Fanóstrata decidió aplicarle un pesario emoliente que se prepara con un higo seco cocido y bien triturado. Después se coge un trozo de lana previamente untado con esencia de rosas y se impregna con la pasta del higo triturado. Por la noche antes de acostarse, tenía que tomar una infusión a base de hierbas del jardín que Maya le prepararía.

—Estarás con ese régimen unos quince días, hasta que te baje la regla.

—Gracias —musitó Axiotea.

—En un par de días estará todo preparado y te colocaré el pesario. Es uno de los remedios emenagogos más sencillos. No te preocupes. Cada tres días te lo cambiaré para evitar posibles infecciones. Ni te darás cuenta, podrás hacer vida normal, aunque vas a estar aquí en casa, descansando. Tengo rollos de medicina, por si echas en falta la lectura.

—Eres muy buena.

—Cuando regrese del dispensario, volveremos a hablar un poco. Me irás contando cómo te sientes. A veces los temores, las penas, se curan si hablamos de ellas.

—¿La palabra puede curar?

—Mi padre no tenía fe en estas prácticas. En general los médicos creemos que todas las dolencias tienen su raíz en el cuerpo, nos guiamos por la percepción del cuerpo, como enseñaba Hipócrates. Ya sabes que a Maya la llamamos así porque era la partera más sabia de Acarnas, yo diría que de toda Ática. La he visto trabajar. Puedo decir que la medicina me la enseñó mi padre, pero el arte de la partera lo he aprendido de Maya, viéndola actuar en los partos. Conseguía resultados prodigiosos, incluso en partos muy difíciles, donde los médicos fracasaban. Pues mira, Maya utilizaba fármacos y pócimas, pero siempre los acompañaba con un ensalmo. Ella cree que las hierbas por sí solas, sin las palabras mágicas del ensalmo, no dan resultado, que deben ir juntas. Eso cree Maya —y concluyó en un tono entre crédulo y burlón—: Podrás comprobar su efecto, porque te dará el brebaje y pronunciará el hechizo.

—A Platón le he oído decir algo así, que el ensalmo debe acompañar al fármaco.

—Tal vez, eso es lo que cree Maya. Pero hay otros que son más radicales: dicen que el fármaco es el ensalmo, la palabra.

—Yo diría que sí, noto el efecto sanador de tus palabras, aun antes del pesario y del brebaje.

—Es verdad, las palabras consuelan, pero no estoy segura de que curen. Por si acaso te pondremos el pesario y te tomarás el brebaje durante nueve días —las palabras de Axiotea parecen haber despertado las dudas de Fanóstrata—. Recuerdo que mi padre conoció a un sofista de Atenas, se llamaba Antifonte. Además de orador, era también poeta. Había compuesto alguna tragedia, pero con poco éxito. Al parecer dudaba entre dedicarse a la oratoria o a la poesía. Y mientras dudaba, decidió abrir en Corinto una consulta junto al ágora. Colgó en la puerta un cartel donde anunciaba que podía curar mediante palabras a los deprimidos y consolar a los enfermos. Decía haber compuesto un arte que denominaba «Arte de eliminar la pena mediante la palabra». No sé si tenía algún valor el arte de Antifonte, porque ese sofista pronto cerró el despacho en Corinto y regresó a Atenas, donde se dedicó a la retórica, que le daba más beneficios.

—Me gustaría leer ese arte para eliminar el dolor.

—En realidad el sofista lo anunciaba de palabra, pero no lo puso por escrito. Esa es mala señal, a veces es pura charlatanería para engañabobos. La medicina seria no es eso: nuestro Hipócrates nos ha enseñado a observar, experimentar, y luego ponerlo por escrito para enseñar a los futuros médicos. Claro que si hubiera un arte para curar y purificar la mente como lo hay para el cuerpo, sería fantástico.

Mientras Fanóstrata había iniciado en su casa el tratamiento de Axiotea, Lastenia había ido con Cloe al dispensario. Quería ver el escritorio, los papiros y los útiles de escribir.

De forma inesperada, llegaron dos mujeres, una de ellas a punto de dar a luz. No había ningún aviso previo, lo que era extraño, pues las familias solían preparar el parto en la propia casa, a donde acudía la comadrona, salvo que se tratara de un caso difícil que aconsejase recurrir al dispensario. Cloe actuó con rapidez. Trató de asentarla en la silla obstétrica cuando, para su sorpresa, la criatura se deslizó al suelo. Lastenia actuó de ayudante ocasional y tomó a la criatura en sus brazos, mientras la comadrona cortaba el cordón umbilical. La madre era una muchacha muy joven, a la que Cloe no conocía ni tampoco a su acompañante; no traían consigo ningún equipaje para vestir a la criatura y mucho menos una cuna o cesta para llevarla a casa.

Cloe no se equivocó. La madre y la amiga que la acompañaba se fugaron del dispensario antes de media tarde, dejando allí a la criatura y sin dar una explicación.

—Por como ha sido el parto, no es la primera vez que esa chica da a luz.

—¿Es posible? Parecía más joven que yo —se sorprende Lastenia.

—Menos mal que ha sido un niño, será más fácil darlo en adopción. Una niña no la quiere nadie.

—¿Qué me dices? —pregunta Lastenia impresionada.

—Se dan casos como este. Ahora mismo tendremos que ofrecerlo a familias, a ver si quieren adoptarlo. Ya te digo que un niño es más fácil. Esta criatura y todas las que abandonan las madres aquí en el dispensario tienen suerte, porque lo normal es que las familias que no los quieren los expongan en los cruces de caminos. Allí mueren o son pasto de alimañas o los recoge alguien, normalmente para criarlos como esclavos.

—¿Cómo puede haber madres así?

—No son las madres. Lo que cuenta no son los derechos del niño o de la madre, sino los del padre, que es el dueño. Tanto el aborto como la exposición de la criatura es una decisión exclusiva del padre.

Por la tarde, se presentó en el dispensario Fanóstrata. Al conocer la noticia del día, agradeció no haber presenciado el parto. Pese a su largo historial como comadrona, no lograba asimilar estas experiencias tan crueles.

—También hay animales que repudian a sus crías —sentenció Cloe.

—Pero los seres humanos somos racionales.

—Medio racionales nada más, la otra mitad también es humana.

Fanóstrata con su silencio dio la razón a su colega.

—Esta noche, en lugar de cinco, seremos seis a la mesa.

La criatura llevaba ya un rato llorando.

—Es hambre. Vámonos.

—Espero que tengamos algún biberón por casa —duda Cloe.

—Seguro que Maya tiene uno guardado en alguna de sus incontables alacenas —se confía Fanóstrata.

La casa de la médico, como la llamaban en Acarnas, se había doblado en pocos días. El único varón de las seis personas residentes tenía pocas horas de vida.

—Teodoro, se llamará Teodoro —dijo Maya cuando Cloe sugirió criarlo en casa en lugar de ofrecerlo en adopción.

—Me gusta ese nombre —celebró Lastenia.

—Sí, y será médico —confirmó Fanóstrata.

—Me parece que no voy a tener tiempo para estar enferma —Axiotea sonríe como en los buenos tiempos.

El tratamiento de Axiotea dio sus frutos treinta días más tarde cuando le bajó una abundante menstruación. También se le pasaron otros síntomas que ella llamaba del alma, el insomnio, las náuseas, todo eso que asociaba con el disfraz o, como decía con sorna, la mortaja. Quedaba una duda: ¿qué pasaría cuando volviera a las lecciones de la Academia y tuviera que calzarse de nuevo la máscara de varón imberbe de voz aflautada?

No quería ni pensarlo, y eso mismo, negarse incluso a imaginar cómo podría ser el regreso a la Academia, no era un buen síntoma. Axiotea sabía que ahí tenía un nicho de debilidad.

—Daremos por curada tu dolencia cuando veamos que te baja la próxima regla como de costumbre —Fanóstrata oye de nuevo el llanto de Teodoro—: al varón de la casa le gusta empreñar.

La presencia del niño todavía no se tomaba como rutina. O sea, oír llorar al niño como quien oye llover. Quizá eso era así para las residentes habituales de la casa, pero no para Lastenia y Axiotea. Como todo se pega, al final Lastenia seguía copiando su manuscrito aunque Teodoro se encanara reclamando atención.

Cuando se adaptó a los nuevos cálamos, al nuevo papiro, un poco más áspero que el utilizado en la Academia, incluso a la nueva mesa, la tarea de copiar volvió a ser la rutina en la vida de Lastenia, que realizaba el trabajo en la casa o en el escritorio del dispensario. Esto segundo le gustaba más, porque el dispensario siempre ofrecía alguna sorpresa, como el día en que Teodoro vino al mundo. En circunstancias especiales, dejaba el cálamo y ayudaba a Fanóstrata o a Cloe a poner un vendaje, echar una mano en una cirugía o lavar a un recién nacido.

La siguiente regla de Axiotea llegó puntual como la canícula. Fanóstrata dio por terminada la enfermedad.

—Tenemos que hablar, Lastenia. Me encuentro bien, pero tengo dudas sobre lo que debemos hacer en el futuro. No sé si regresar a la Academia.

—Yo tengo una manera honrada de ganarme la vida con el cálamo. Podemos hacer lo que quieras. A mí no me importa volver a la Academia, aunque sea como copista.

—Ya no sabría vivir sin ti. Empezamos juntas esta aventura y quiero seguir contigo. De eso no tengo ninguna duda, pero me tiemblan las rodillas cuando pienso qué hacer y a dónde ir. Tengo miedo de volver a recaer, esa mortaja.

—Podemos hablar con Espeusipo y decirle la verdad, a ver qué nos propone.

—No confío en él, es avaro y mezquino, desprecia a las mujeres. Nos aceptará como esclavas, pero no como alumnas. Podemos quedarnos a vivir aquí. A mí no me importa hacer los trabajos que mande Fano. Podemos copiar rollos y llevarlos a vender a Timoteo, en el ágora de Atenas.

—Tú conoces mejor a Espeusipo, que será el nuevo dueño cuando muera Platón. Si el nuevo escolarca fuera Aristóteles, tal vez tendríamos más posibilidades.

—De momento podemos seguir aquí un tiempo. Mejor pensarlo todo con calma.

La casa de Fano todavía tenía mucho que ofrecerles. Lo comprobaron cuando Fanóstrata les comunicó que en dos semanas pasaría a visitarles Hagnódico, un colega que ejercía la medicina en el Pireo. Lo anunció en la cena, con el ruido de fondo de Teodoro, que alternaba el lloro con momentos de silencio, incluso de sonrisa. Al oír la noticia, las dos invitadas se sorprendieron, pues unos días antes Cloe había hablado del maestro de Hagnódica.

¿Hagnódica o Hagnódico?, dudaba Axiotea sin atreverse a preguntar. Lastenia tenía la misma duda y menos remilgos.

—¿A quién dices que esperamos?

—A Hagnódico, un colega ateniense —aclaró en tono seco Fanóstrata, que no le parecía el momento de dar explicaciones.

Mientras esperaban al anunciado huésped, las dos invitadas afinaban sus almas para aprender a esperar lo inesperado. Axiotea, ante lo incierto del porvenir, se propuso tomarse en serio el oficio de copista que ya había empezado con Filipo en la Academia. Por lo menos, así podrían ganarse la vida sin verse obligadas a someterse a faenas denigrantes.

—Para empezar, tienes que practicar más en las tablillas de cera, ya sabes que el papiro es muy caro. Me parece perfecto lo que has decidido. Es mejor que estemos las dos en el mismo oficio. Verás cómo nos ganamos bien la vida.

Ante la decisión tomada, y en vistas a pasar una temporada en casa de Fano, pensaron en viajar al ágora de Atenas para comprarle algunos papiros en blanco a Timoteo. Vendían rollos de seis o diez metros, que se podían dividir según el tamaño de cada obra. Lastenia sabía que un diálogo como el *Timeo* de Platón ocupaba cerca de diez metros, pero para otros más cortos como el *Banquete* bastaba con siete metros. Lo sabía bien porque los había copiado ella los dos, además de que Filipo le daba explicaciones de todo.

—Quiero hacerle un regalo a Fano —dijo Lastenia emocionada—. ¿Recuerdas el libro que te dejé leer?

—¿El de las enfermedades de las mujeres?

—Ese. No lo he visto entre los libros de Fano. Tiene uno con el mismo título, pero el contenido es diferente.

—¡Qué buena idea! Lástima que todavía no maneje bien el cálamo. Me haría ilusión copiarlo yo.

—De momento, sigue practicando en las tablillas. Yo le pediré a Timoteo que me preste el papiro para copiarlo, así me ahorro el dineral que nos costaría comprarlo.

—Puedes coger de nuevo el ejemplar de la Academia.

—¡Imposible! Filipo lo tendrá cerrado a cal y canto. Nos bajamos un día a Atenas y Timoteo seguro que me lo presta.

Hablaron con Fanóstrata sobre el viaje.

—Sois muy jóvenes, y nadie os conoce. Dentro de unos días están citados dos miembros del Consejo a una reunión. Podéis ir y volver con ellos.

Al fin, llegó el día de la reunión del Consejo, pero los representantes no pudieron viajar. Una tormenta de verano repentina y torrencial había destrozado los caminos, así como un puente. Era necesario restablecer las comunicaciones, levantar las paredes derrumbadas y reconstruir los tramos que se había comido la corriente para que pudieran reanudar su actividad las caravanas de viajeros y sus acémilas.

Y así quedó suspendido el viaje a Atenas de Lastenia y Axiotea.

Pocos días después, en la fecha prevista, llegó el anunciado huésped. Le asignaron una habitación en la planta baja. Ahora, desde la muerte del padre, ya no se distinguían las dos célebres zonas de las casas griegas, la de hombres (o androceo) y la de mujeres (o gineceo). «Espero que Teodoro, cuando sea mayor (eso murmuraba Fanóstrata), no restaure el siniestro orden patriarcal».

Mientras Cloe se puso a preparar la mesa en el jardín, Fanos terminaba de ordenar los últimos rincones. Maya había dejado casi todo listo, y ahora merodeaba con el pequeño Teodoro correteando entre las plantas y los arbustos. La perra Urania se interponía entre los dos repartiendo lametones a diestro y siniestro. Entretanto el esperado huésped se demoraba en la habitación. Tras su largo viaje desde el Pireo, era lógico que quisiera descansar un poco o tomar un baño dado el calor agobiante del verano, aunque el clima en Acarnas era un poco más suave gracias al soplo del Parnes.

En medio de la agitación, Lastenia y Axiotea se encontraban como fuera de su sitio. Se querían ofrecer para ayudar, pero todavía no dominaban los recovecos de la casa ni sabían dónde encontrar el plato que faltaba o la escudilla de madera que Maya guardaba en la cocina y que le servía para batir los huevos.

Cuando el esperado huésped al fin apareció, resultó ser una deslumbrante mujer madura vestida con un vaporoso quitón azul claro ceñido, muy apropiado para la temperatura del momento. Destacaba en su cabeza una diadema que le sujetaba su melena haciendo emerger dos orejas portadoras de aros relucientes. Sobre el pecho pendía un generoso collar formado por piezas alternas de ámbar y esmeralda.

Axiotea y Lastenia, sorprendidas, no acaban de dar crédito a sus ojos. A medida que avanzaba el encuentro en el jardín, cayeron en la cuenta de que las huéspedes eran ellas, mientras que la recién llegada era una más de la casa.

No necesitaron preguntar por su nombre.

Masculino o femenino a veces se mezclaban, hasta que Fanóstrata, sensible a la confusión de las dos aspirantes a filósofas y quizá concebido su siguiente paso como un fármaco pensando en Axiotea, avanzó la explicación.

—Aquí, solo aquí, en esta casa, Hagnódica es Hagnódica, es decir, la hermosa mujer que estáis viendo. Fuera de aquí, sobre todo en Atenas, esta mujer que estáis viendo se transforma en varón, no solo de apariencia, sino también de nombre.

—En el fondo, tenga la apariencia que tenga, me llamen como me llamen, ninguna duda asalta mi identidad, soy mujer y por las mujeres hago lo que hago —se calla un momento y prosigue—: Y también por la medicina, claro, me apasiona. Como no me dejan ser médica, tendré que ser médico, el doctor Hagnódico —dijo simulando en tono jocoso una grave voz viril.

Axiotea y Lastenia, atónitas, iban encajando la sorprendente realidad de una mujer que les había precedido en una inquietud muy semejante: ellas como aspirantes a filósofas y Hagnódica como doctora. Sus mentes comenzaron a hervir de preguntas, aunque la ansiedad atascaba sus gargantas.

—Todo mi vestuario femenino está en esta casa, un poco demodé, como podéis ver. Solo soy mujer aquí una semana al año, cuando en el mes de la canícula vengo a visitar a mi amada amiga Fanos.

La sorprendente salud y vitalidad de Hagnódica era la envidia de Axiotea, que había probado la hiel de la fragilidad aplastada por la maldita mortaja. Quiero ser como ella, mirar al horizonte que hay delante de mí, romper esos muros de la vergüenza que impiden que las mujeres cumplamos el sueño de dedicarnos a la filosofía, romper los muros y romper, quemar o destrozar esos papiros que declaran a las mujeres seres de segundo rango destinados a la sumisión.

Algo le decía a Axiotea que nunca llegaría a ser como ella, y ese pensamiento negativo, pensamiento de derrota, la volvía a sumergir en el océano de las dudas. La batalla de Axiotea era ahora interior, entre la optimista émula de Hagnódica, la transgresora, la deseosa de asaltar los muros de la

Academia, y la otra, la frágil Axiotea que necesitaba los cuidados de Fano.

—Todo el mundo cree que soy discípula de Eutídico, y lo soy, es cierto, pero mi verdadera maestra es Fano.

Al caer la noche, pasaron al salón de la casa. Allí continuaron la charla, con Axiotea colgada de la persona de Hagnódica, sus palabras, sus gestos, su forma abierta de reír. ¿Cómo puede ser tan fuerte?, se preguntaba.

—Nuestra invitada deseará ir a descansar, ¿no os parece?

Maya apenas hablaba, pero cuando lo hacía sus sugerencias se aceptaban como mandatos, de puro evidentes.

Los días con Hagnódica marcaron un antes y un después en la mente de Axiotea. Aunque sabía que nunca sería como ella, ver que alguien marchaba por delante en su aventura le servía de consuelo y estímulo. Por eso se pasaba el día tras sus pasos, buscando la proximidad y el contacto. En cuanto ganó confianza, se atrevió a preguntar, primero de forma general, por la experiencia como doctora, después incluso le planteaba preguntas sobre su propia enfermedad.

A medida que intimaban, Axiotea se dio cuenta de la diferencia entre la medicina y la filosofía. No por ello perdió la ilusión por la filosofía, pero miraba con creciente admiración y asombro el coraje espontáneo, nacido del fondo rocoso de su alma, para enfrentarse sin pestañear al mundo masculino de la medicina.

—¿Nunca has tenido un momento de deliquio?

—Si lo he tenido, ya no lo recuerdo.

El caso de Faetusa es el relato que más impresionó a Axiotea, quizá porque guardaba alguna relación con su propia dolencia.

—Nos embarcamos mi maestro Eutídico y yo rumbo a Abdera, donde se encontraba la paciente. Su marido desterrado nos ofreció una embarcación con todo lo necesario y nos plantamos en la ciudad norteña. Allí los médicos no habían conseguido nada, por eso el esposo recurrió a nuestra clínica, que ya estaba cobrando fama en toda Grecia. Faetusa había tenido hijos anteriormente, y, cuando su marido se fue desterrado, se le retuvieron las menstruaciones durante mucho tiempo; después, dolores y enrojecimientos en las articulaciones. Tras sucederle eso, el cuerpo se le masculinizó y se le cubrió de vello; le creció barba; la voz se le puso áspera y dura; y aunque nosotros hicimos todo cuanto había para hacer bajar las menstruaciones, no se presentaron, sino que murió sin haber vivido mucho tiempo después. He oído decir que le sucedió lo mismo también a Nano, la mujer de Gorgipo, en Taso. A todos los médicos les pareció que la única esperanza de que volviera a ser mujer era si aparecía la menstruación; pero tampoco en este caso pudo aparecer, sino que murió sin tardar. Es la experiencia más brutal en mi vida como médica.

No pasó desapercibido a Hagnódica que Axiotea se quedaba lívida al escuchar este asombroso relato.

—Te lo cuento a propósito, porque seguro que te estás viendo ya con barba y con grave voz de varón. Los escritos médicos aseguran que estos casos se explican por un *shock* brutal que han sufrido estas mujeres. No es tu caso, así que no tienes que preocuparte.

Los días de Hagnódica en Acarnas tocaban a su fin. Avanzado ya el verano, llegaba el momento del regreso.

Lastenia y Axiotea preparaban su equipaje para regresar a Atenas junto con Hagnódica y así aprovechar al máximo su compañía, pero ocurrió algo inesperado. Las fiebres erráticas azotaron de nuevo a Axiotea, es verdad que con menor intensidad. Este hecho hizo sospechar a Fanos que quizá era un último coletazo de la enfermedad. No quiso correr riesgos y le recomendó que siguiera en su casa a la espera de la regla.

Lastenia regresó sin su amiga y se presentó en la Academia a continuar sus trabajos. Se había comprometido a terminar una copia de los *Mimos* de Sofrón, que Filipo quería regalarle a Aristocles en su próximo cumpleaños, cuando iba cumplir los ochenta.

Fanóstrata le encargó a Lastenia que se pasara por los puestos de libros del ágora y que comprara todos los de medicina que cayeran en sus manos.

—No te andes con miramientos de precio ni le regatees a Timoteo: el municipio de Acarnas me los paga, para que les cure si caen enfermos.

17. Regreso a la Academia

—Fíjate que no es lo mismo un vulgar amanuense que un calígrafo.

—Y a mí, ¿en qué categoría me incluyes?

—Progresas muy deprisa, lo reconozco, pero te falta un pelín para llegar a la cima.

Y así Filipo comenzó a señalarle defectos en el papiro que estaba copiando en ese momento.

A Lastenia este perfeccionismo de Filipo le molestaba. Creía que era un modo de minusvalorar su trabajo, pero, cuando lo pensaba más en frío, se lo agradecía, incluso concluía que gracias a esas críticas había mejorado hasta casi convertirse en experta.

—Bueno —matizó—, la verdad es que algunas de tus letras son una obra de arte.

—No olvides que mi primer oficio no era escribir, sino pintar letras en las vasijas de mi abuelo alfarero.

Mientras Lastenia seguía copiando, Filipo le daba explicaciones al tiempo que seguía repasando uno de los rollos de las *Leyes*. Decía que Sofrón era el autor preferido del maestro, ni comedias ni tragedias, ni tampoco Tucídides. Los *Mimos* siracusanos es lo más precioso para Platón. Por eso he pensado en este regalo de cumpleaños.

Lastenia apreciaba dos cosas de Filipo. Primero sus manos. Las había observado con detenimiento, casi a hurtadillas, cuando se ponía a copiar. Tomaba el cálamo con delicadeza, y le decía con afán pedagógico: «Tienes que acariciarlo, no estrujarlo entre el índice y el pulgar. Te cansarás menos». El cálamo en sus dedos alargados y flexibles como juncos surcaba el papiro como la corista que evoluciona en la escena.

Y lo segundo, esa parsimonia pausada y casi rítmica para abordar los temas. Le explicaba a Lastenia que Platón se aficionó a los mimos cuando visitó Siracusa y que se trajo unos papiros que lleva siempre con él. De eso hace ya mucho tiempo, tanto que los papiros, de no muy buena calidad, se están borrando, es que le gusta tenerlos siempre a mano, cuanto más viejo se hace más se aferra a esos mimos, hasta duerme con ellos, los guarda bajo la almohada como el más preciado tesoro, cree que por la noche se puede despertar y para entonces quiere tener los mimos a mano, por eso los guarda bajo la almohada o bajo el colchón, tiene guasa, me dice Filipo, que Platón traiga de Sicilia obras literarias a Atenas, la madre de toda sabiduría. No es la primera vez que llama al esclavo para que le encienda el velón en plena noche. Así entre nosotros te diré, seguía Filipo, que Platón aprendió a componer los personajes de sus diálogos imitando los mimos siracusanos. Y es que esas piezas son imitación fiel de la vida, un arte que consiste en la observación de lo pequeño, en el gusto por los detalles intrascendentes, que definen el carácter de un personaje.

Lastenia recuerda que un día Aristóteles le confirmó esta misma opinión. Bueno, en realidad fue una noche, pero hablar de esto me incomoda. Ya he dicho que Filipo me gustaba más. No era tan pulcro como el macedonio, pero resultaba más refinado, sobre todo en sus gestos, su hablar cadencioso, como quien recita un poema. Pero, ay, estos hombres perfectos siempre tienen un pero. El de Filipo es que solo tenía ojos para los papiros, las tintas y los objetos del escritorio. Y cuando saltaba de los papiros, su mirada se dirigía siempre al maestro, al que llamaba divino, y de allí nunca pasaba. Tenía en el escritorio su madriguera. Era tan cuidadoso que tenía en su mesa un colmillo de jabalí para pulir algún pequeño rincón del papiro que había quedado áspero para el cálamo, pero insistía en ser muy cuidadoso, porque un exceso de lisura hace que la tinta no se adhiera y que se borre pronto. Me imaginaba a Filipo tratándome con tanta suavidad y cariño como trata los papiros.

Todo esto, mis sentimientos con Filipo y mi noche con Aristóteles, se lo conté a Axi cuando fui a visitarla a Acarnas. Me contestó: «Prefiero verte como una hetaira, alegre y libre, antes que como una sumisa esposa». Me sorprendió este comentario, luego verán por qué. Sentí alivio al escucharla, pues supuse que podía ver algo, quizá una pequeña dosis de deslealtad en aquella aventura mía, que bien lo sabía yo que era una aventura, pues, si Filipo solo tenía ojos para los papiros, el macedonio solo los tenía para sí mismo. Mejor dicho, no quiero equivocarme ni inducir a error, Aristóteles tenía su madriguera, su mundo propio, solo que a diferencia de Filipo no dejaba ver cuál era o yo no sabía verlo. Me miraba con condescendencia, una mirada que no soporto, porque te hace sentir inferior o eso pretende, me rebelaba contra esa mirada, y más cuando iba acompañada de complacencia. Por eso no me gustaba Aristóteles, pero, claro, el macedonio tenía otras caras que lo hacían amable. Para empezar su figura, esbelta, pulcra, a diferencia de rústicos como Jenócrates, incluso Espeusipo lo era en comparación con él. A Platón no le agradaban ni la forma de vida ni los modales ni el porte de Aristóteles. Destacaba entre todos los amigos de la Academia por el refinamiento que exhibía en sus vestidos, en sus lujosas sandalias, siempre bien lustradas, llevaba el pelo corto. Incluso se burlaba de las barbas y pelambres de sus colegas. A mí me llegó a decir que cualquier día se iba a declarar una peste en la Academia y hablaba con repugnancia de los piojos de Platón.

Yo esperaba de Axi que me preguntara detalles sobre mi noche con Aristóteles, y sí, en otro de mis viajes, pues todos los meses dedicaba un par de días a visitar a mis amigas del Parnes, me preguntó. Es natural que las amigas hablen de sus aventuras, como cuando una de ellas se lía con un hombre de la prestancia del macedonio, que además tenía fama de rico con propiedades en Calcis y en Estagira y con una relación familiar privilegiada en la corte de Filipo, a la sazón el hombre más poderoso de Grecia.

La aventura comenzó de forma espontánea, al menos por mi parte. No sé por parte de él, tengo dudas; otras veces habíamos venido juntos de la Academia, pues él nunca pernoctaba en la casa de Platón, como hacían algunos de los amigos, y en la puerta Dipilón yo me dirigía a mi posada y él a la suya tras despedirnos con un hasta mañana. Pero esa tarde me dijo que me invitaba a cenar. Me pilló desprevenida. Le dije que no era sensato que una mujer casada aceptara la invitación de un hombre soltero a espaldas de su esposo.

¿Esposo?, me espetó con media sonrisa mientras me miraba con esa condescendencia de la que antes he hablado. Axi me miró con rostro de sorpresa que tendía a pavor. ¿Lo ha descubierto?, me pregunta y adivino en sus palabras un tono de angustia.

Yo entonces me sentí pillada en sus manos, al ver que estaba en conocimiento de nuestro secreto. Acepté la invitación con ánimo de indagar. Esa fue la razón para aceptar. Fuimos a una lujosa taberna. Me dijo que era la que solía frecuentar él. Jamás he cenado como aquella noche, gambas, langosta o bogavante, pescados muy caros, codornices, y muchos postres. El vino no lo probé.

Fue en la cena, los dos solos en una mesa, cuando le solté sin miramiento la pregunta: ¿Qué sabes de mi esposo?.

Que no es tu esposo, me contestó sin inmutarse. Un cuerpo de mujer se identifica enseguida si te fijas bien, aunque se trate de enmascararlo como hace Axiotea. Cuando ves a un toro a cierta distancia lo reconoces de inmediato como un macho, sin examinar sus órganos sexuales y lo mismo distingues un león de una leona, un gallo de una gallina, un macho cabrío de una cabra o un carnero de una oveja.

Hablaba con tanta seguridad que me quedé sin palabras de réplica. Él me tranquilizó: Podéis confiar en mí; si hubiera querido delataros ya lo hubiera hecho. Y por los académicos no os preocupéis, no son capaces de ver lo que tienen delante de sus narices. Además, tu Axioteo (lo pronuncia con cierta sorna), se ha ganado fama de alumno estudioso y tú no digamos, eres el ojito derecho de Filipo. Te llama nada menos que la calígrafa, que así llama él al copista excelente. Eso me hizo sonreír, porque a mí Filipo me decía que me faltaba algo para llegar a la cima.

Me acusan, insiste Aristóteles, de perderme en indagaciones inútiles sobre el mundo sensible, me gusta la física, la teoría de los elementos y de las causas, y también cosas más pequeñas, como observar los insectos. No podemos rechazar puerilmente el estudio de los seres más humildes, pues en todas las obras de la naturaleza existe algo maravilloso. Yo disfruto observando los bichos que pululan por aquí. En cada animal, por humilde que parezca, existe algo de natural y de hermoso. Los platónicos desprecian ese mundo, por eso cada día comulgo menos con el maestro.

La verdad es que logró tranquilizarme, aunque no sé si me engaño.

Pero lo más interesante me lo dijo como colofón a su descubrimiento: Por si te interesa, yo creo que tenéis derecho a ser admitidas en la Academia, lo habéis demostrado, pero hay que comprender que la filosofía no es asunto de mujeres salvo en casos de excepción, como vosotras. Sabes que ha habido reinas que han sabido gobernar un país o incluso guerreras como Artemisia, que ejerció como almirante de la flota de Halicarnaso, o las amazonas, pero son excepciones.

También te diré que la ciudad, si quiere ser justa, debería prestar tanta importancia a la educación de las mujeres como a la de los hombres, pues las mujeres son la mitad de la población libre.

Después de este relato, le dije a Axi:

—Creo que nos podemos fiar del macedonio. Esa noche cambió mi opinión sobre él. Me parece que ha sido leal con nosotras.

—¿Cómo puñetas descubrió que yo era una mujer?

—Simplemente te observó, nos observó. Me dijo que tu trato con Ártemis no era el de un hombre y conmigo no era el de esposo y esposa, luego se fijó en tu cuerpo, en tus gestos y dedujo que eras una mujer.

—¿Cómo es que pudiste entrar en la taberna, si no suelen admitir a las mujeres?

— Pues verás, esta fue la primera sorpresa de la noche. Nada más entrar nos dirigimos a un pequeño despacho cercano a la cocina. Allí, la que parecía la dueña de la casa me emperifolló y de pronto me vi transformada en una perfecta hetaira. Me pidió que me quitara el quitón de lana y en su lugar me puso uno de seda color azafrán con un ceñidor verde. Me llenó de joyas, pendientes, anillos, ajorcas en los dos brazos y una diadema de ámbar recogiéndome el pelo.

—¡Cómo me hubiera gustado verte! Ya te dije que te prefiero como hetaira antes que como sumisa esposa.

—Bueno, pues así emperifollada cenamos. Me sentía incómoda no fuera a ser que acabara manchando aquel precioso quitón. Después de cenar vino la segunda sorpresa. Salimos del comedor y entramos en una sala contigua. Vamos al simposio, me dijo Aristóteles tomándome por la cintura. Sentí el gesto como un modo de darme confianza ante lo desconocido. La sala estaba ya llena de hombres sentados en el diván. La mayoría iban acompañados por una hetaira que se sentaba al lado en un sillón. Por la sala circulaban chicas que animaban la fiesta, que acariciaban las barbas de los hombres mientras ellos manoseaban sus senos, flautistas que repartían sus acordes entre los diversos divanes, una sala ruidosa donde yo me sentí perdida.

—Fue tu bautismo como hetaira.

—Me quedé sin ganas de repetir. El simposio empezó aburrido, algunos lo empezaron medio borrachos. Incluso me extrañó que el refinado macedonio asistiera a este tipo de actos. Creía que no iba con él. Me gustó el espectáculo, eso sí: una virtuosa flautista y una bailarina experta en acrobacias, y un muchacho muy agraciado que tocaba muy bien la lira y bailaba.

—Creía que en estos actos los hombres se dedicaban a discursear. ¿O no has leído el *Banquete* de Platón?

—Nada de eso, acaso bromas soeces y mucha procacidad, pero con un final inesperado, que fue para mí la tercera y penúltima sorpresa de la noche. El mismo hombre que había presentado al grupo musical instaló un sillón en medio de la sala y anunció: «Ahora les presento el juego de Ariadna y Dionisio». A continuación entró en escena Ariadna ataviada como una novia y se sentó en el sillón. Aún no había aparecido Dioniso cuando la flauta empezó a entonar un ritmo báquico y al punto en que Ariadna lo oyó se puso a hacer tales gestos que cualquiera habría advertido que estaba contenta de oírlo. No salió al encuentro del dios, ni se levantó siquiera, pero era evidente que le costaba trabajo mantenerse quieta. Desde luego, en cuanto Dioniso la vio, avanzó hacia ella, bailando como lo haría el más apasionado, y se sentó en sus rodillas, la abrazó y le dio un beso. Ella parecía avergonzada, pero también correspondió a su abrazo amorosamente. Al verlo los convidados al mismo tiempo que aplaudían pedían a gritos «¡Otra vez!». Los gritos aumentaron cuando a Ariadna se le cayó la fíbula del quitón y dejó al descubierto sus senos.

—Y fue cuando Aristóteles te besó.

—¡Qué va! Entonces, cuarta y última sorpresa, apareció una mujer que hasta la fecha no había asistido al simposio y vino hacia nosotros. Era mayor que yo, no habría cumplido los treinta. Me miró con desprecio, sin duda se sentía celosa. Hizo levantar a Aristóteles de su diván mientras este me tomó otra vez de la cintura y me acompañó al despacho donde me habían disfrazado de hetaira. Devolví los atuendos y joyas a la dueña y me volví a vestir de mujer corriente. Aristóteles encomendó a un esclavo de la taberna que me llevara a mi casa. Vi que se quedaba acompañado por aquella mujer, que no me presentó, pero con la que parecía tener una relación de confianza. Al salir a la calle, ya de madrugada, había mujeres en las esquinas que abordaban a los que salían de la taberna y les decían: «¡Ven a mi casa, hay una muchacha linda esperándote!». Y otra gritaba desde un piso alto: «¡Ven a mi casa, la muchacha que tengo aquí es más linda y más blanca!».

—¿Supiste quién era aquella mujer?

—En la primera oportunidad que tuve le pregunté a Aristóteles y me contestó con un gesto evasivo. Yo le dije: es tu amante, un hombre como tú necesita una mujer, no creo que te conformes con las prostitutas del Cerámico o del Pireo. No me contestó, pero yo insistí: el silencio otorga. Y entonces sí, me miró con cara de respuesta afirmativa. Tengo que reconocer que desde aquella noche siento simpatía, y desde luego admiración, por este altivo macedonio.

Axi escuchó el relato de Lastenia como una historia de suspense.

—A la mañana siguiente —terminó Lastenia—, en la Academia estuve observando desde el escritorio la lección en la exedra. Aristóteles no dijo esta boca es mía, no sé si porque había dormido poco la noche pasada o porque el debate de ese día no le interesaba, seguramente era por esto segundo, pues me había dicho que cada día pasaba más de las teorías de Platón, que juzgaba equivocadas. Al parecer la condescendencia no solo la reservaba para mí, sino que la extendía hasta el mismísimo fundador de la escuela. Eso me consoló.

Lastenia había terminado de copiar los *Mimos* de Sofrón. Filipo se mostró encantado con el excelente trabajo de la calígrafa. Además, en algunas ocasiones actuaba como lectora en la exedra. Empezaba a sentirse incluida en aquel club de hombres, sin mucha razón, pues sustituía al lector que era uno de los esclavos de la casa.

Un día le preguntó a Filipo si le permitía hacer una copia de un libro de Hipócrates sobre enfermedades de las mujeres. Le contestó que ese libro ya no se encontraba en el escritorio, que se lo había cambiado a Timoteo por otro de Filolao. Esa misma tarde Lastenia corrió al puesto de Timoteo en el ágora. Por fortuna no había vendido el libro. Le prometió que se lo prestaría el tiempo necesario a cambio de que hiciera otra copia para él, porque los libros de Hipócrates eran muy demandados. Lastenia no vio el negocio muy claro.

Regresó a la posada casi al anochecer. Al llegar la patrona le anunció con cara de júbilo que tenía visita. Al preguntar Lastenia, la patrona insistió en que era una sorpresa.

—No tengo derecho a tanta flojera —exclama Axi mientras abraza y besa a su amiga—. Las fiebres se han esfumado, llevo ya cuatro reglas seguidas, normales como siempre. Me siento poseída por el espíritu de Hagnódica.

Al día siguiente, temprano, las dos amigas, ataviadas como joven matrimonio, enfilan el camino hacia la Academia con ganas de continuar su combate. El camino estaba alfombrado de hojas marrones y amarillas traídas por el otoño. Charcos, siempre había charcos en los baches excavados a mordiscos por los calces de las ruedas. ¿Pero cuándo ha llovido? Jóvenes impetuosos corrían hacia el gimnasio, ajenos al trino de las aves.

Axiotea, otra vez con su túnica basta y su gesto impostado de varón, tenía la sensación de estrenar el camino, Lastenia pensaba en su noche con Aristóteles y en las preguntas que se le habían quedado en el tintero. ¿Por qué soy yo una excepción?

Llegaron al jardín de Platón. Aristóteles paseaba acompasando sus andares al ritmo sosegado de su pensamiento, mientras Jenócrates, junto a su choza, se afanaba escardando en su pequeño huerto. Platón no solía amanecer hasta que el sol había caldeado el ambiente. La exedra desierta anhelaba compañía.

Axioteo fue saludado por los amigos. Nadie diría que hayas estado enfermo. Lastenia estaba atenta a Aristóteles, que se limitó a expresarle a Axioteo su alegría por haber recuperado la salud.

Apareció Filipo con un rollo en la mano. ¿El mejor amigo del hombre? Un rollo de papiro. Filipo, que ejercía de director decenal, propuso como lectura un pasaje de las *Leyes*. Había terminado de copiar el último libro, que hacía el número doce, un trabajo agotador por el que sentía orgullo.

Lastenia le pidió a Filipo que le permitiera ser ella la lectora en lugar del esclavo habitual. El combate, hacerse visible, leer con voz altiva y sonora. Comenzó a leer: sus palabras apenas eran golpes de voz carentes de sentido. No comprendía el argumento. Pudo entender que se hablaba de un Consejo Nocturno. El nombre en sí mismo ya le daba un poco de miedo, aunque en otro momento decía Consejo Divino. Después oyó que estaba formado por varones, y eso la llevó a perder interés, aunque no por ello abandonó el énfasis declamatorio. La hora de la decepción ya había pasado.

De pronto la exedra fue poseída por un extraño silencio, incluida la lectora Lastenia. Un objeto había sido lanzado desde el exterior de la verja. Era un pollo desplumado. Del silencio se pasó al alboroto cuando se oyó una bien conocida voz que pregonaba: «Aquí está el hombre de Platón». La bien conocida voz hacía mucho tiempo que no se escuchaba en el jardín de Platón ni en los gimnasios de la ciudad. Había emigrado a Corinto, pero no había tardado mucho en percatarse de que no era tan fácil liberarse de Atenas. Por eso regresaba como las golondrinas que no pueden refrenar su pulsión migratoria.

Espeusipo ordenó a un esclavo que saliera fuera e invitara a Diógenes a pasar.

Diógenes entró mascullando una perorata que todos escuchaban entre el hastío y el respeto, una mezcla extraña que solo el perro y muy pocos más eran capaces de concitar. Porque Diógenes en Atenas era ante todo el perro, emblema, buque insignia o portaestandarte de los filósofos cínicos.

Los amigos de la exedra continuaron sentados en sus sitios, mientras Lastenia seguía con el rollo en la mano a la espera de que le dieran la orden de continuar, pero el perro seguía ladrando.

«¿De qué te extrañas, Aristocles? ¿Acaso no defines al hombre como un bípedo implume?».

Jenócrates, el menos proclive a seguir el venenoso sentido del humor de Diógenes, le contestó que no es lo mismo implume que desplumado, que podía explicarle la diferencia. Pero el perro no había venido a escuchar.

«Una joven que aprende a leer es como un puñal que se afila», sentenció al ver a Lastenia con el rollo en la mano. Y reprochando a Platón que tuviera una esclava como lectora añadió: «Una bella mujer es un mal, como un dulce envenenado».

El tiempo de la decepción ya ha pasado, pensaba también Axiotea vestida con la túnica de lana que le hacía anhelar el tacto suave del lino.

La exedra estaba ocupada ese día por diez oyentes. Diógenes veía en ese cuadro un cadáver. Platón era el gran traidor, el que había embalsamado a Sócrates, el que había matado al tábano. Aquel cuadro jerárquico, Platón en la cima, con Espeusipo tras él, cubriéndole las espaldas y todos los demás en planos inferiores, justo lo que Sócrates pretendió romper.

Así pensaba el perro. El propio Platón lo había definido en una ocasión como un Sócrates enloquecido.

—¿No crees que ese Diógenes es todavía peor que los amigos de Platón?

—No sé —duda Axiotea—, quizá más bruto o más sincero. Platón me parece un hipócrita, buenas palabras, nada más.

Caminaban de regreso a la ciudad. El sol a sus espaldas proyectaba una larga sombra sobre el camino. Las dos amigas andaban inquietas por si aparecía Aristóteles. Ese día les hubiera gustado compartir el paseo con él. Lo habían hecho otras veces, pero ahora tenían un motivo más personal. Compartir un secreto te hace sentir la complicidad.

18. El dispensario del Cerámico

Aunque le dolía perder a su mejor colaborador, Eutídico del Pireo, uno de los médicos más reconocidos y de más prestigio en Atenas, ayudó a Hagnódico a obtener una plaza como médico público. Le dolía, pero recordaba que, siendo él un joven prometedor, se había comportado con su maestro de la misma manera.

Hagnódico, que solamente era Hagnódica la semana de la canícula que solía pasar en Acarnas con su amiga Fanos y con las aspirantes a filósofas en la Academia, vibraba como una cigarra pensando en la inauguración de su dispensario. Le quedaba el trámite más delicado: la presentación de su candidatura en una reunión de ciudadanos que elegía a los empleados públicos cada vez que la ciudad necesitaba contratar a un arquitecto, un armador, un médico o cualquier otro especialista.

Para esta selección, se convocaba una reunión abierta presidida por un miembro del Consejo. Se celebraba la sesión en la Pnix, el mismo lugar donde se reunía la Asamblea. Allí los candidatos presentaban su currículo de forma oral, para lo que se les daba la palabra durante un tiempo igual para todos, marcado por la clepsidra.

El presidente de la reunión se asesoraba con expertos en la materia. Los oradores de las asambleas no intervenían en este tipo de reuniones, ni tan siquiera se hallaban presentes, pues cundía la opinión de que, si uno de esos picos de oro tomaba la palabra, podría ocurrir que eligieran como médico al charlatán más ignorante. Así que eran los expertos los que emitían sus opiniones y después los ciudadanos presentes, que por lo general no eran muchos, solían refrendarlas con sus votos.

La selección de médicos planteaba muchas dificultades, porque por las ciudades griegas solía pulular una plétora de curanderos, magos, brujos, herbolarios, rizótomos o cortadores de raíces, que juraban conocer la manera de curar las enfermedades con el jugo de una planta y si la virtud curativa se encontraba en la raíz, el tallo o las hojas. Luego estaban los incontables intérpretes de sueños o los que habían encontrado el ensalmo sanador para cada ocasión. La mayoría de estos charlatanes no solía acudir a la convocatoria de plazas públicas, pues sabían que tendrían que enfrentarse a médicos de verdad, los que conforme a los criterios de los libros hipocráticos habían dedicado su vida al aprendizaje del arte de la medicina desde su infancia.

Hagnódica tenía la ventaja de que había pasado cinco años en el dispensario de Eutídico en el Pireo. Su hoja de servicios y su disfraz le hacía afrontar el trance con confianza.

Lastenia se quejaba por no poder acudir a la reunión a diferencia de Axiotea, que ahora podía sacarle partido a su disfraz. Hagnódica no se arredró: las quería a las dos en la reunión.

—Seremos tres ovejitas en medio de lobos feroces. Me daréis fuerza —alegaba.

Encargó a una sirvienta que adaptase una de sus túnicas varoniles al cuerpo más bajito de Lastenia. El día de la reunión le empolvó la cara y desplegó todas sus muy experimentadas técnicas para hacer de una mujer hermosa un rudo varón. La aleccionó además sobre cómo debía impostar la voz para aparentar lo que no era, le hizo ensayar gestos, decir palabrotas y toda la retahíla de hábitos masculinos que ella había estudiado para componer su propia y acabada figura varonil. Lastenia, movida por el deseo, aprendió rápido.

Lo que más le costó fue adaptar a sus pies unas toscas sandalias campesinas que le dejaron al final del día sangrantes rozaduras en el talón y en los dedos de los pies. Tampoco llevaba bien el sujetador, una especie de faja para aplanar los pechos, una pieza algo más larga que la utilizada para la garganta o para la cabeza.

—Aprietas mucho —se quejaba Lastenia.

—Ay, hija, es que tú eres un poco más pechugona. No hay más remedio.

Antes de salir el sol enfilaron hacia la Pnyx. Tres cabalgando juntas, enmascaradas por amor al arte, como decía Hagnódica. Lastenia, que estaba estrenando su ficticia condición varonil, dejaba entrever su realidad femenina por el tono atiplado de la voz. Y aunque sabía que tenía que hablar lo menos posible, era tanta la emoción que le resultaba difícil contenerse.

—Espero que estos nubarrones no nos agüen la reunión.

Tras dejar atrás el Ágora, comenzaron el suave ascenso hacia el Areópago. Los nervios iban aflorando a medida que llegaban a la masculina colina de la Pnyx, así apodaba Hagnódica a este lugar, sede de la varonil asamblea ateniense; como iban bien de tiempo, se acercó a la estatua de bronce dedicada a Leena, la amante de Aristogitón, el que derribó la tiranía. No dejaba de ser un tanto raro que el varonil pueblo ateniense erigiera una estatua a una mujer nada menos que en los Propileos. Lastenia, recordando su noche con Aristóteles, extrajo la siguiente moraleja: Leena, otra excepción. No está mal. Y pensó: convertir la excepción en regla.

—Esta mujer —Hagnódica se sacudía el hormigueo en el estómago— fue torturada hasta la muerte, pues creían que ella conocía los planes de su amante y los implicados en el complot que acabó con la vida del tirano. Pero de su boca no salió una palabra de denuncia.

Dejaron a la izquierda los Propileos y continuaron su camino hacia la colina.

La explanada estaba desierta, apenas el presidente y los expertos asesores. No habían llegado los pacientes a los que había curado y que tenían que declarar si el presidente los requería. Tampoco estaba Eutídico y otros compañeros de la clínica del Pireo. Por un momento creyó que la habían dejado sola. ¡Qué bien le venía ahora la fuerza y complicidad de sus dos acompañantes!

Pero no, Eutídico, ya mayor, con el pelo cano, llegó montado a caballo, encabezando el grupo de apoyo al compañero Hagnódico. En el grupo se encontraban también los pacientes que querían testificar.

Los nubarrones que ascendían desde el Pireo pasaron de largo, dejando el cielo ateniense despejado y claro.

Comenzó la reunión. Los candidatos se acercaron a la tribuna. Hagnódica comprobó que ella era la única que se presentaba para ocupar el dispensario del Cerámico. Los otros candidatos pertenecían a otras áreas técnicas.

Tal vez por el respeto a la profesión, el presidente anunció que se iba a examinar en primer lugar a los candidatos que aspiraban a ocupar el puesto de médico. Hagnódica miró a su alrededor para cerciorarse de que no tenía competidores.

El presidente recordó a los reunidos que no se trataba de una asamblea deliberativa, sino de una reunión para seleccionar a empleados públicos. Recordó también que por esa razón los oradores debían abstenerse de intervenir y que solo aceptaría los consejos y opiniones de los expertos en la profesión y de los testigos que podían confirmar la pericia del candidato.

Hagnódica, con el rostro sereno, el cabello corto para la ocasión, imitando una moda ya extendida en Atenas entre algunos hombres para disgusto de los más conservadores, y un rollo de papiro entre sus manos, a la llamada del presidente se situó al lado izquierdo de la tribuna, mirando hacia la acrópolis y esperando a recibir la venia para comenzar a exponer sus méritos.

Lastenia sintió un temblor en las rodillas cuando su amiga comenzó a hablar.

—Ciudadanos atenienses, soy Hagnódico de Atenas, hijo de Demetrio y Corina. He aprendido el oficio de médico frecuentando los dispensarios y clínicas de médicos en muchas ciudades griegas. He asistido a las lecciones de los profesores en la escuela de Cos. He escuchado conferencias de médicos afamados de Pérgamo. En particular he asistido como auxiliar y más tarde como ayudante del ilustre doctor Eutídico en su clínica del Pireo, donde atenienses y extranjeros, libres y esclavos, varones y mujeres reciben asistencia de este sabio doctor, que pese a sus muchos años ha acudido a este acto en calidad de testigo. Cualquiera de vosotros me ha podido ver en la clínica, pues ya llevo muchos años allí. He pasado la vida hasta el momento presente intentando aprender el oficio, desde mi infancia, aplicándome en la práctica junto a maestros expertos y estudiando los tratados del sabio Hipócrates, cuyos libros felizmente hoy se pueden comprar en el ágora de Atenas. Por todo esto, solicito el cargo de médico público en esta noble ciudad. Mi proyecto es hacerme cargo del dispensario público en el barrio del Cerámico, con sala de consulta, sala de operaciones, farmacopea y habitaciones para enfermos. Será para mí un honor servir a mis conciudadanos. Confío en el arte de la medicina tal como nos lo enseña Hipócrates y los sabios asclepiadas, como mi maestro Eutídico, que han dedicado su vida a la medicina, no solo por la salud de los ciudadanos, sino también por que haya nuevos médicos que puedan continuar su labor —Hagnódica levantó su mano derecha esgrimiendo el rollo y añadió—: Podéis ver que he traído un papiro conmigo. Es breve. Contiene un escrito que ya toda la profesión conocemos como *Juramento* hipocrático. Es mi propósito tenerlo siempre como guía de nuestro trabajo, de todo el equipo. Y digo nuestro porque me acompañarán en esta tarea tres becarios o aprendices, que pronto adquirirán la categoría de médicos, una comadrona y un herbolario. Este es el juramento que nos enseña Hipócrates de Cos y que quiero recordar ahora:

Juro por Apolo médico, por Asclepio, Higiea y Panacea, así como por todos los dioses y diosas, poniéndolos por testigos, que:

Tendré al que me enseñó este arte en igual estima que a mis progenitores, compartiré con él mi hacienda y tomaré a mi cargo sus necesidades si le hiciere falta.

Haré uso del régimen dietético para ayuda del enfermo, según mi capacidad y recto entender: del daño y la injusticia le preservaré.

No daré a nadie, aunque me lo pida, ningún fármaco letal, ni haré semejante sugerencia. Igualmente tampoco proporcionaré a mujer alguna un pesario abortivo.

A cualquier casa que entrare acudiré para asistencia del enfermo, fuera de todo agravio intencionado o corrupción, en especial de prácticas sexuales con las personas, ya sean hombres o mujeres, esclavos o libres.

Lo que en el tratamiento, o incluso fuera de él, viere u oyere en relación con la vida de los seres humanos, aquello que jamás deba trascender, lo callaré teniéndolo por secreto.

En consecuencia, si a este juramento fuere fiel y no lo que-
brantare, séame dado el gozar de mi vida y de mi arte, siempre
celebrado entre todos los seres humanos. Mas si lo trasgredo y
cometo perjurio, sea de esto lo contrario.

El presidente concedió la palabra a Eutídico.

—En esta reunión no se admite a los oradores, ya sabéis, esos que son capaces de hacernos ver lo blanco negro. Pues no seré yo el que venga con florituras y halagos. Solo he de decir que Hagnódico lleva cinco años conmigo en el dispensario del Pireo, que siempre ha cumplido el juramento hipocrático, incluso antes de conocerlo, y que es un excelente médico y, sin duda, el mejor especialista que he conocido en lo que toca a enfermedades de las mujeres. Creo que acertará la ciudad de Atenas asignándole el puesto del Cerámico. Y ahora que hablen los testigos si el presidente lo considera oportuno.

—A mí me ha curado unas fiebres que ningún otro médico había logrado reducir —un primer testigo.

—Mi esposa sufría de intensos dolores en el bajo vientre después del parto con fiebre alta. Hagnódico consiguió que expulsara las secundinas y así se curó.

Siguieron otros testimonios semejantes, la mayoría sobre casos de curación de mujeres. Ninguna de las afectadas compareció en la reunión, la Pnix no era lugar para ellas; a Lastenia le hubiera gustado que esos hombres que testificaban, al menos alguno de ellos, fueran en realidad las propias esposas disfrazadas, aunque bien sabía que no era así.

Los expertos en medicina que asesoraban al presidente no tuvieron ninguna duda: Hagnódico fue elegido como médico público por el tiempo de un año, renovable de modo indefinido. Esa era la fórmula: contrato anual por si el candidato elegido les salía rana. La ciudad se hacía cargo de los gastos del dispensario, así como del pequeño sueldo que se le asignaba al médico y sus ayudantes.

Axi y Lastenia, como nuevas Praxágoras, la protagonista de las *Asambleístas* de Aristófanes, se sintieron importantes junto a su amiga Hagno y orgullosas por ella. Axi por una vez se reconcilió con su máscara y Lastenia concluyó que valía la pena aguantar aquella venda oprimiendo sus pechos. Para Hagno fue una jornada memorable, un peldaño en el ascenso hacia una meta un poco más cercana. Y se llenó de gozo por tener un horizonte al que mirar.

Dos meses después del nombramiento de Hagnódica como médico público de Atenas, tuvo lugar la inauguración del dispensario del Cerámico, junto al río Erídano. Todas sus dependencias estaban acabadas conforme a las instrucciones que la ya titular había dado a los operarios. El vestíbulo lucía unas lisas paredes pintadas de azul. La pared principal, frente a la puerta de entrada, tenía reservado el espacio central para un detalle que guardaba celosamente Lastenia para sorprender a Hagnódica. Era un robusto papiro que Timoteo había ensamblado para duplicar su anchura. Las manos del experto librero y las colas que utilizaba eran capaces de fabricar un papiro con las dimensiones que el cliente le pedía. Lastenia le pidió que no lo afinase demasiado para garantizar así que la tinta se adhiriera bien y durase más. Le pidió también que le proporcionara el cálamo adecuado para escribir en un tamaño de letra acorde con las dimensiones del papiro. La pasión de Lastenia y la pericia de Timoteo allanaron el camino, logrando una copia espectacular del *Juramento* hipocrático.

Unos días antes de la inauguración, Hagnódica le preguntó a Lastenia si se atrevería a pintar alguna decoración en las paredes del vestíbulo.

—¿No me dijiste que habías aprendido a escribir pintando las letras en las cerámicas de tu abuelo?

—Eso es otra cosa, si me dices lo que tengo que escribir, procuraré hacerlo con arte, claro.

Y así surgieron del pincel de Lastenia las letras más elegantes que había escrito en su vida, más propias de un pintor que de una calígrafa: reproducían unos aforismos de Hipócrates que Hagnódica guardaba en su memoria como un tesoro. Lastenia los copió, a modo de escoltas, a derecha e izquierda del espacio donde tenía previsto colgar el papiro del *Juramento*.

El vestíbulo era como la carta de presentación del dispensario, por eso Hagnódica le prestaba especial atención.

Desde el vestíbulo se accedía a las diversas estancias. Apenas unas estanterías vacías en la pequeña sala destinada a la farmacopea, las habitaciones para pacientes, un total de cuatro, con un camastro, una pequeña mesa y una silla, título suficiente para que pronto se le diera el nombre de clínica al dispensario del Cerámico. El paritorio es una sala equipada con una silla obstétrica, una mesa y un pequeño armario donde la comadrona guarda los instrumentos auxiliares. A veces el médico intervenía en partos distócicos, aunque en asuntos de partos la comadrona solía saber mucho más que los galenos. La sala de operaciones era la más delicada y también la más grande porque, además del paciente y el médico, asistían uno o dos ayudantes. Hagnódica solía permanecer de pie mientras observaba al enfermo, y así se evitaba añadir una silla al mobiliario, pero no podía ahorrar silla y camastro para el paciente. La sala tenía que estar bien orientada a la luz porque la observación del enfermo, por todos los medios posibles, era el primer deber del médico. Finalmente, la sala de consulta era la más sencilla, apenas tres sillas y alguna banqueta para cuando acudía una madre con su prole.

Hagnódica estaba contenta con su dispensario. No era como el de Eutídico, que disponía de diez habitaciones y de una sala de conferencias donde los médicos invitados de otras ciudades daban sus charlas a los estudiantes. Los magistrados le habían prometido que le asignarían una vivienda en las proximidades para ella y para el personal auxiliar que pudiera necesitarlo.

La inauguración contó con invitados de la vida política y de la profesión. Asistió una representación del consejo, otra del gremio de los médicos públicos, que acababan de ofrecer el sacrifico semestral a Asclepio e Higiea. Eutídico asistía con su alegre grupo de estudiantes. No faltó Timoteo, el librero del ágora. La sorpresa la protagonizó Aristóteles, que, informado por Lastenia y picado por su ilimitada curiosidad, se presentó acompañado de una bella hetera. Para la concurrencia la sorpresa fue Aristóteles, para Lastenia la hetera. Era sin duda la misma que había conocido en el simposio en su noche con el macedonio. La sorpresa pronto avanzó hacia la decepción. Se había imaginado que ella podía significar algo para él, pero la imaginación de Lastenia era tan infinita como la curiosidad de Aristóteles, habitaban mundos diferentes, como la Arcadia feliz y la belicosa Macedonia.

El centro de atención no fueron ni los magistrados ni los afamados médicos ni el académico. Fue Teodoro, ya próximo a cumplir los dos años, arropado por su madre Fanos y su abuela Maya, solo faltaba Urania para estar la casa completa. La feliz familia se había desplazado en pleno a Atenas, la ocasión lo requería. Fanos era tratada y nombrada como médica, eso sí, solo en Acarnas, el barrio de los carboneros, los que surtían de energía los fuelles y los hornos de Atenas. Pero entre Atenas y Acarnas había la misma distancia que entre la curiosidad de Aristóteles y la imaginación de Lastenia. ¿O cómo tiene que ser la distancia entre dos infinitos?

Fanos era para Hagnódica alguien muy especial, era entre otras cosas la que le permitía ser mujer y aparentarlo durante apenas unos días de verano cada año, días de canícula, de sosiego y de gozo, acariciados por la brisa melancólica que bajaba en forma de soplo vital desde el monte Parnes.

Y, cómo no, una variopinta y vocinglera multitud del barrio también había acudido a celebrar que un dispensario público y gratuito viniera a aliviar su existencia.

Comenzó la ceremonia de la inauguración con Lastenia de protagonista. Colocada junto a la pared en la que había dibujado bellamente los aforismos de Hipócrates, subida sobre una silla, fijó el espléndido papiro en el que había copiado el *Juramento*. Porque aquella pared se parecía más a la policromía del Pórtico Pintado que al austero muro del Pórtico del rey donde se fijaban las citaciones judiciales.

Una vez colgado el papiro, se podía ver a cierta distancia el encabezamiento, que, a diferencia del texto, en tinta negra, estaba escrito en rojo con letras más grandes. Lastenia descendió satisfecha de la silla y volvió hacia el papiro para complacerse en su contemplación.

ΑΓΝΟΔΙΚΗΣ ΑΘΗΝΑΙΗΣ ΙΗΤΡΕΙΟΝ

ΟΡΚΟΣ

Ὁ βίος βραχὺς	Ὄμνυμι Ἀπόλλωνα ἰητρὸν,	ἣν γὰρ παρῇ
ἡ δὲ τέχνη μακρὴ,	καὶ Ἀσκληπιὸν, καὶ Ὑγείαν,	φιλανθρωπίη,
ὁ δὲ καιρὸς ὀξὺς,	καὶ Πανάκειαν, καὶ θεοὺς	
ἡ δὲ πεῖρα σφαλερὴ,	πάντας τε καὶ πάσας, ἵστορας	πάρεστι καὶ
ἡ δὲ κρίσις χαλεπή.	ποιεύμενος,	φιλοτεχνίη.

DISPENSARIO DE HAGNÓDICA DE ATENAS

JURAMENTO

La vida es breve
la ciencia extensa
la ocasión fugaz
la experiencia incierta
el juicio difícil

Juro por Apolo médico,
por Asclepio, Higiea y
Panacea, así como por
todos los dioses y diosas,
poniéndolos por testigos
que:

Si hay amor
a la humanidad

hay también amor
a la ciencia

Y entonces, ay, un sunami de sangre y calor ardiente inundaron el rostro de Lastenia, al ver el craso error. Miró a Hagnódica y a Axi, ajenas a su inquietud y entregadas al entusiasmo del acto. Después se fijó en Aristóteles. Solo este último (Lastenia lo dedujo de su mirada enigmática, incrédula, sorprendida, ¿qué otra cosa cabía esperar del apodado el *lector* de la Academia?) parecía haber caído en la cuenta. Saber leer, y más un poco a distancia, no era una habilidad muy común entre aquella audiencia. Lastenia, consolada con este pensamiento, animó a la gente a continuar la visita a las distintas dependencias, mientras ella se subía de nuevo a la silla para retirar el papiro que guardó enrollado en un desván. Ya se le ocurriría una excusa para justificar la retirada, todo menos que se corriera la voz de que aquel dispensario era de «Hagnódica de Atenas».

Pasado el sofoco, Lastenia fue al encuentro de sus amigas, y sintió un contagioso entusiasmo al ver que ninguna de ellas se había percatado del gazapo.

19. Libros y libros

Con la caída de Olinto, arrasada por las tropas de Filipo de Macedonia, Aristóteles pensó por primera vez en alejarse de Atenas. Había llegado el momento oportuno, ese *kairós* que tanto inquietaba a los poetas griegos. Por una parte estaba convencido de que era hora de comenzar a navegar por su cuenta. Las teorías de Platón ya no le atraían, concebía nuevas hipótesis y quería perseguirlas, desplegarlas y volar con ellas. Su mente atisbaba otros territorios, plantas, arbustos, insectos y también las esferas celestes, los cuatro elementos más el quinto, las artes denostadas por Platón. Si este motivo no era apto para ser discutido con los amigos de la Academia, devotos y hasta fanáticos de Platón, había otro más agobiante: el partido contrario a Filipo de Macedonia, encabezado por el orador Demóstenes, podía en algún momento señalarlo con el dedo. Y entonces, cavilaba Aristóteles, los atenienses podían tener la tentación de atentar de nuevo contra la filosofía, como antaño con Sócrates.

Aristóteles rumiaba consigo mismo estos pensamientos, deseaba compartirlos; su deseo crecía a medida que llegaban a la ciudad relatos atroces de la toma y destrucción de Olinto, la ciudad aliada de Atenas.

Eran objeto de denuestos entre los atenienses las marrulleras tácticas conquistadoras de Filipo II, que presumía de haber aumentado su propio reino por el oro mucho más que por las armas. Esos denuestos, en boca de políticos atenienses, no dejaban de tener su punto de hipocresía, pues era bien sabido que Pericles, político elogiado y admirado por los líderes y oradores de Atenas, también había recurrido al soborno para que Plistonacte, hijo de Pausanias y rey de los lacedemonios, que había invadido el Ática, mandara retirar a su ejército, motivo por el que los lacedemonios, indignados, multaron al rey con dinero y le obligaron a marchar al destierro.

Así lo escribe Tucídides y hay otros historiadores que incluso añaden que el precio del soborno fue de diez talentos, que el estratego ateniense justificó como fondos reservados para asuntos necesarios, y nadie indagó más. A ver si ahora Filipo no acababa siendo un avispado discípulo del gran Pericles.

De estos argumentos y otros se discutía en la cena a la que Aristóteles invitó a los amigos de la Academia. No eran frecuentes acontecimientos así. De hecho, Axi y Lastenia era la primera vez que asistían a uno, descontando las fiestas de carácter ritual que solían celebrarse anualmente en las escuelas en honor a las musas.

Esta vez la iniciativa y la contribución habían partido del propio Aristóteles. Era bien sabido que de todos los amigos de la Academia el macedonio era el primer contribuyente. Solía contar en talentos, todo lo demás, los óbolos, dracmas o aun minas, eran para él calderilla.

—Para sobornar hay que tener dinero, no inteligencia —sermoneaba Jenócrates—. Y para ser sobornado hay que ser como los embajadores atenienses.

Se decía por Atenas que en una de las incontables embajadas a la corte de Filipo todos menos Jenócrates habían sido sobornados por el rey.

—Hay una diferencia entre Pericles y Filipo, amigo Aristóteles —es Heraclides Póntico el que interviene en tono poco amistoso hacia el rey macedonio—. Pericles utilizó el soborno como excepción y Filipo como norma. Las ciudades de la península Calcídica, una tras otra, traicionadas por facciones promacedónicas, le han abierto las puertas a Filipo, incluida Torone, que es una de las ciudades calcídicas más importantes. Después le han seguido Apolonia, Sane y Meciberna. Un destructor de ciudades y, lo que es peor, destructor de hombres. Olinto es el ejemplo de que ninguna ciudad, sea cual sea su poder, puede sobrevivir si sus líderes son corruptos. Los traidores Eutícrates y Lastenes, que han abierto las puertas a las tropas de Filipo, son los rostros infames de la vergüenza.

—Por no hablar de la crueldad, el rey Filipo los supera a todos —dice Filipo de Opunte, tampoco proclive a la causa del macedonio, que dispara sin miramientos—: Y tú, joven Aristóteles, ¿qué dices? ¿Acaso tu rey no arrasó tu ciudad, Estagira?

Aristóteles calla. Nadie sabe entre sus amigos de la Academia que parte de sus amigos y algunos familiares murieron en la destrucción de la ciudad y otros fueron esclavizados. Filipo no es santo de su devoción.

—Todo por el oro —insiste Filipo de Opunte, el secretario de Platón—, porque, veamos, ¿por qué razón destruyó Estagira? Para apoderarse de las minas de oro, como antes ya lo había hecho con las de Anfípolis, las del monte Pangeo. Eso es tener ideas claras, todo por la pasta, el oro puede más que las flechas, las ondas, las lanzas o las máquinas de asalto, con las armas destruyes los cuerpos, con el oro las almas, haces de un animal racional un miserable traidor, el ínfimo escalón al que nunca llegará un animal irracional. ¿Se puede pedir más?

Aristóteles no dejó salir una palabra de su boca. Podía haber refutado fácilmente al de Opunte. ¿O por qué los atenienses fundaron su colonia en Anfípolis ya en tiempos de Pisístrato sino por el oro del Pangeo y por las maderas preciosas para construir sus filantrópicos navíos de guerra, las temidas trirremes?

Espeusipo había consentido que Lastenia se sentara junto a su esposo Axioteo, adoptando el papel de hetera, porque si la esposa no podía asistir a una cena con su esposo, menos aún al simposio que le seguía. Ninguna de las dos se sintió concernida en aquel debate sobre la política de Filipo de Macedonia. Prefirieron acompañar a Aristóteles con su silencio.

—¿Nadie va a elogiar esta espléndida cena?

Lastenia, adivinando la congoja de Aristóteles, se atrevió, mujer, a desviar el rumbo de la disputa. Y no se equivocó, intuición femenina, ¿o no era la mujer un ser de una inteligencia inferior, como había escuchado de los académicos alguna de esas raras veces en que hablaban de las mujeres? La *República*, la obra platónica que había impulsado a las dos chicas del Peloponeso hacia la filosofía, parecía olvidada en beneficio del *Timeo*.

Aristóteles concluyó tras la cena que no solo podía correr peligro en Atenas, sino que además, si eso ocurría, no iba a tener muchos defensores. La cena tuvo el efecto tan desalentador como realista de confirmar sus inquietudes y echó a faltar el calor de los amigos.

Ya bien entrada la noche, concluida la cena y agotado un debate que había tenido excesivo silencio (Platón ya se había retirado a la caída del sol), Aristóteles decidió emprender el camino de regreso a la ciudad. Alguna vez, en circunstancias similares, había pernoctado en la Academia. Ártemis siempre encontraba una solución si era necesario improvisar un alojamiento para un huésped, pero esta vez, tomando una lámpara, tras recibir palabras de gratitud por la magnificente cena, se despidió:

—Os espero mañana en la exedra, en la lectura de mi

último diálogo. Espero que no os haya perjudicado el vino de esta noche —echó el ojo a Jenócrates que ya cabeceaba.

Axiotea, en su papel de esposo dominante, sin consultar a su esposa, ordenó:

—Vamos, mujer, acompañemos a nuestro generoso anfitrión.

Lastenia agradeció los rápidos reflejos de su esposo.

—¿Qué diálogo es ese que has escrito? —pregunta Axiotea ya iniciado el camino.

—Es una curiosa historia. Poco antes de vuestra llegada —Aristóteles no oculta la complicidad— apareció en la escuela un agricultor de Corinto, llamado Nerinto. Y vino con la misma ilusión que vosotras. A él no le había movido la *República*, sino un diálogo titulado *Gorgias*, donde critica la verborrea de la retórica y los excesos de halago y adulación al pueblo. Así que abandonó sus tierras y sus viñedos, y confió a Platón su alma, cultivando sus doctrinas e imitando su modo filosófico de vida.

—Pues es verdad, es nuestro caso —asiente Axiotea.

—¿Y qué ha sido de él, de Nerinto? —pregunta Lastenia.

—Al principio nos visitaba, pero hace tiempo que no hemos vuelto a tener noticias.

—Tal vez se haya decepcionado.

—Como nosotras —Lastenia no se contiene.

—Queremos darte las gracias. Cualquier otro nos hubiera delatado —Axiotea se muestra agradecida.

—Cuida, el camino está lleno de baches.

Lastenia, para no caer, se agarró a la túnica de Aristóteles, que adelantó el brazo con la lámpara para iluminar mejor el camino.

—La decepción es un síntoma, como la fiebre. Si se sabe aprovechar, es un sentimiento positivo, porque te dice que algo no va bien. Mejor eso que andar en la rutina gregaria de la gente sin criterio. Claro, la decepción te obliga a pensar y cambiar el rumbo, y eso no siempre es cómodo.

—Hasta ahí de acuerdo, pero ¿qué rumbo? —Axi replica en tono escéptico, mientras Lastenia, escarmentada por su tropiezo anterior, camina con la mano presta a aferrarse a la túnica del robusto macedonio.

—Es cosa vuestra. Pero piensa que nadie os admitirá en una escuela de filosofía. Las mujeres sois buenas en poesía lírica, nadie lo duda. Pero una mujer filósofa o experta en retórica, eso es antinatural. Es oficio varonil, como la guerra. Habréis oído a Platón decir que las mujeres han de ir a la guerra. Todo bla, bla, un estado «en teoría», él mismo lo dice así, no engaña a nadie, es un castillo hecho de palabras, como esa belleza en sí, o ese bien en sí. La realidad le importa un bledo. Si la realidad no concuerda o condice con mis palabras, peor para la realidad. Eso en todo caso es un poeta, nunca un filósofo. Yo creo que la poesía está muy cerca de la filosofía, pero no son lo mismo. El poeta intuye, el filósofo razona —Aristóteles cambia el tono y el tema—: Yo también estoy decepcionado en este sentido. He aprendido mucho con Platón, pero llega un momento en que conviene emigrar, como las golondrinas, dejar el cómodo redil y exponerse a la intemperie.

—¿Cómo el mismo hombre —el tono de Axi suena a enfado—, Aristocles, apodado Platón, puede escribir que hombres y mujeres han de tener las mismas ocupaciones, puesto que las dotes naturales están repartidas indistintamente, y más tarde decir que todos los varones cobardes y que llevaron una vida injusta cambiaron a mujeres en la segunda encarnación?

—Platón chochea —ríe Aristóteles—, no se me ocurre otra respuesta.

—Pues mira que eso del Consejo Nocturno… No sé cómo se le ha ocurrido ese nombre tan siniestro.

Llegaron a la puerta de la ciudad. Era la hora de despedirse.

—Yo querría saber cómo has averiguado lo que hay detrás de mi máscara. Un día me lo tienes que explicar

—Ya se lo dije a tu amiga: observación, nada más.

Lastenia y Axiotea enfilaron el camino hacia su posada, con la miel en la boca de la complicidad con Aristóteles que, a sus treinta y siete años, se decía que una de esas chicas, la experta calígrafa, quizá no sería un mal partido, tener copista gratis en casa, pero bien sabía que su amada hetera Herpílide no era proclive a compartir.

—Ya sé por qué el macedonio no pernocta nunca en la Academia —dice Lastenia en tono confidencial, cuando ya están las dos acostadas—. Solo me falta saber su nombre.

Se acercaba la canícula y el regalo para Fanos tendría que esperar. Más de un año llevaban Lastenia y Axi persiguiendo el segundo libro de Hipócrates *Enfermedades de las mujeres*. Ojalá, se lamentaba Lastenia, lo hubiera robado en la Academia cuando tuve oportunidad.

Pasaban con frecuencia por los puestos del ágora en busca del ansiado libro. Timoteo, en quien tenían puestas las esperanzas, les confirmó que Filipo de Opunte se lo había cambiado por uno de Filolao, pero que pocos días después un médico de Corinto, uno de sus mejores clientes, se lo había comprado.

—Me prometiste que me lo prestarías para copiarlo —se queja Lastenia.

—Sí, a cambio de que hicieras una copia para mí. Ese era el precio: yo te dejaba el libro y te daba los rollos de papiro en blanco, y tú me hacías una copia. Pero, aparte de eso, es que nunca más has vuelto a interesarte, por eso lo vendí al médico de Corinto. —Timoteo se justifica—: Tenéis que pensar que los libros de Hipócrates no duran en estas estanterías. Es uno de los mejores negocios para un librero.

—¿Qué podemos hacer? —insiste Lastenia—. Tenemos un compromiso, queremos hacer un regalo muy especial. Necesitamos ese libro.

—Yo no me lo puedo inventar. Además, cualquier día no me veis más el pelo.

—No exageres, ¿cómo vas a dejar este negocio?

Pese a que las dos tenían ya confianza con el librero Timoteo, desconocían que fuera natural de Olinto.

—Todavía no sé si mi familia está viva. La ciudad entera ha sido destruida y los habitantes vendidos como esclavos —la zozobra por la suerte de su familia asomaba en el rostro de Timoteo mezclada con el entusiasmo por los libros—. Nunca había tenido miedo en Atenas. Ahora lo tengo. Yo siempre he defendido que había que buscar la paz con Filipo, pero a ver quién defiende esa idea después de la destrucción de Olinto. Temo a Demóstenes. Mañana lo tendré, seguro —contesta Timoteo a un cliente que le pregunta por las *Bacantes* de Eurípides—. Los trágicos son otro buen negocio, más que la comedia, y se pagan mejor.

—¿Cuándo crees que puedes tener el libro de Hipócrates?

—En menos de diez días. Espero un envío de Cos.

—Queremos pedirte un favor —dice Lastenia—: me prestas el libro para copiarlo y te lo devuelvo en unos días.

Timoteo se queda pensativo, quizá un poco decepcionado, o quizá viendo cómo voltear la petición de Lastenia.

—Nos pillas mal de dinero —Axi insiste—, te pagaremos el rollo de papiro, supongo que con uno de cinco o seis metros será suficiente.

—No, necesitaréis dos rollos de cinco metros —responde Timoteo—. El libro que me pedís, el segundo de *Enfermedades de la mujer*, es casi tan largo como el primero. Os dejaré los rollos en blanco a buen precio, a una dracma cada uno, aunque los vendo a dracma y media.

—De acuerdo —asintieron las dos.

—Bueno, en lugar de hacer una copia para mí, lo que sí te pido es que hagas dos copias del *Juramento*, como la que hiciste para el dispensario del Cerámico. Eso lo haces en un santiamén.

—Perfecto —salta Lastenia encantada con el regateo—. Me alegra que nuestra obra haya gustado en la profesión médica.

—Ya te diré el nombre del dispensario y de los médicos que me lo han pedido.

—Vale, pero tú preparas el papiro con tus colas y pegamentos.

—Claro que sí.

Sin habérselo propuesto, Lastenia había entrado en el mundo del regateo. Debía de ser algo natural en el mercado del ágora, porque Timoteo tomaba parte en el juego sin dejar entrever ninguna incomodidad. Hizo bien en callar que Axiotea era ya una copista, lo que hubiera podido ser aprovechado por el librero en su favor.

—A veces pasa por aquí gente y me insulta —Timoteo vuelve a la política—. Y fijaos que aquí hay una ley que sanciona al que insulta a un mercader o a un vendedor, pero ni caso. ¿Sabéis qué me echan en cara? Que por nuestra culpa, como si yo me hubiera inventado la guerra de Olinto, los fondos del teórico se gastan en la guerra en lugar de dedicarlos a lo que tiene que ser.

—¿Qué es lo que tiene que ser?

—Financiar los espectáculos, el teatro y los concursos musicales, fomentar la cultura, esa es la finalidad del teórico.

—Pues mira, yo les doy la razón —afirma Axi—, no por los insultos, pero ese impuesto, el teórico, se recauda para promover la literatura y el ocio, no para la guerra y los ejércitos mercenarios.

—Estoy de acuerdo, yo también vivo de la cultura, pero anda, házselo entender.

—Si alguien de este mercado no merece ese reproche, es un librero.

Unos días más tarde, Lastenia y Axiotea recibieron en préstamo el libro de Hipócrates. Le compraron a Timoteo otros dos rollos de papiro.

—Así haremos dos copias, una para el regalo especial que te dijimos, y otra nos la quedaremos para nosotros —alega Axioteo en su papel de esposo. Y en tono de guasa añade—: Vamos a cambiar el estudio de la filosofía por la medicina.

—Un matrimonio de médicos no me cuadra.

—Menos aún de filósofos —rio Lastenia.

Para Axiotea la aparición de Hagnódica había marcado un hito en su vida. Y Hagnódica había aparecido en casa de Fanóstrata, en el municipio de Acarnas, al pie del monte Parnes. Esas dos mujeres y ese lugar significaban echar el mal pelo, regresar a la Academia y ver cómo renacía la pasión.

Otra vez el horizonte, la mirada con intención, algo más que meras imágenes de las cosas, una fuerza que atrae, el punto donde se besa el cielo con la tierra. El horizonte, nunca del todo perdido, sostenido en tiempo de enfermedad por el férreo brazo de su compañera.

—¿Qué estás pensando? —Lastenia levanta la vista del papiro y se toma un respiro.

Las dos amigas pasan muchas horas en su nueva habitación, más amplia, donde la patrona ha dispuesto una larga mesa para su trabajo de copistas. Tienen que devolver cuanto antes a Timoteo el manuscrito que les ha prestado.

Axi, todavía una novata, escribe despacio, al principio palabra a palabra. El primer día copió treinta líneas, pero no se le escapó ni un borrón. Días después, cuando ya tomaba confianza con el cálamo, le cayó el primero, haciendo bueno, como decía Lastenia, que al mejor escriba se le escapa un borrón.

—Si pierdes el paraíso, no dejes que te roben el horizonte.

—Estás hecha una filósofa —se sorprende Lastenia—. ¿Quieres decir que es más importante el horizonte que el paraíso?

—Sí, desde luego, porque además el paraíso no está en nuestras manos, ni es cosa de este mundo, como los Campos

Elíseos o las Islas de los Bienaventurados, o como la Calípolis de Platón —dice riendo.

—Yo he pensado algo parecido, a ver qué opinas. El otro día, al ver que ya estabas recuperada de tu enfermedad, tuve una tentación: un momento en que Filipo había salido del escritorio, volví a tomar en mis manos el *Timeo* de Platón, el ejemplar que yo misma había copiado. Es el que ha quedado como el original de la casa, pero me consta que otro copista (un esclavo llamado Bictas que, la verdad, escribe muy mal, más que calígrafo, es un emborronapapiro) ha hecho otras copias, aunque no sé dónde han ido a parar. Me parece que una ha ido a la corte del rey Filipo de Macedonia, pues ya sabes que Espeusipo le dirige cartas halagadoras.

—Lo sé, regalar un libro de Platón farda mucho.

—Mi primera idea fue volver a nuestro viejo plan: quemar los libros que denigran a las mujeres. Pero después pensé que quizá ya no sirva de nada, por haber muchas copias. Además, si robamos el libro para quemarlo, Filipo lo notará enseguida y entonces todo estará entre el esclavo y yo, que somos los únicos que entramos en el escritorio. La mejor solución que veo es tachar a conciencia los párrafos que ya te señalé cuando Filipo esté ausente. Quizá haya suerte y la próxima copia se vea ya libre de esas procacidades contra nosotras. A lo mejor, el libro así censurado se convierte en la versión canónica. Ojalá, pero no me hago ilusiones con el sabueso de Filipo al mando del escritorio. A veces le da por revolver y ojear los libros.

—Correremos este hermoso riesgo.

—Además todavía vive en la euforia de haber terminado las *Leyes*, la última obra de Platón y de la que él, como editor, se siente responsable. Esa tarea le ha absorbido todo el tiempo y por eso espero que al menos por un tiempo no se dedique a husmear y me deje hacer mi trabajo.

—Es recuperar el horizonte. ¡Qué alegría! —Axi no oculta el alborozo.

—Exacto. Los planes que teníamos para la biblioteca de Fliunte, ¿recuerdas?, eran expurgar el ejemplar del *Timeo* de Platón y el libro de Timeo de Locros.

—Los dos están bajo la custodia de Equécrates, que los cuida como las niñas de sus ojos.

—Es muy importante expurgar y corregir esos libros, porque estoy segura de que muchos grupos pitagóricos acuden a Fliunte cuando quieren hacer una copia. Si tachamos las frases que denigran a las mujeres, se dejará de propagar la infamia.

—Podemos intentarlo, tal vez puedes escribir una carta de Espeusipo a Equécrates pidiéndole que le preste esos libros.

—Pero no sé cómo falsificar el sello —Lastenia enarcó las cejas y dijo—: Bueno, creo que me las arreglaré.

No era la primera vez que Espeusipo le tiraba los tejos, tanto que en la Academia se oían habladurías sobre la facilidad con que el sobrino del austero Platón cedía a los placeres. Y se hacía mofa además de que, medio paralítico como estaba, se dedicara a perseguir a la muchacha de Arcadia por los recintos de la Academia. De ese juego del ya sexagenario Espeusipo pensaba sacar partido Lastenia.

20. Hagnódica os necesita

Decididas a todo. Las proclamas contra las mujeres tenían que desaparecer. Esa sería su misión, su horizonte. En esa fría mañana de marzo el viento del norte les recordaba que todavía estaban en la mala estación. Mientras se arrebujaban en sus túnicas camino de la Academia, esquivaban las acémilas, los carruajes y a los nerviosos agricultores que acudían al ágora con sus productos.

No era frecuente, pero en esa mañana de finales del invierno Aristóteles iba por detrás de su amigo Axioteo y de la copista y lectora Lastenia. Por eso sus largas y finas piernas alargaban su zancada para compensar su pereza matinal.

Hubiera pasado de largo absorto en sus meditaciones si Lastenia no le hubiera espetado:

—¡Eh, tú! Eres el primero que nos adelanta.

—Llegáis tarde.

—Llegamos tarde, quieres decir.

—Si sigo a mi paso, os voy a sacar bastante ventaja. Ya te he dicho —se dirigía a Axioteo— que una mujer es por naturaleza más lenta que el varón. Así que, amigo, nos vemos en la exedra.

Aristóteles ralentizó un poco la marcha, pero volvió a tomar su ritmo, dejando atrás al presunto joven matrimonio.

—Podría haberse dedicado al atletismo en lugar de a la filosofía —dice Lastenia viendo admirada cómo se aleja el veloz académico. Después se olvida de él y le dice a Axi—: Se acercan las Grandes Dionisias, va a ser la primera oportunidad.

—¿A qué te refieres?

—Filipo aprovecha estas celebraciones para visitar a su familia en Opunte. Será el momento de meterle mano al *Timeo*. Estaré sola en el escritorio. Cuando acabe esa faena, ya en el buen tiempo, prepararemos nuestro asalto a Fliunte.

—Lo tienes todo preparado.

—Sí, alternaré los borrones con las tachaduras, hasta que no quede rastro.

—Da igual borrón que tachadura.

—No, el borrón hace que una palabra o una línea sea ilegible. Una tachadura borra una palabra y la sustituye por otra. La frase más insultante de todas, recordarás, decía que «Todos los varones cobardes y que llevaron una vida injusta cambiaron a mujeres en la segunda generación». Lo que haré es tachar «cobardes» e «injusta» y sobreescribiré entre líneas «valientes» y «justa».

—Genial, eso es voltear la frase.

Una vez en la Academia, Axiotea y Lastenia se despedían con un beso y cada uno se dirigía a su puesto.

Filipo ya estaba sentado a la mesa con el cálamo en la mano.

—Este año no puedo ir a visitar a mi madre en las Dionisias. Tengo que acabar los últimos detalles de las *Leyes*. Verás, estoy redactando un breve epítome de cada uno de los doces libros.

—¡Vaya! Pues lo siento por tu madre —Lastenia soterra su decepción.

—Tendré más ocasiones de verla. Está muy bien. No sabe qué es ponerse enferma. El que está peor es Platón. Quiero que vea los doce libros de sus *Leyes*. Vamos a prepararlos con estuches especiales y ofrecérselos para su cumpleaños. Es su última obra, como su testamento. Hay amigos que no lo entienden —Filipo no puede ocultar un tono de orgullo—. Bueno, es porque no han leído y estudiado la obra como yo, que la he copiado entera. No es que desconfíe de ti. Lo habrías hecho perfectamente.

—He tenido el mejor maestro.

—Tú también has sido una buena alumna. Mira a Bictas, no tiene ningún interés. Las letras son cosa de hombres libres.

—Y mujeres, Filipo, que pareces olvidar que soy mujer.

—Disculpa. Tienes razón. Pero volviendo a mi madre, la verdad es que no podré verla por ahora. Porque, ya sabes, que este mes son las Dionisias, pero luego vienen las Targelias, que es cuando Platón cumple años. Y después las Ateneas, tal vez entonces.

Lastenia piensa para sí que quizá tendrán que abordar primero el viaje a Fliunte y después verían de acometer la copia del *Timeo* de Platón y la copia de Timeo de Locros.

Los amigos de la Academia estaban ya en torno a la exedra a la espera de iniciar la lectura. Lastenia echó una ojeada por la ventana y vio que Aristóteles estaba hablando con Axiotea, los dos de pie. Se sentaron en un extremo de la exedra y continuaron hablando hasta que comenzó la lectura. Le pareció extraño, pues Aristóteles no solía mantener una conversación sostenida si no era con los veteranos de la Academia. Así que Lastenia volvió al cálamo no sin registrar esa extraña conversación.

Por la tarde, a la hora de regresar a la ciudad, a poco de iniciado el camino, las largas y delgadas piernas de Aristóteles volvieron a sorprender a la pareja académica. Axi ya había informado a su amiga de la conversación de la mañana con el macedonio. Tenía necesidad de compartir la angustia que se había comido ella sola durante toda la jornada.

—Vais más deprisa hacia casa —Aristóteles interrumpe la tristeza de las dos amigas, cosa que ellas agradecen— que esta mañana hacia el trabajo. O me ha costado más daros alcance.

El camino por la tarde estaba más despejado. Podían caminar los tres a la par, y no arrinconados en fila en el borde de la calzada, como ocurría en las primeras horas de la jornada.

—No tendría que haberte dado la noticia esta mañana —parece como si Aristóteles tuviera necesidad de excusarse con Axiotea—. Seguro que has pasado un mal día, me he dado cuenta, pero no hemos tenido oportunidad de seguir la conversación. Verás. Es verdad que el arconte rey ha fijado la acusación en el Pórtico del rey. Es lo que ocurre siempre. Como no tenéis idea de cómo va la justicia aquí, quizá os hayáis preocupado mucho. Todo lo que hay es que una persona ha denunciado al doctor Hagnódico, y que el arconte rey, como es su obligación, ha fijado en el tablón la denuncia, con el denunciado, el denunciante y la pena que este solicita. Eso es todo. Ya le he dicho a tu esposo, a tu amiga —rectifica ahora Aristóteles sin el menor atisbo de ironía—, que al ser una acusación de impiedad le corresponde el juicio al Areópago. Las leyes aquí cambian con mucha frecuencia. Hace un tiempo este tribunal era casi solo honorífico, pero en estos tiempos le han devuelto algunas de sus antiguas competencias.

—¿Quién es el miserable que ha presentado la denuncia? —Axi descarga su angustia contenida.

—Me ofrezco a acompañaros y leemos la acusación. Así os hacéis una idea clara.

De camino hacia el Pórtico del rey en el ágora, Aristóteles logró con sus palabras diluir la angustia de las dos chicas, las chicas de la Academia, como él las llamaba. Les recordó que poco antes de llegar ellas a la escuela de Platón había tenido lugar en Atenas un proceso semejante al que ahora esperaba a Hagnódico, solo que en aquel caso la acusación no recayó sobre un hombre, sino sobre una mujer, una hetera llamada Frine. Como era una celebridad, el caso tuvo mucha repercusión. Fue amante de muchos hombres famosos y sirvió de modelo a pintores y escultores. Se dice que Apeles la tomó como modelo para su pintura de *Afrodita saliendo del mar*. Un amante despechado la denunció por impiedad. Por eso digo que se parecen los dos casos, y además los dos ante el tribunal del Areópago. Frine salió absuelta, libre de toda culpa.

Axi y Lastenia respiraron más tranquilas.

Ya entraban en el ágora cuando Aristóteles se plantó delante de las dos y les pidió que parasen un momento.

—Una última cosa. El denunciante en el caso de Frine pidió para ella pena de muerte. No os extrañéis si en el caso de Hagnódico ocurre lo mismo. Recordad el proceso de Sócrates. En las denuncias por impiedad casi siempre se pide la pena de muerte, aunque hay casos en que se sustituye por una multa o por el destierro.

El ágora, a esta hora tardía, ya a punto de la caída del sol, se disponía a recibir la noche. Apenas algunos tardanos, como Aristóteles y sus dos acompañantes, se acercaban a leer los anuncios colgados en el Pórtico del rey.

Lastenia se puso de puntillas para leer la acusación contra Hagnódico. El papiro estaba fijado en la parte superior del tablón. Pensó que la ciudad podría contratar a copistas más expertos y elegantes. Como estaban los tres solos en ese momento, Aristóteles, viendo que las dos chicas no llegaban a leer con comodidad, lo hizo él en voz alta:

«Esto denuncia y acusa bajo juramento Estéfano, hijo de Estéfano, del municipio de Eréadas contra Hagnódico, hijo de Demetrio: Hagnódico delinque al quebrantar el juramento hipocrático, atrayendo a nuestra ciudad la ira de los dioses ofendidos: Apolo médico, Asclepio, Higiea y Panacea. Delinque también corrompiendo a las mujeres. Pena solicitada: la muerte».

—Si os fijáis —se apresuró Aristóteles antes de ver aflorar el pánico en el rostro de sus dos compañeras—, hay otros dos anuncios de acusaciones de impiedad. Las tres solicitan la pena de muerte. Ya os he dicho, casi siempre es así.

Lastenia y Axi no reaccionan. Al menos logran contener su emoción, espanto o pavor, o lo que fuera. Aristóteles parece que es sincero, que no suelta palabras vacías con la mera intención de consolarlas. Y más si sus sospechas son certeras, como así han resultado con el matrimonio de Axioteo y Lastenia. No solo lo sospecha: recuerda que el papiro con el *Juramento* hipocrático tan bellamente copiado por Lastenia decía «dispensario de Hagnódica».

—Espero y confío en que no os dejaréis amilanar —insiste el macedonio, quien añade—: Por cierto, Lastenia, hiciste una copia del *Juramento* hipocrático que era una joya, una verdadera obra de arte, pero observé poco después que lo habías retirado.

—Se me escapó una pequeña falta. Ya la he corregido.

A Lastenia ahora ya no le cabía duda de que Aristóteles se había percatado del gazapo que le obligó a retirar el papiro de la pared del vestíbulo. Y siguió especulando: si Hagnódico demuestra que es Hagnódica disfrazada de hombre, algo así como su presunto esposo Axioteo, la acusación del sicofanta de que corrompe a las mujeres se esfumaría como una pompa de jabón. Estuvo a punto de gritar de alegría, aunque por fortuna logró contenerse.

¡Qué bonito es tener una complicidad! Lastenia ardía en deseos de estar a solas con Axi y hacerle conocer sus conclusiones, seguro que lo iban a celebrar.

¡Qué corto es a veces el camino que va del pánico al gozo y la alegría!

Aristóteles se despidió de sus amigas. Lastenia pensó que la hetera del macedonio era una chica afortunada, y ellas también lo eran por contar con su amistad y cercanía.

Con motivo de las Grandes Dionisias, la ciudadanía ateniense disponía de cinco días festivos. La mayoría los utilizaba para disfrutar de los espectáculos poéticos, ditirambos, comedias y tragedias. A estos actos podían asistir las mujeres.

Hagnódica, que es Hagnódico en el dispensario, estaba hecha un manojo de nervios. Por una vez, siempre creía que era la primera vez, su cabeza se veía superada por los latidos del pecho o las punzadas del estómago. Su centro de gravedad se desplazaba entonces a las rodillas, que comenzaban a temblar. Era médico, bien lo sabía, y, como el maestro enseñaba, había que escuchar al cuerpo entero.

Ya podría el arconte rey, piensa sentada en un banco del vestíbulo, haber esperado a que pasaran las Dionisias para hacer pública la denuncia, así me habría permitido disfrutar en paz de las jornadas de teatro.

Esa mañana, primer festivo de las Dionisias, había acudido al dispensario aun sabiendo que tendría poco trabajo. Fue ella la que abrió la puerta, pues los ayudantes, el personal auxiliar y los estudiantes guardaban fiesta. Los posibles pacientes conocían el domicilio del médico y de la comadrona si había alguna urgencia.

Está sola en su dispensario. Lo ha recorrido de arriba abajo. Siente orgullo, hoy además pena, las rodillas le tiemblan, solo por un momento, frágil, además de orgullo y pena. Se sienta en el banco del vestíbulo, relee el juramento, Apolo y Asclepio, Higiea y Panacea, dioses y diosas, ¿a quién de vosotros, a quién de vosotras, he ofendido?

Alguien se acerca a la puerta, asoman la cabeza con temor, quizá con angustia. Son Lastenia y Axi, ¡cómo necesito ahora su fuerza! Se miran y se dan tiempo antes de acercarse, en silencio, ninguna quiere dejar escapar su zozobra a través de su voz quebrada. Hagno reparte sus manos. Se han sentado en el banco frente al *Juramento* fijado en la pared.

Otra persona se asoma y entra. Es Agesilea. Va con ella una niña de apenas tres años y una esclava de compañía.

—El sinvergüenza de Pitalo —Agesilea ya ha recorrido el camino de la angustia a la indignación— es el que ha instigado la denuncia. ¡Habrase visto!, un médico denunciando a otro médico.

Hagno, Axi y Lastenia olvidan sus rodillas temblorosas y se suman al camino de Agesilea.

—...el alfarero tiene inquina del alfarero y el aedo del aedo —Hagno recuerda a Hesíodo.

—Creía que esta divina profesión estaba libre de inquina.

—No os he presentado—Hagno en su papel de anfitriona, para eso está en su dispensario—. Agesilea fue mi primera paciente, quiero decir la primera paciente de Hagnódica. ¿Recuerdas?

—Sí, fuiste muy persuasiva.

—No encontré otro modo de meterte mano.

—Acababa de dar a luz, esta hermosura —la niña correteaba por el vestíbulo vigilada por la esclava—. Al día siguiente me entraron unos dolores insoportables, pero yo no dejaba que me viera un médico. Entonces Grilión, mi esposo, se fue a ver a Eutídico, el del Pireo. Era el más famoso de Atenas, mucho más que ese canalla de Pítalo. Y entonces llegó Hagnódico. Recuerdo que te justificaste diciendo que Eutídico estaba de viaje.

—Fue una mentira piadosa. Le pedí que me permitiera ir yo cuando escuché a tu marido decir lo que te pasaba. Lo peor de todo, decía, es que no deja que el médico la ausculte.

—Era más fuerte mi vergüenza que el dolor que sentía. Me negué a que me metieras mano, como tú dices.

—Entonces mandé salir a tu esposo de la habitación y me levanté la túnica.

—Muy convincente —soltó Lastenia.

—Y tanto. No sé qué hiciste, el caso es que me curaste. Y así me convertí en la primera ateniense que entró en el secreto de que Hagnódico es Hagnódica. Hoy formamos un gran club, con nuestras bocas selladas como la de Leena, la que tiene la estatua en los Propileos.

—¿Por qué apuntas a Pítalo?

—Es el médico de mi marido, que le tiene mucha confianza. Le he oído más de una vez quejarse de que las mujeres de su barrio se van al dispensario del Cerámico. Dice cosas muy feas, que Hagnódico nos seduce, que nosotras nos hacemos las enfermas para tener trato con él. Es todo envidia, porque el salario público que cobra depende en parte del número de pacientes, y, claro, él pierde dinero, porque con la esposa se van también los hijos y las hijas y muchas veces incluso el esposo y la casa entera. Ahí está el quid. Hay algo más: esta fuga de pacientes no solo ocurre en el barrio de Escambónidas, donde tiene su dispensario Pítalo. Otros médicos también se quejan de que las mujeres se van con Hagnódico. Incluso, me consta, algunos médicos particulares, que cobran un dineral por sus servicios, están perdiendo algunas clientas de familias ricas. Todo eso está detrás de la denuncia.

—Los médicos está claro, ¿pero Estéfano? —pregunta Hagno.

—Es un sicofanta, vive de eso el muy canalla.

—Se arriesga a que le caigan mil dracmas de multa si no obtiene al menos una quinta parte de los votos del tribunal.

—Descuida, tendrá las espaldas cubiertas. Pítalo lo habrá convencido para que presente la denuncia y, para curarse en salud, él y otros médicos irán como testigos. Seguro que presentan además pacientes amañados que testificarán contra ti.

Fueron llegando otras mujeres, seguramente todas del club de las mujeres que corren juntas, que así se llamaba puertas adentro la cofradía de las pacientes de Hagnódica. Todas llegaban con el rictus del temor pánico en el rostro, que pronto se transmutaba en indignación. A media mañana entraron en una tercera fase.

—Se me viene a la cabeza el proceso de Frine —dice Antía—. También fue en el Areópago. Ya sabéis a qué argumento recurrió la acusada, y eso que tenía al mejor abogado, el orador Hipérides. Si por su discurso hubiera sido, la hetaira se habría tomado la cicuta.

—¿Acaso propones —pregunta Agesilea— que Hagnódica muestre sus pechos ante los jueces, como hizo Frine? ¿Que se quite la túnica?

—Yo propongo que se la levante y que se muestre como es —dice la hetera Tais bien conocida en el Cerámico—. A los vetustos del Areópago igual se les levanta también.

—¿La túnica? Porque otra cosa…

La tercera fase, la de la risa, dominó por completo las últimas horas de aquella mañana.

21. LAS MUJERES QUE CORREN JUNTAS

El arconte rey, que presidía el tribunal del Areópago, dio lectura al escrito de acusación.

Seguidamente comenzó el juicio con el discurso de Estéfano. Desde las primeras palabras se podía percibir que tenía tablas. Claro que habría sido algún famoso orador el que había redactado el discurso. Si de algo podía alardear Atenas era de oradores expertos. Pero no era suficiente tener un buen discurso, había que saber declamarlo, con el énfasis adecuado, las pausas, los silencios. Los gestos también contaban, que debían ajustarse al tribunal, en este caso el Areópago, formado por exarcontes que habían pasado los filtros de la idoneidad y de la rendición de cuentas ante tribunales exigentes, por tanto, los miembros del tribunal eran en principio varones intachables.

La experiencia de Estéfano, que tenía fama de sicofanta, chocaba con el doctor Hagnódico, tan experto en medicina como indocumentado en materia judicial, pues era la primera vez que se enfrentaba a un tribunal de justicia.

El acusador hablaba con parsimonia, seguro del éxito final. Y si no ganaba, tampoco perdía demasiado, porque, cuando se trataba de una causa de impiedad, como decía la acusación contra Hagnódico, el acusador no corría riesgo alguno. En otro tipo de causas, si el acusador no recibía al menos el voto favorable de un quinto de los jurados, era condenado a pagar una multa de mil dracmas. Una medida sensata para que el acusador, en caso de falsa acusación, no se fuera de rositas. De ese riesgo estaba libre el acusador en los procesos de impiedad y eso le daba un plus de calma y confianza.

Justo lo que necesitaba Hagnódico, no solo por su falta de experiencia en tribunales, sino además por ser el acusado y por pesar sobre él una petición de pena capital.

Hagnódico podía ser un indocumentado en materia judicial, pero no en asuntos de justicia, importante diferencia. Ahí se invertían los papeles. Un mercenario de la justicia, como era Estéfano, podía tirar de oficio. Se decía que un aspirante a sicofanta lo primero que debía hacer era contratar a un buen profesor de oratoria. Los expertos en materia de oratoria judicial decían que este factor contaba menos en el tribunal del Areópago, donde al parecer se podía ver a muchos que, a pesar de hablar bien y disponer de testigos, eran declarados culpables, mientras que otros que se expresaban con torpeza y no aportaban testigos resultaban absueltos.

El Consejo del Areópago en esta ocasión se había reunido en el Pórtico del rey, más protegido de los vientos del norte que soplaban con fuerza en esta época del año ya próxima a la primavera. A partir de la cuerda que delimitaba el espacio del tribunal, con el acusador, el acusado y los testigos, se agolpaba una muchedumbre más numerosa de lo habitual. Acusar a un médico de impiedad no era un asunto frecuente.

Entre el público destacaban dos grupos separados, que se alineaban con el acusador y el acusado. Eran los estudiantes de Pítalo y los de Hagnódico. Muy jóvenes todos ellos, se habían situado a notable distancia del tribunal, sin duda aleccionados por sus maestros, a fin de no atraerse la animadversión de los jueces con sus alborotos.

El acusador, tras el exordio habitual, pasó a referirse a los cargos que presentaba contra Hagnódico:

«Consejeros, acabáis de oír de boca del presidente las acusaciones presentadas contra Hagnódico, acusaciones de tal gravedad que han obligado a este acusador a solicitar del venerable tribunal la pena de muerte. Porque no hay nada que esté por encima de los dioses. Como sabéis el acusado ejerce la función de médico público en el dispensario del Cerámico, plaza que le concedió la asamblea del pueblo tras analizar sus méritos y su capacidad.

Todos los que hayáis visitado alguna vez su dispensario habréis podido ver que en el vestíbulo se halla expuesto por escrito el juramento hipocrático sobre un espléndido papiro. No voy a leer el juramento completo, sino solamente lo que estimo pertinente para la causa, como es el apartado que dice:

«A cualquier casa que entrare acudiré para asistencia del enfermo, fuera de todo agravio intencionado o corrupción, en especial de prácticas sexuales con las personas, ya sean hombres o mujeres, esclavos o libres».

Pues bien, presentaré testigos, pacientes del doctor Hagnódico, que demostrarán que aprovecha las presuntas visitas médicas para seducir a las esposas de nobles y honrados ciudadanos de Atenas. Incluso, ilustres consejeros, hay miembros de este reputado tribunal que podrían testificar que sus esposas han sido víctimas de este depredador, una varón refinado, siempre pulido y bien afeitado, que se aprovecha de su condición de médico, del respeto que inspira esta divina profesión, regalo de Apolo, para seducir a nuestras esposas. Quien tenga experiencia de haber recibido en su casa al doctor Hagnódico sabrá que, cuando visita a una mujer de la casa, lo primero que hace es pedir a los varones y en particular al esposo que abandone la habitación donde se halla la enferma. Y allí queda él solo con la paciente, momento que aprovecha para quebrantar y violar el juramento hipocrático del modo más vergonzoso.

Presentaré testigos de esta práctica tan desleal y depravada.

No os extrañéis si presento como testigos a los maridos, padres o hermanos de las seducidas. Alguien podría preguntar: ¿Por qué no presentas testimonio de alguna de las mujeres afectadas?

Os suplico y pido, consejeros, que no protestéis por lo que voy a decir: no he podido encontrar a ninguna de las mujeres seducidas que haya querido testimoniar aquí. Me he preguntado por qué y seguro que vosotros también os lo estáis preguntando. Después de mucha investigación —y confío que vosotros también lo habréis confirmado por vuestros propios medios—, he podido concluir que estas mujeres seducidas se hacen pasar por enfermas y acuden voluntaria y gustosamente al dispensario del Cerámico para poder seguir teniendo trato con él».

En este momento a un oído atento no escapó el ligero murmullo que se escuchó entre la muchedumbre. No llegó a abucheo, ni mucho menos, pero incluso los oídos menos agudos de los areopagitas pudieron percibirlo, lo que se notó en que algunos de ellos levantaron la cabeza dirigiendo poco amistosas miradas hacia el público. El acusador prosiguió su discurso:

«Este es el caso, ¡oh consejeros!, que me ha llevado a calificar este comportamiento como corrupción de mujeres, violando del modo más flagrante y más vergonzoso para los varones atenienses el juramento hipocrático, ofendiendo a las divinidades que el juramento invoca: Apolo, Asclepio, Higiea y Panacea.

Y ahora, pido a los testigos que se acerquen».

El acusador interrogó primero a Pítalo, médico público del barrio de Escambónidas.

«¿Confirmas la acusación a Hagnódico?».

«Lo que puedo decir es que desde que Hagnódico abrió el dispensario del Cerámico estoy perdiendo a todas las que habían sido pacientes mías. Siempre las mujeres han tenido reparos y hasta vergüenza en que sea un médico el que ausculte e inspeccione sus partes pudendas. Eso se comprende, pero los médicos estamos para curar, sea el paciente hombre o mujer. El gran Hipócrates nos enseña que «las mujeres tienen enfermedades propias y a veces ellas ni siquiera saben qué les pasa hasta que no experimentan las enfermedades provenientes de las reglas y se van haciendo mayores. En ese caso, la necesidad y el tiempo les enseña la causa de las afecciones. A veces, a las que no conocen la causa de su trastorno las afecciones les llegan a resultar incurables ya antes de que el médico haya podido aprender correctamente de boca de la enferma el mal por el que se ve aquejada. En efecto, se avergüenzan de contarlo aunque lo sepan y por inexperiencia y desconocimiento les parece vergonzoso».

«¿Crees que Hagnódico viola el juramento hipocrático?».

«Digo que su conducta es un tanto incomprensible. ¿Por qué abandonan mi consulta las mujeres y no los hombres? Es una pregunta. Quizá el doctor Hagnódico pueda contestarla. Desde luego que, si se demuestra que ha seducido a alguna mujer aprovechando su condición de médico, la respuesta es rotundamente afirmativa».

El acusador citó después a otros médicos. Uno de ellos, que no ostentaba la condición de médico público, fue más contundente:

«Hagnódico es desleal con sus colegas de profesión. Utiliza métodos poco acordes con la deontología profesional. Primero caza a la esposa, con ella va la prole, los sirvientes y finalmente cae el esposo. Es lo más parecido a un robo y no a una sana y leal competencia entre profesionales. Eso creo».

Tras el acusador, tomó la palabra Hagnódico:

«Consejeros, hasta ahora había creído yo que el hombre que así se lo propusiera podía verse libre de pleitos o problemas judiciales si era sociable y sensato. Ahora, sin embargo, he venido a dar de bruces del modo más inesperado con acusaciones y perversos delatores, que incluso los que no han nacido debieran tener miedo sobre el futuro. Y es que, por culpa de estos sicofantas, los riesgos son comunes tanto a los que en nada delinquen como a los que tienen en su haber numerosos delitos.

Confieso que, al ver el escrito de acusación en el Pórtico del rey, lo primero que me pregunté es quién era ese Estéfano que me acusaba, un señor al que nunca he visto y que nunca ha pasado por mi consulta, ni en el Pireo ni en el Cerámico.

He podido averiguar, consejeros, que estamos ante un delator, un sicofanta, una persona que se aprovecha de nuestras leyes democráticas para retorcerlas del modo más infame y por la peor de las causas: obtener beneficio personal a costa de honrados ciudadanos, de pacientes frágiles y de las leyes de nuestra ciudad.

Su última hazaña es haberse conchabado con una notoria prostituta de Corinto. Se han puesto a vivir juntos como si fueran un honrado matrimonio. Ella sigue ejerciendo el oficio, solo que ha aumentado las tarifas bajo pretexto de que ahora es una respetable mujer casada. Entretanto, Estéfano, en connivencia con la socia, si la pilla con algún amante extranjero, ingenuo y rico, lo encierra con ella dentro de la casa como si fuera un adúltero y, por supuesto, le saca un montón de dinero bajo amenaza de denunciarlo como adúltero. Tal es el noble oficio de mi acusador, incapaz de ganarse honradamente la vida ni de hacer nada digno de mención en la política, uno de esos vulgares sicofantas que denuncian por dinero.

Los cargos que este noble acusador presenta son dos. El primero es que corrompo a las mujeres. Eso se lo ha dictado a la oreja el doctor Pítalo, que ha intervenido como testigo de la acusación. Lo digo porque mi colega ha tenido la delicadeza de citar una obra de Hipócrates, donde se refiere a las enfermedades de la mujer. Habéis escuchado que Hipócrates reprocha con razón a las mujeres el que por vergüenza no quieran explicar al médico lo que les pasa. Pero, ilustres consejeros, el doctor Pítalo ha olvidado que Hipócrates también dice que «los médicos se equivocan por no informarse con exactitud del motivo de una enfermedad concreta y tratarla como enfermedad masculina. Ya he visto a muchas morir por ese tipo de afecciones. Sin embargo, conviene inquirir enseguida y con exactitud la razón, pues el tratamiento de las enfermedades femeninas difiere mucho del de las masculinas».

De modo que el médico también tiene su parte de culpa.

Mi delito, si es que hay alguno, es haber seguido este consejo de Hipócrates: no tratar las enfermedades de la mujer como enfermedad masculina. El propio Hipócrates ha escrito un tratado *Sobre enfermedades de las mujeres* y ahora ha llegado a nuestra ciudad, un poco tarde, un segundo libro sobre el mismo tema.

¿Es esto corromper a las mujeres?».

Pítalo se dio por aludido con esta pregunta, pero no hizo ademán de responder. Hagnódico volvió a formular la misma pregunta y, como el aludido tampoco respondiera, el propio Hagnódico le recordó que por ley es obligatorio en un proceso judicial responder a lo que se pregunten las partes entre sí. Entonces, Pítalo contestó con otra pregunta:

«¿Nos puedes decir, doctor Hagnódico, por qué las mujeres son vergonzosas con todos los médicos de Atenas menos contigo? ¿Nos puedes decir qué artes utilizas para que las mujeres pierdan la vergüenza?».

En ese momento, la mayoría de los areopagitas rompió a reír desdiciendo así su tradicional seriedad, lo que le pareció a Hagnódico una señal de mal agüero: el tribunal se estaba decantando del lado de la acusación. Por eso pensó que lo mejor sería pedir el testimonio de Antía de Falero, que, como era preceptivo, se presentó acompañada por su esposo.

«Si hemos de hacer caso a lo que dice el acusador, tú fingiste estar enferma para venir a mi dispensario y tener trato conmigo.

«Es una falsa acusación.

«¿Puedes demostrarlo?

«Sí, el doctor Pítalo, aquí presente, lo puede certificar. Fui a su dispensario, le dije lo que me ocurría, los dolores cada vez que me venía la regla. Me recetó unos fármacos que no me aliviaban nada. Al día siguiente, como los dolores eran ya insoportables, mi esposo fue al dispensario de Eutídico en el Pireo. Fue cuando vino a casa el doctor Hagnódico, me convenció para que él mismo me palpara y entonces yo consentí —Antía se sonroja, respira hondo y continúa—: Me dijo que tenía obstruido el orificio uterino. Gracias a él y a su tratamiento, las reglas comenzaron a bajarme sin dolor y pude quedarme embarazada. Ya nunca más he vuelto al dispensario del doctor Pítalo.

«¿Juras que nunca has fingido estar enferma para venir a mi dispensario?

«El doctor Pítalo sabe muy bien que no fingía, y mi esposo, aquí presente, también. Más aún, considero indignantes las palabras del acusador y una ofensa contra todas las mujeres».

Volvió a correr entre el público un insistente murmullo que se acercó al alboroto. El heraldo ordenó silencio ante el rostro contrariado de la mayoría de los consejeros. A continuación, el doctor Pítalo, que había escuchado el testimonio de Antía con gesto de mal humor, comenzó a interrogar a la testigo:

«¿Puedes contar al tribunal con qué artes te ha persuadido Hagnódico para que abandones a tu médico de siempre y te confíes a él?»

«No puedo —contestó Antía muy decidida.

«¿Cómo que no puedes? Lo harías por alguna razón.

«Claro que lo hice por una razón, pero no puedo decirla. He jurado guardar el secreto.

«Si has aceptado ser testigo de este proceso, es porque deseas testificar.

«Sí, y testifico que tuve muy buenas razones para abandonar a Pítalo y confiar en Hagnódico, pero que he jurado mantener en secreto esas razones. Solo podría exponerlas delante del tribunal si la persona a la que se lo prometí me autorizara a hacerlas públicas.

Después de tantos años, se presentaba el momento. Hagnódica cargó de aire sus pulmones, armó de valor su ánimo y templó su boca para decir:

«Yo le demostré que, aunque me disfrazara de varón, era una mujer como ella, y entonces al comprobarlo se confió a mí y consintió que la palpara y la auscultara. Ese es el secreto que Antía no podía revelar».

Mientras pronunciaba estas palabras, se levantó la túnica ante los consejeros del Areópago y mostró que era mujer. Hagnódica se sonrojó de ira, los acusadores, de una ira teñida de vergüenza.

Tras unos instantes de perplejidad, pasando el público del alboroto a los gritos, el presidente del tribunal se esforzaba en pedir silencio, incluso amenazó con hacer intervenir a los arqueros escitas, la policía que se encargaba de la seguridad del tribunal.

El alboroto procedía sobre todo del airado grupo de los médicos, que ya no ocultaron que eran ellos los que habían tomado la iniciativa.

En este momento el proceso tomaba un nuevo rumbo. ¿Cómo iba a ser Hagnódico un corruptor de las mujeres si era mujer? En consecuencia tampoco podía haber violado el juramento hipocrático. Para desgracia del acusador, los cargos presentados en la causa se venían abajo con estrépito. Hagnódico era Hagnódica.

Estéfano, incapaz de reconducir la acusación, esperaba instrucciones de Pítalo, quien a su vez, mientras los estudiantes seguían alentando los gritos contra Hagnódica, cuchicheaba en un aparte con el orador que había preparado el escrito de acusación. Al parecer el orador halló una salida.

El acusador solicitó la presencia de su testigo.

«Doctor Pítalo, ¿puede haber una médica en Atenas?

«Recuerdo al tribunal, a la acusada y al público que hay una ley en nuestra ciudad que prohíbe enseñar el arte de la medicina a las mujeres y a los esclavos. La acusada ha quebrantado esa ley, al parecer disfrazándose de varón para ser admitida en las escuelas médicas y después engañando a colegas de la profesión, como el doctor Eutídico, aquí presente. Finalmente engañó a los representantes de la ciudad para que se le concediera la plaza de médico público, lo que efectivamente ocurrió. ¿Qué pena merece tanto engaño?».

Las declaraciones de Pítalo eran jaleadas por sus secuaces del público.

Hagnódica se dirigió al presidente: «Yo responderé a esa pregunta, doctor Pítalo, por supuesto, pero antes quiero llamar a otro testigo, Aristóteles de Estagira, filósofo destacado de la Academia de Platón».

Aristóteles se acercó a la tribuna creando el silencio a su paso. Su figura de atlético varón contrastaba con la imagen de los ancianos areopagitas.

«Se me ha ocurrido pensar —prosiguió Hagnódica dirigiéndose en gestos alternos al testigo y al tribunal— que la salud de las mujeres podría mejorar si lográsemos que ellas perdieran la vergüenza y el pudor para hablar de sus propias enfermedades, las que al ser ellas mujeres conocen por propia experiencia. Y esta es la pregunta: ¿cómo conseguir que las mujeres pierdan la vergüenza ante el médico? Ya les he dicho cómo lo he conseguido yo, pero ahora se me ocurre una pregunta previa, que le traslado al testigo: ¿la ciencia, el conocimiento, sea cual sea el campo, es algo accesible a todo ser humano?

Aristóteles respondió sin vacilación alguna: «Todo ser humano, por el mero hecho de serlo, aspira al saber y al conocimiento. Es un rasgo común de la naturaleza humana. Lo característico de nuestra especie es el logos, la razón, somos seres racionales, y la razón es la fuente de donde nace la ciencia».

Hagnódica, que había sido asesorada por Axi y Lastenia, dejó ahí la pregunta, pero su adversario, el acusador, pidió a Pítalo que interrogase al testigo de la defensa.

«No tengo ninguna duda —comenzó diciendo Pítalo— de la competencia del ilustre académico. Intuyo que la acusada —o sea, el hasta ahora acusado— ha querido respaldar sus discutibles prácticas médicas con la autoridad reconocida de nuestro filósofo. Ahora solo le plantearé una pregunta: ¿Cuántas mujeres estudian en la Academia? —hizo una breve pausa mientras dirigía la mirada al tribunal y prosiguió—: Ah, me dicen que son todos varones. ¿Es eso una casualidad? ¿O más bien habría que decir que algunos campos de la ciencia, salvo excepciones, son privativos del intelecto masculino?».

Aristóteles ocultó su vacilación tras la máscara de la pausa retórica y contestó: «Si queremos que nuestras ciudades sean justas, es necesario no dejar al margen de la educación a la mitad de la ciudadanía».

El macedonio prefirió salirse por la tangente para disgusto de sus dos colegas de la Academia. Alguien podría interpretar su ambigua respuesta y su expresión balbuciente como un implícito apoyo al grupo de los denunciantes.

—Al menos no ha dado la razón a Pítalo. Hay que ver el lado bueno —cuchicea Lastenia a una enfadada Axi.

La causa de Hagnódica parecía decantarse del lado de la debilidad. El grupo partidario de los denunciantes pasaba del alboroto a la denuncia; trataban a la acusada de fraudulenta y falsaria. Los areopagitas, aunque contenidos, no parecían inclinados a absolver a la acusada.

Tanto arreciaba la ira de los médicos contra Agnódica, que Agesilea, una de sus pacientes, se acercó a la barrera seguida por un grupo de mujeres, todas ellas del club de *Las mujeres que corren juntas*. Axi y Lastenia, temiendo lo peor, animaban a secundar la acción de Agesilea, que era además esposa de Grilión, uno de los jueces del Areópago allí presente. De ella ya había corrido la calumnia de que era una de las mujeres seducidas por el perverso doctor Hagnódico. Agesilea asió la cuerda que marcaba el límite del tribunal, esperó a que callaran sus compañeras y dijo estas palabras dirigidas a los consejeros:

«Vosotros no sois esposos sino enemigos, porque queréis condenar a la que nos devuelve la salud».

Las mujeres, conteniendo su ira, permanecieron agrupadas en torno a Agesilea en medio de un silencio solo roto por el canto quejumbroso de las gaviotas, que los partidarios de Pítalo no osaron romper. La moderación se impuso.

Tras el voto de los areopagitas, la sentencia fue absolutoria. Fue entonces cuando Hagnódica rompió a llorar. Ahora ya podía permitirse un momento de deliquio. Mientras, sus estudiantes de medicina, al grito de ¡Fuera las máscaras!, se despojaban de las vendas que oprimían sus pechos y de sus maquillajes varoniles.

El tribunal, como ya había hecho en otras ocasiones, recomendó una modificación legal. En este caso animaba a la asamblea del pueblo ateniense a que se enmendara la ley para que las mujeres libres pudieran aprender el arte de la medicina.

22. Regreso a Fliunte

Cuando ya había pasado la tormentosa tempestad contra Hagnódica, Axi y Lastenia recibieron una mala noticia: Aristóteles abandonaba la escuela de Platón. No se trataba de un viaje para ver a sus padres o hermanos, de esos viajes que hacían con frecuencia los amigos de la Academia para visitar a sus familias. Era una despedida.

Aristóteles, a preguntas de unos y otros, iba dejando girones explicativos que justificaban su decisión: «Soplan malos aires, Demóstenes es el orador más escuchado y respetado, cualquier día me señala». Desde la destrucción de Olinto el viento antimacedónico, representado por Demóstenes y sus célebres discursos, azotaba la ciudad de Atenas.

Seguramente sentía temor, aunque era difícil penetrar en su verdadero estado de ánimo: «No tengo vocación de mártir de la filosofía. Si queréis os lo digo de otro modo: no soy socrático. La ciencia, el saber, no necesita mártires, necesita obreros. Os pongo un ejemplo: más de uno de vosotros os habéis reído al ver el interés que pongo en estudiar los bichos que pululan por aquí, pulgas, chinches, piojos, mariposas, abejas, avispas y tantos y tantos. Minucias, diréis, pero yo no lo veo así. Tú, Hermodoro, eres siciliano, y tú Jenócrates de Calcedonia o Heraclides del Ponto, y así, me gustaría obreros, como digo, que en cada uno de esos lugares recopilaran información sobre los bichos que pululan por allí».

Era evidente que la mente aristotélica navegaba ya otros océanos, anhelaba respirar otros aires e incluso pedía nuevos amigos. Algunos le preguntaron por sus planes futuros, y contestaba: «Tomaré una nave en el Pireo y me dirigiré a Atarneo. No tengo otro sitio a donde ir: mi casa paterna está en Estagira y la ciudad entera ha sido destruida por Filipo; la casa de mi madre en Calcis tampoco es segura, pues Calcis y Atenas están en guerra».

La vejez solo deparaba a Platón motivos de tristeza, uno más. Aristóteles quiso consolarlo, aunque todos sabían que el distanciamiento entre los dos no hacía sino crecer. «Maestro, le dijo, en Atarneo vamos a conformar la pequeña Academia, con Erasto y Corisco. Contamos además con la sincera vocación filosófica del tirano Hermias. Lo tenemos todo para mejorar tu experiencia en Siracusa». A nadie escapó la ironía del macedonio para irritación de Espeusipo y de Jenócrates.

Esa pequeña ceremonia del adiós no impidió que Platón se retirara a su aposento a la hora habitual. Antes se despidió del muchacho de Estagira, y con su débil hilo de voz le dedicó estas palabras llenas de nostalgia: «Volverás a Atenas, amigo».

Espeusipo, como jefe en ejercicio de la Academia, pronuncio estas breves palabras: «Casi veinte años con nosotros, primero como alumno, después como profesor. Casi diría que te he visto crecer aquí. Te ha llegado la hora de buscar otros horizontes. No te lo reprocho. Tampoco necesitas que te recuerde el momento inquietante que vive nuestra ciudad y nuestro mundo. Cuídate, amigo».

Le faltó al jefe en ejercicio decir que casi sentía alivio, que Atenas no era el mejor lugar para un macedonio, que alguien podría considerarlo un espía del rey Filipo, que una escuela como la Academia debía quedar al margen de la vorágine política. Todo eso lo dejaba caer de vez en cuando Espeusipo, sin tapujo alguno, lo que pudo ser un motivo más para la decisión de Aristóteles.

Axioteo fue invitado a este acto de despedida, pero no aceptó al no incluir a su esposa.

—Siento mucho que nos abandones —le dice Axiotea saliendo a su encuentro.

Aristóteles se encogió de hombros tomando aire y apretando los labios, como si no pudiera hablar o como si no pudiera dar una explicación convincente.

—Vamos a dar una vuelta.

Los dos se alejan de la exedra y se encaminan al jardín. Axiotea hace gestos a Lastenia, que está esperando en el escritorio, para que se una a ellos.

—El próximo verano hará veinte años que estoy aquí en la Academia. ¿Creéis que vosotras llegaréis a esa cifra? He cumplido los treinta y seis, es el momento. Además ya sabéis que soy macedonio —Aristóteles parece vacilar—. No me siento seguro en Atenas. No sé qué ocurrirá. Aquí hay gente que me toma como un espía de Filipo. Aparte, ¡qué leches!, necesito otros aires. El proyecto de Platón está agotado. Siracusa ha sido la puntilla.

—¿Deseas formar tu propia escuela? —le pregunta Lastenia tan intuitiva como siempre.

—¿Crees que podría hacerlo aquí, en esta ciudad?

Fue toda una respuesta.

Las dos chicas le desearon suerte mientras tomaban el camino hacia la ciudad y Aristóteles se reunía con sus colegas.

—La Academia no será igual sin él —dice Axiotea resignada tras dejar el recinto.

—Hemos perdido a nuestro cómplice.

El camino de regreso en su intensa brevedad fue algo más que el paso rutinario de la Academia a la posada. Fue también el cierre a la melancolía para abrir las puertas al horizonte. Tras la tempestad en el Areópago y después de despedir a Aristóteles, Axi y Lastenia, contagiadas de la energía que desprendía Hagnódica y del apoyo que habían recibido del macedonio, se prepararon para continuar su interrumpido plan de acción.

—Vamos, ahora Hagnódica ya no nos necesita —sentencia Axiotea con brío.

Como Filipo había suspendido el viaje para visitar a su madre, tendrían que programar la visita a Fliunte y dejar para más adelante el trabajo en la biblioteca de la Academia con el *Timeo* de Platón y el *Tratado* de Timeo de Locros.

Lastenia y Axi habían estudiado los pasos a seguir. El primero era el más sencillo: escribir la supuesta carta de Espeusipo a Equécrates.

En otras ocasiones Lastenia ya había hecho de copista para él. Recordaba bien el encabezamiento habitual que utilizaban los académicos. Y así lo escribió en la cabecera del papiro. Después, entre las dos iban componiendo mentalmente las frases siguientes. Tuvo que desechar un borrador, porque decidieron rectificar alguna palabra. Al final quedó la misiva en estos términos:

«Espeusipo de Atenas desea buena suerte a Equécrates de Fliunte.

Como sé que conoces bien a Axiotea y Lastenia, por haber sido alumnas tuyas, me ahorro todo lo relativo a la contraseña de las cartas. Por las portadoras podrás deducir que la carta es auténtica.

No sé si sabes que Lastenia, desde que está con nosotros, se ha convertido en una experta copista. Por eso te pido que pongas a su disposición tus ejemplares del *Timeo* de Platón así como el *Tratado* de Timeo de Locros, pues resulta que nuestras copias de estos libros han sufrido unos desperfectos al caer sobre ellos un vaso de tinta. Lastenia se encargará de copiar los párrafos dañados que ella conoce y los insertará en la nueva copia.

Estamos preparando una colección completa de todos los escritos de Platón para ofrecérselos en su próximo aniversario. Aprovecho para invitarte, si tu salud no te lo impide. Como sabes, mi tío cumplirá los ochenta y uno el día siete del próximo mes de Targelión. A veces pienso que él está más fuerte que yo, que me paso la vida sentado en una silla y me muevo montado en un carrito.

Que tengas salud».

Lastenia llevaba el papiro en su bolso cada día que iba a la Academia a la espera del momento en que pudiera estampar en él el sello de Espeusipo. Este era el segundo paso; sin duda encerraba más dificultad, ni tan siquiera sabía dónde lo guardaba. Quizá podría arreglárselas para plantarse en su dormitorio, pero eso tendría que ser si el sexagenario volvía a tirarle los tejos.

Un azar acudió en su ayuda. Se encontraba en el escritorio mientras Filipo estaba ocupado en las estanterías ojeando unos rollos.

—Uy, un borrón. ¿Me puedes dejar la esponja?

—Cógela, está en mi cajón —asiente Filipo.

Y allí, en el cajón de la mesa de Filipo, estaban los sellos de Espeusipo y de Platón. Tenía su lógica, Filipo y solo él era el copista de las cartas más confidenciales de ambos.

Todo había resultado más fácil de lo previsto.

Al principio de la primavera, Axiotea y Lastenia tomaron una nave en el Pireo para dirigirse a Corinto. Se habían justificado ante Espeusipo diciendo que iban de visita familiar, lo cual era en parte verdad, porque Axiotea pensaba alojarse en la casa paterna los días que permanecieran en Fliunte.

Durante el viaje volvieron a ser dos chicas amigas que viajaban solas, lo cual era un poco raro, pero ya tenían experiencia para hacerse respetar. Los hombres se hacían una idea tan clara para ellos como equivocada: dos chicas solas que viajan a Corinto solo pueden ser heteras. Ellas no rehuían ese equívoco ni sus atuendos y maneras trataban de ocultarlo. Al fin y al cabo, bien mirado, ¿qué otra cosa sino heteras podían ser dos chicas que viajan solas?

Una vez en Fliunte, se presentaron en casa de su maestro, que seguía siendo el centro de la comunidad pitagórica de la ciudad. Equécrates tenía una mirada intensa, habituada a examinar el perfil oculto de las personas. Lastenia recordaba que era difícil evitar sus ojos escrutadores.

Axiotea le mostró la carta de Espeusipo. Le pidió que se la leyera, que su vista ya no era capaz de leer manuscritos. No mostró el menor interés por el sello del autor ni dudó por un momento de la autenticidad de la carta.

—Espeusipo es un buen amigo. Mal está decirlo, pero me entiendo mejor con el sobrino que con el tío. Y creo que él también es más pitagórico que platónico.

Al terminar de leer la carta, Equécrates ni tan siquiera hizo ademán de querer quedarse con el papiro. Se conformó con la lectura que había escuchado y llamó a su hija para que pusiera a disposición de las académicas los dos libros que mencionaba Espeusipo.

Lastenia tomó la carta que Axi tenía en la mano y se la guardó en el bolsillo de su quitón. Mejor no dejar huella de esa carta falsificada por su puño y letra, por si había alguna complicación posterior.

Danae las llevó a la biblioteca y les dejó los dos rollos sobre el escritorio. Entonces comprobaron que el centro había mejorado mucho. El austero y sencillo escritorio que ellas conocían se había ampliado con una mesa más larga y cómoda, donde podían trabajar tres copistas. La biblioteca contenía muchos más rollos.

—Nos cuesta un dineral —les dijo Danae— adquirir tantos libros como ahora se publican. Hacemos copias y las vendemos, así nos resarcimos un poco.

—Supongo que vendrán los compañeros pitagóricos de otros centros para copiar aquí los libros nuevos.

—Por supuesto, cada centro pitagórico es un núcleo de irradiación de sabiduría. Por eso tenemos cuidado de qué libro difundimos y copiamos. Los de los compañeros, los primeros, lo mismo otros sabios de confianza, como Platón. Pero tenemos cuidado con otros filósofos, como esos ateos que ahora tanto abundan, Protágoras, Anaxágoras o Demócrito.

—Platón piensa algo parecido —comentó Lastenia para luego preguntar—: ¿Has leído tú esos libros de filósofos ateos?

—Sí, yo sí, pero a nuestros alumnos les ofrecemos una explicación oral de esas doctrinas debidamente refutadas. Guardamos esos libros en la biblioteca y nos cuidamos de que no se difundan ni se copien. Aquí nadie puede leerlos, salvo los iniciados.

Lastenia sacó el rollo de papiro que guardaba en su bolso, donde iba a copiar los párrafos supuestamente emborronados e ilegibles de los ejemplares de la Academia. Danae, que parecía adivinar las necesidades de los demás antes de que se las hicieran saber de palabra, le ofreció un cálamo y un vaso de tinta negra.

—Os dejo trabajar tranquilas.

—Te acompaño, si no te importa —le dijo Axiotea—, Lastenia trabaja mejor ella sola. Dice que el de copista es un oficio solitario. Me alegra estar aquí de nuevo, donde leí por primera vez la *República* de Platón, que es lo que nos ha llevado a Atenas.

—Tengo entendido que Platón no admite mujeres en sus lecciones.

—Es verdad, pero Lastenia ha sido aceptada como copista y lectora.

—Esos son trabajos de una esclava —Danae deja entrever su amargura—. ¿Y tú? ¿Qué haces?

—Leo los rollos que escribe Platón. Lastenia los toma en la biblioteca de la Academia y cuando termino de leerlos los devuelve. Tiene una biblioteca impresionante. Espeusipo se las arregla para encontrar papiros, luego Filipo, el de Opunte, que está al cargo del escritorio, manda hacer copias. Además en Atenas, hay puestos en el mercado del ágora, donde cualquiera puede comprar un rollo. Ahora están muy en boga los libros de medicina que vienen de Cos, la patria de Hipócrates, o de Cnido, que es la otra escuela famosa, y que compiten entre ellas. Hay unos escritos muy poco conocidos todavía que se titulan *Enfermedades de las mujeres*.

—Tenemos aquí una copia, pero reconozco que no la he leído.

—¿Cuál de los dos? —pregunta Axiotea para ver si pilla en falta a Danae.

—El segundo libro lo estamos copiando en estos momentos. Todavía no está listo. Los compañeros de Italia, de Crotona, Siracusa o Elea, muy atentos a la ciencia médica, nos piden copias de Hipócrates, porque suelen llegar aquí antes. Ahora comienza a haber comerciantes que se dedican a exportar libros al por mayor. Esto no hay quien lo pare, aunque, como ya te he dicho de los ateos, se cuela mucho gato por liebre.

—Sí, hemos oído que Platón pretendió tiempo atrás recolectar los libros de Demócrito y darlos a las llamas, pero unos colegas pitagóricos lo convencieron de la inutilidad de esa media.

—Es verdad, el mal se difunde como la peste, mucho más que el bien —sentenció Danae.

Misión cumplida, pensaron las dos amigas cuando regresaban a Atenas.

—Los he tachado a conciencia —presumía Lastenia—. Has tenido una buena idea llevándote a Danae, así he trabajado más tranquila. Ahora esperaremos a que se ausente Filipo.

¿Cuántas copias habría ya del *Timeo* de Platón? ¿Y del *Tratado* de Timeo de Locros? Ni Lastenia ni Axiotea se planteaban esas preguntas.

23. Cumpleaños

En la Academia todos los amigos estaban convencidos de que Platón había nacido el séptimo día del mes de Targelión. Filipo tenía preparados los rollos con todos los escritos platónicos, incluidas las *Leyes*, para ofrecérselos como regalo de cumpleaños, a lo que se añadiría un esmerado ejemplar de los *Mimos* de Sofrón que Lastenia se había encargado de copiar.

Axiotea no prestaba demasiada atención a esta fecha y a la inquietud con que hablaban de ella los amigos y alumnos de Platón. Para ella todo se reducía a los preparativos que todo cumpleaños lleva consigo, más especial si cabe porque el festejado era el fundador de la escuela filosófica más famosa de Grecia. Lastenia, como copista que había sido de los citados *Mimos*, se sentía más concernida por la inminente celebración.

Pero sobre todo las dos amigas estaban satisfechas porque habían llevado a término sus planes. Lastenia había aprovechado un día en que Filipo la había dejado al cargo del escritorio mientras él iba a visitar a Timoteo en el ágora en busca de nuevos manuscritos, lo que le había dado toda la mañana de margen para hacer su trabajo. Así Platón recibiría como regalo su propio *Timeo* corregido y expurgado de esos denuestos denigratorios contra las mujeres, que más bien denigraban a su propio autor.

Este año los amigos de la Academia estaban preparando las Targelias con inusitada intensidad, como si un tábano o un espíritu de la inquietud los aguijonease. Sabían que eran unas fiestas a las que Platón era especialmente devoto. Claro, estaban dedicadas a Apolo, pues no en vano, oh feliz coincidencia, compartía con el dios la misma fecha de nacimiento.

La festividad se celebraba los días sexto y séptimo de Targelión. El primer día estaba dedicado a los ritos purificatorios. El arconte elegía a los dos fármacos o chivos expiatorios que recorrían las calles de la ciudad perseguidos por un gentío que los golpeaba con ramas de higuera y cebollas albarranas.

—¿De dónde saca la ciudad a los dos fármacos? —pregunta Lastenia a Filipo mientras continúan su trabajo en el escritorio.

—Han de ser hombres pobres y feos, esas son las dos condiciones. Cuentan que antiguamente elegían a delincuentes que eran lapidados de verdad fuera de las murallas. Ahora me consta que incluso les dan algún óbolo por prestarse a tan infame papel. En realidad esta parte de la fiesta es más bien folklórica: se supone que los dos fármacos cargan con todos los miasmas y pecados que hay en la ciudad, y así queda purificada. Pero ¿por qué hay dos fármacos? Podría bastar con uno, pero no, uno de ellos representa a los varones y lleva una cuerda con higos negros; el otro, con una cuerda de higos blancos, a las mujeres. A Platón nunca le ha gustado este rito, por eso solo asiste al segundo día, el nacimiento de Apolo, que es el día de su cumpleaños.

Filipo siguió con la explicación hasta que Lastenia se cansó de tantos detalles y le preguntó:

—¿Y el segundo día? Cuéntame lo que vamos a hacer.

Era la primera vez que Axiotea y Lastenia iban a participar de la celebración.

—Nos reunimos en el ágora. Allí comienza la procesión con el sacerdote de Apolo y la sacerdotisa de Ártemis al frente junto con el arconte epónimo, que es el organizador. Los dioses como ves tienen sus sacerdotes, y las diosas, sus sacerdotisas. O sea, que es más democrática la familia celestial que la terrenal —sonrisas de Filipo a las que Lastenia contesta con ojos de perplejidad—. ¿No te hace gracia? Durante la procesión se cantan himnos a las dos divinidades hasta llegar al templo de Apolo Pitio, el que está fuera de las murallas junto al río Iliso. Allí se ofrece al dios una mezcla de primicias del campo, el *targelos*, y por eso la festividad se llama Targelias. El plato fuerte es el concurso de los coros. Nada menos que cinco coros, uno por cada dos tribus, de adultos y otros tantos de niños; en total, quinientos coristas. Es una liturgia cara, no saldrán por menos de dos mil dracmas. El ganador se lleva un trípode que luego dedica al dios.

A diferencia de sus amigos y alumnos, Platón esperaba el cumpleaños sin ninguna ilusión. Quizá le hubiera motivado saber que le preparaban una edición completa de todas sus obras, pero Filipo, el promotor de esta iniciativa, quería que fuera una sorpresa. Lo mismo hubiera pasado con los *Mimos* de Sofrón, a los que Filipo había añadido algunas piezas nuevas que no estaban contenidas en la vieja y anticuada edición.

—Un capricho, ahora nos viene con que quiere asistir a la boda de su nieta —se lamenta Espeusipo mientras irrumpe en el escritorio sin llamar—. Hay que convencer a Platón de que debe cuidar su salud y que no es conveniente que asista a fiestas y mucho menos a un banquete de boda.

—¿Y por qué no? —opina Filipo, al que ya no sorprende el habitual destemple de Espeusipo.

—De viejo sigue tan laminero como siempre, si no más. Se va a poner ciego, temo que pille un empacho.

—No te apures, Ártemis le prepara uno de sus brebajes y listo.

Espeusipo dio la batalla por perdida, no por la tolerancia de Filipo, sino porque no veía fácil hacer desistir a su tío ni tampoco iba a encontrar apoyos en su intento de disuadirlo.

—Precisamente ahora, en las vísperas de su cumpleaños, va y se nos mete en el jardín de la boda —sale Espeusipo despotricando del escritorio con su bastón como único aliado.

Filipo volvió a su conversación con Lastenia para recordarle que debían proveerse de ramas de higuera y cebollas albarranas si querían contribuir a expulsar el mal fario de la ciudad.

Platón no quiso que ninguno de los amigos académicos le acompañara. Le bastaba con aguantar a Espeusipo por razones familiares, pues también estaba invitado a la boda.

Los dos salieron al punto de la mañana hacia la ciudad.

Platón estaba preocupado por su nieta Neóbula. Ya se había celebrado el compromiso de casamiento, una ceremonia en la que la novia no pintaba nada, ni tan siquiera era obligatoria su asistencia, porque se consideraba un negocio entre el padre de la novia y el novio, poniendo encima de la mesa una sustanciosa dote. Un casamiento en realidad consistía en comprar un marido para la hija, y la calidad del marido, el nivel social y económico de su familia, dependía de la cuantía de la dote. Neóbula no quiso asistir a esa ceremonia. Alegó que en realidad no quería casarse, no porque le disgustara el novio que le habían buscado, sino porque no le veía objeto al matrimonio. La madre, sobrina de Platón, había muerto hacía dos años, y el padre quedó viudo con cuatro hijas. Platón echó una buena mano para la dote. Aportó veinte minas, calculando que debería reservar su parte para cuando a las otras niñas les llegara la hora de casarse.

Tras la ceremonia del compromiso, que es cuando el matrimonio se hacía legalmente efectivo, las familias pactaron la entrega de la desposada al esposo. Era la hora para la novia de abandonar la casa paterna. Eso le angustiaba a Neóbula, que había logrado, combinando halagos y amenazas, aplazar ese momento. Daba la casualidad de que el novio quería celebrar la ceremonia con luna llena, no por capricho, sino porque su madre insistía en que debía ser un día «de luna llena». Entre que Neóbula se negaba y que el novio se plegaba a las exigencias de su madre, habían pasado ya dos lunas desde el compromiso. Al novio le podía dar igual, pues la dote ya estaba en su poder, pero no al padre de la novia.

Aquí es donde medió Platón, tratando de convencer a la nieta de la bondad del matrimonio y prometiendo asistir al banquete. «No olvides, Neóbula, que Persuasión es una de las divinidades protectoras del matrimonio, para que el esposo y la esposa obtengáis uno del otro las cosas que deseéis por medio del diálogo y las buenas palabras, sin luchar ni porfiar. Vamos, que hablando se entiende la gente». Neóbula quiso preguntarle a su abuelo, ¿por qué entonces tú nunca te has casado?, pero la pregunta nunca salió de su boca.

Y allí estaba Platón cumpliendo su palabra. Participó del banquete con alegría y moderación, pero Espeusipo cuidó de que no se excediera con el pastel de sésamo, que era su debilidad.

Cuando la pareja nupcial se despidió de los invitados para dirigirse a casa del esposo, Platón y Espeusipo decidieron regresar a la Academia.

Apenas cruzaron el umbral del jardín, el coche se detuvo junto a la exedra. Al descender, Platón dio un traspiés que logró frenar el esclavo que le acompañaba para no caer de bruces. Se aferró a su brazo y se dirigió a la habitación. Subió las escaleras a la primera planta con dificultad.

Ártemis, en cuanto oyó el ruido de la gente al entrar en casa, tomó el asunto en sus manos. Se acercó a la habitación de Platón en compañía de una sirvienta joven que la precedía con una lámpara de aceite. Estaba a punto de caer la noche. Se extrañó al verlo ya acostado, aunque aún estaba despierto.

—No me encuentro bien —le dice tan pronto la ve.

—Seguro que te has pasado con los dulces.

—El pastel de sésamo.

Terminó de hablar súbitamente aquejado por un amago de vómito. La sirvienta sacó el barreño guardado bajo la cama, pero todo quedó en el amago.

—Voy por una infusión, te aliviará.

Ártemis salió de la habitación dejando a la joven sirvienta al cuidado del anciano amo. Cuando regresó, además de la taza con el misterioso brebaje que sabía preparar, se trajo consigo a Apolonides, esclavo hábil con la lira, con el que Platón solía deleitarse.

También Filipo, quizá alarmado por si Platón se había puesto enfermo, se acercó al dormitorio. Al ver que Ártemis le había preparado una de sus pócimas milagrosas, se dispuso a salir de la habitación, pero Platón le rogó que le trajese el papiro de los *Mimos* siracusanos.

—Lo tienes ahí, bajo el colchón, como siempre —le contestó pensando que cada día el maestro estaba más desmemoriado y le dio las buenas noches.

Ártemis le ofreció la infusión.

—¿De qué hierbas la has hecho?

—Fórmula secreta, bebe.

Con la taza en sus manos, Ártemis comenzó a recitar el ensalmo: «Santa hierba betónica, santa hierba crisocanto, santo apio, os suplico por Asclepio, descubridor de plantas, que vengáis aquí con vuestro poder». Al mismo tiempo Apolonides tomó la lira y arrancó de sus cuerdas los acordes que sabía iban a deleitar la mente de su amo.

Ártemis observó complacida que la receta había hecho efecto y que el enfermo se encomendaba al divino Morfeo.

Y fue así como murió Aristocles, apodado Platón quizá por su ancha frente o por su estilo ampuloso, después de haber participado en un banquete donde disfrutó del pastel de sésamo, de haber saboreado una de las misteriosas infusiones de Ártemis y de haber escuchado los harmónicos acordes que Apolonides sabía arrancar a la lira.

Su vida se apagó como se apaga la lámpara cuando se termina el aceite.

Para decepción de su devoto discípulo, Filipo de Opunte, no llegó a ver una edición completa y cuidada de todos sus escritos.

Lastenia se quedó con las ganas de hacerle entrega de la nueva edición de los *Mimos* de Sofrón, en un papiro de mejor calidad y más bellamente copiado y con nuevas piezas del escritor siciliano.

Ártemis no pudo contener las lágrimas cuando subió a la habitación al ver que Platón no bajaba a tomar el desayuno. Se lo encontró muerto y a Apolonides, que había estado tocando la lira hasta altas horas de la madrugada, según comentó el insomne Jenócrates, durmiendo acodado sobre la cama. No fue capaz de recordar si Platón murió mientras tocaba la lira o si dejó de respirar cuando la lira enmudeció.

Los amigos académicos quedaron consternados por lo inesperado de la muerte del maestro, cuatro días antes, cuatro, de su cumpleaños, y a punto de cumplir los ochenta y uno, un número cuadrado.

Con la muerte de Platón comenzaba una nueva vida para Espeusipo, como se verá.

Para empezar tocaba el funeral, el testamento era asunto de menor importancia.

No había problemas de diseño, sino de correcta realización.

Y había que mantener a flote la escuela, el buque insignia de la empresa.

La Academia suspendió todas las actividades y se dedicó a preparar el funeral. Platón había dejado dicho que quería ser enterrado allí, en el jardín, donde había pasado la mayor parte de su tiempo dedicado a la filosofía.

Para Lastenia y Axiotea la gran y alegre sorpresa que llevó aparejada la muerte de Platón fue saber que la esclava Ártemis se convirtió en una mujer libre. Para ella no fue ninguna novedad, pues el amo ya se lo había dicho.

—¿Qué vas a hacer ahora que eres libre?

—Espeusipo me ha pedido que siga en el mismo puesto, como ama de llaves, y me ofrece un salario, pero tengo otros planes.

—La Academia ya no será igual sin Ártemis —admite Axiotea con tristeza.

—Os alegrará saber que Hagnódica me ha ofrecido el puesto de herbolaria en su dispensario. Hasta ahora se las arreglaba con la ayuda de Maya y Fanóstrata.

Fue entonces cuando Lastenia y Axiotea saltaron de alegría.

—Lo que sí le he prometido a Espeusipo es que voy a seguir al frente hasta que acabe el funeral, y me ha insistido en que atienda a los huéspedes. Muchos no llegarán por lo repentino de la muerte.

—¿Sabes si viene el macedonio? —pregunta Lastenia con visible curiosidad.

—No lo creo, ni se habrá enterado. Los que han llegado son un grupo de pitagóricos de distintas ciudades, Amiclas de Heraclea, Clinias de Tarento y otros. Dicen que venían a celebrar las Targelias y que se han encontrado con la fatal casualidad. Me extraña que no haya venido nadie de Fliunte, que está tan cerca. He oído que Equécrates está muy enfermo.

Lastenia y Axiotea intercambiaron miradas incrédulas, pues apenas hacía un mes que lo habían visitado y gozaba de buena salud. Axi se preguntó si él o Danae habrían descubierto el trabajo de Lastenia. ¿Y si al descubrirlo el anciano Equécrates, viéndose traicionado, se ha llevado un sofoco de muerte y por eso no ha podido acudir al funeral? Desechó esa ocurrencia como agraz fruto de su imaginación. Lastenia razonó de otro modo: creyó haber visto a Equécrates un poco alicaído, de hecho, confirmaba, apenas nos dirigió unas palabras de saludo y después fue Danae la que nos atendió.

Lastenia y Axiotea deambulaban por el jardín sin un norte y sin una tarea que realizar. Ártemis anda atareada, recibiendo a los huéspedes y satisfaciendo sus demandas. Está también atenta a recibir los incontables pedidos de alimentos, ropas, inciensos para el funeral. No olvidó que tenía que pedir un pastel de sésamo para ayudar a su amo en su tránsito hacia el Más Allá.

El escritorio estaba cerrado a cal y canto. Filipo andaba revuelto con los visitantes. Al no haber cursos ni lecturas, Axiotea tampoco sabía qué hacer. Nosotras no somos de este mundo, le dice a su amiga.

—Ven, Espeusipo te llama.

Lastenia dejó a su amiga en el jardín y ella siguió al esclavo que le había dado el mensaje. La prisa con que andaba era expresión del estado de ánimo de Espeusipo, pues el esclavo no contaba más que como instrumento de la voluntad del amo.

—Tienes que escribir estos versos —Espeusipo le tiende un trozo de papiro—, en una tabla grande y con letras a juego que te dará Filipo. Tiene que estar listo para el funeral, pasado mañana —y para atenuar el estilo autoritario de lenguaje, más propio para un esclavo, añadió—: ¿Puedes hacerlo?

Lastenia asintió sin la menor vacilación.

Una brisa refrescó su rostro sonrojado cuando salió al jardín a darle la noticia a su amiga, pero en la puerta Filipo la interrumpió y la condujo al escritorio. Allí estaba la tabla, bien pulida y con bordes pulcramente cepillados.

—No es lo mismo que un papiro. Tienes que dibujar primero las letras con estos carboncillos, y luego repasas con la tinta. Tiene una ventaja, aquí puedes borrar sin problema o lijar si es necesario.

Lastenia se puso manos a la obra. Axiotea comenzó a trabajar por primera vez como ayudante de la copista.

—Otra cosa —añadió Filipo antes de salir del escritorio—: cuando termines la tabla, copias el epigrama —así llamaba él a esa breve composición de cuatro versos— en estos papiros —de los recortes sobrantes Filipo había preparado unos tarjetones cuadrados—. Los asistentes desmemoriados se podrán llevar una copia.

El papiro contenía cuatro versos. Espeusipo había pensado colocar la tabla en la cabecera del túmulo hasta tanto estuviera listo el monumento completo. Al menos los asistentes podrían salir del funeral con los cuatro versos tan sabiamente compuestos por Filipo.

La muerte súbita de Platón no permitía improvisar de un día para otro todo el monumento funerario. Espeusipo andaba nervioso pensando en cómo salir del paso. El cadáver estaba expuesto en el vestíbulo de la casa según la costumbre. Había sido amortajado con ropa de lino blanca. El funeral estaba previsto para el séptimo día del mes de Targelión, el día de su cumpleaños y del nacimiento del dios Apolo.

La ciudad de Atenas envió a uno de los arcontes a presidir el funeral. Pronunció unas breves palabras elogiando la dedicación de Aristocles a la filosofía y a la educación de los jóvenes. Aunque en la Academia no proliferaban los alumnos procedentes de Atenas, entre los políticos de la ciudad había algunos notables que tenían a gala presumir de su amistad con Platón.

En el funeral Espeusipo pronunció una breve alocución muy esperada por los asistentes. Comenzó diciendo que sus palabras iban a ser tan improvisadas como el funeral mismo:

«Nadie esperábamos que mi tío fuera a morir de forma tan repentina e inesperada. La contrapartida es que ha sido una muerte dulce y tranquila, en medio del sueño y acompañado por los acordes de la lira. Teníamos preparados estos versos, que deseamos los asistentes se lleven en su memoria

—comenzó a leer la tabla a la que todos los reunidos dirigieron su mirada. Lastenia observó que nadie reparaba en ella, la copista, salvo ella misma—:

Si Apolo no hubiese engendrado a Platón en la Hélade,
¿cómo podría curar con escritos las almas de los humanos?
Pues así como su hijo Asclepio es el médico del cuerpo,
así Platón es el médico del alma inmortal.

Me vais a permitir que haga público hoy un viejo recuerdo de mi niñez. Era sabido en Atenas que Aristón, mi abuelo, intentó forzar a Perictione que estaba entonces en la plenitud de su belleza, pero no lo logró. Hasta ahí podría tratarse de un episodio no infrecuente en la noche de bodas de una pareja. Lo sorprendente fue la confidencia de Aristón a su esposa, que yo conozco a través de mi madre: le contó que al cesar en su violencia vio la aparición de Apolo y que por esa razón se abstuvo de consumar el matrimonio hasta el parto.

Si ahora contemplamos la vida de Aristocles, toda entera dedicada a la filosofía, si vemos que su muerte coincide con la fecha de su nacimiento y que ha consumido los ochenta y un años de edad, quizá tengamos que pensar que le ha correspondido una suerte superior a la humana, ya que ha consumado el número más perfecto que resulta de multiplicar nueve por nueve».

Tras la muerte del fundador, la Academia tardó tiempo en recuperar su pulso. Espeusipo ejercía de escolarca con tácito asentimiento de los amigos. Aristóteles les faltaba cuando más lo hubieran necesitado. Ese sentimiento, especialmente intenso en Lastenia y Axiotea, era compartido por todos. Tan inesperadamente como la muerte de Platón aterrizó en la Academia el liderazgo de Espeusipo. El cojo cascarrabias, dado a audacias procaces con las esclavas o con Lastenia, se vio al mando de una empresa que había fundado su tío y que ahora él tenía que sacar a flote. Es muy fácil que todo se diluya como una frágil nube zarandeada por los vientos, le había dicho Amiclas.

Empezó por las finanzas. Hasta ahora Platón se había contentado con ir recibiendo de cada alumno una aportación fijada a voluntad. «Eso se ha terminado, estamos en la ruina», sentenció el nuevo escolarca. Filipo en adelante, además del escritorio, tenía que llevar la contabilidad. Todos debían pagar una cuota fija, luego que añadieran la voluntad.

Mientras Espeusipo resolvía las poco filosóficas cuestiones de la crematística, los amigos decidieron leer en la exedra el diálogo sobre el alma, el *Fedón*. Lastenia no fue llamada para la lectura. La muerte de Sócrates y la de Platón solo se parecían en una cosa, en la muerte. Por lo demás, ¡eran tan diferentes! La misma ciudad que condenó a muerte a Sócrates había permitido una vida plácida a Platón. Sócrates era ya agua pasada. Platón murió arrullado por los acordes de la lira.

—¿Os dais cuenta de que Platón es el primer mortal nacido de una mujer y un dios? —pregunta Filipo admirado de su hallazgo, que poco tenía que ver con el *Fedón*.

—Como Heracles o Aquiles —asiente Heraclides sin entusiasmo.

—Hasta ahora, yo había creído que eso eran mitos —replica Axioteo con un punto de decepción—. Ahora me pregunto si los mitos conducen a la filosofía o si nos apartan de ella.

Los amigos presentes en el debate aceptaron mal la posición de Axioteo. ¿No era un velado reproche a las palabras de Espeusipo en el funeral?

—Siempre has elogiado la *República*, amigo Axioteo —contestó muy serio Filipo—. ¿Has olvidado que esa obra, que a ti te empujó a venir a esta escuela, termina con el célebre mito de Er, el hijo de Armenio?

—Y olvida también nuestro amigo —añade Hermodoro de Siracusa— que, al final de este diálogo que ahora estamos leyendo, Platón cuenta otro mito y dice que vale la pena correr el riesgo de creerlo.

—Aun con todo, no creo que sea una verdad filosófica, es decir, una verdad auténtica —insiste Axioteo.

—También os digo que las *Leyes*—Filipo habla en tono pedagógico—, la última obra de Platón, que todavía no hemos podido leer por estar recién acabada de copiar, contiene una buena dosis de relatos míticos. Es algo muy de nuestro Platón, Axioteo, te guste o no te guste.

¡Cuánto echo en falta al macedonio!, suspira Lastenia, que está escuchando la discusión desde la ventana del escritorio. Ella no puede asistir a las lecturas de la exedra ni participar en los debates. Solo va cuando se le ordena leer, una tarea servil.

24. Abajo las máscaras

Cuando Espeusipo leyó la carta, montó en cólera. Menos mal que su parálisis le impidió salir corriendo, pillar a Lastenia y abofetearla hasta hacerla sangrar. Gritó a su esclavo que fuera a llamar a Filipo. Este acudió sobresaltado.

—Toma, lee —le tendió la carta sin dar más explicaciones.

La sonora respiración del nuevo escolarca salía por su boca llena de reproches que por fortuna no la tradujo a palabras, si bien Filipo se sintió aludido no sin disgusto.

—No digas nada a nadie. Déjame que investigue —le contestó Filipo tan serio como contundente—, no sea que hayan hecho algo parecido en nuestros libros.

La carta que puso de los nervios a Espeusipo era de Danae de Fliunte, que la escribía en nombre de su padre. Acusaba de forma abierta a Lastenia de Mantinea como autora material. Desgranaba toda suerte de razonamientos en defensa de esta grave acusación. La carta era especialmente expresiva cuando describía el deterioro de los dos manuscritos. «No se ha limitado a tachar mediante emborronamiento varias frases del manuscrito, sino que lo ha hecho con rasmia hasta casi perforar el papiro».

Danae era exquisita exculpando a la Academia y atribuyendo la infamia a una iniciativa individual de la autora. No citaba para nada a Axiotea, pues Danae sabía que el borrado había ocurrido mientras ella y Axiotea estaban juntas. Por otra parte acusar a Axiotea hubiera comprometido las relaciones de su familia con la comunidad pitagórica. Danae calló incluso el nombre de Axiotea en su carta de queja a Platón, aunque lo más probable es que albergara vehementes sospechas de complicidad entre ambas.

Filipo leyó con cuidado la carta. Al concluir, se dirigió a la biblioteca y tomó los ejemplares de los dos libros mutilados en Fliunte. Tomó primero el *Timeo* de Platón. Era el ejemplar previsto para el regalo en el cumpleaños del maestro. En efecto, repasó con parsimonia los siete metros de papiro y halló tres lugares con palabras emborronadas. Lamentó no poder cotejar este ejemplar con otro completo para ver qué palabras concretas habían tachado. No disponían más que de una única copia. Localizar un ejemplar en buen estado y completo le llevaría a Filipo unos días. Si había suerte, Timoteo o algún otro librero del ágora podía proporcionarle un ejemplar o al menos informarle de algún comprador reciente en Atenas o en alguna población cercana.

Las copias del *Timeo* hechas en el escritorio, a manos de la propia destructora, habían sido remitidas a lugares alejados d Atenas, como la corte del rey Filipo o una comunidad pitagórica en Éfeso.

Después fue al ejemplar del *Tratado sobre la naturaleza del mundo y del alma* de Timeo de Locros. El destrozo era algo menor, pero el borrado había sido tan concienzudo que ni aun por el contexto era posible adivinar la causa de esta burda acción.

Filipo, aprovechando la ventaja, esperó a que regresara al escritorio Lastenia. Y jugó a que él no conocía la carta de Fliunte ni tampoco estaba al corriente de su desleal e incomprensible comportamiento.

No hubiera sido un buen actor Filipo de Opunte, pues Lastenia comenzó a sospechar que algo raro le pasaba. Hacía preguntas insulsas, además de mostrarse inusualmente nervioso.

—Un grupo pitagórico de la ciudad de Olbia nos ha pedido una copia —le dijo a Lastenia— del *Timeo* de Platón. ¿Puedes acercarme el manuscrito? ¿Recuerdas cuál era la longitud?

—Siete metros.

—Bueno, mejor lo medimos, para asegurarnos.

Le dio un extremo a Lastenia mientras él lo iba desenrollando sobre la mesa, hasta que apareció la primera tachadura.

—¿Qué ha pasado aquí? —gritó sobresaltado.

Siguió desenrollando hasta que quedó patente todo el desastre. Fijó los dos extremos del papiro con dos cubos de piedra preparados para esta función. Por las reacciones de Filipo, Lastenia sospechó que habían recibido noticias de Fliunte, pero calló y siguió el juego.

—Sabes que hay dos candidatos para este descalabro.

—Una soy yo, ¿y el otro?

—Yo —dijo con frialdad—, pero yo no he sido.

—Luego he sido yo —concluyó Lastenia preparada para la que le iba a caer.

—No sé si me vas a explicar por qué lo has hecho. Te aseguro que me va a costar comprenderlo. Sería preferible que dijeras: «De acuerdo, todo esto me parece absurdo o falso o denigrante. No voy a copiarlo». Eso lo entendería. Pero ¿que tú misma destruyas lo que tú misma has copiado? Todo tiene una razón, nos enseñan aquí. ¿Cuál ha sido la tuya? —Filipo hace ademán de recordar algo—: No me respondas, espera.

Se dirigió a los estantes y tomó otro manuscrito. De sobra sabía Lastenia cuál era.

—¿Hace falta desenrollarlo?

—Creo que hay algunas tachaduras.

—Pues ya que reconoces tu acción, ¿me puedes decir qué es lo que has tachado?

—Las frases que denigran al género femenino.

—¡Vaya! Si Platón es un revolucionario, es el que ha reconocido la igualdad de hombres y mujeres.

—Es verdad, por eso vinimos a esta escuela, pero solo ocurre en la *República*. Ahora Platón ha copiado a Timeo de Locros, un pitagórico, y le ha dado la vuelta a lo que escribió en el pasado. Parece como si los pitagóricos le hubiesen exigido un peaje, aunque no sé por qué. Eso podrías decírmelo tú.

—Sea como sea, has sido desleal con nosotros. Platón ha muerto. Imagina que sigue vivo y que le entregamos la edición de sus escritos para su cumpleaños como teníamos previsto. Le ibas a regalar una obra suya censurada, mutilada.

—Para mí la lealtad es primero hacia las mujeres, que somos las perjudicadas por las leyes existentes. Me gustaría serte leal al menos en esta explicación.

Filipo salió del escritorio y regresó al poco rato. No mucho después hizo acto de presencia Axiotea.

—Me cuesta creer —dice Filipo cuando ya están los tres sentados— que tu esposa haya cometido un acto incomprensible sin tu consentimiento.

Cuando Axiotea estuvo al corriente de las acusaciones de Filipo, admitió que le daba la razón a su esposa, que ella se encontraba en la Academia en calidad de sirvienta, cuando era tan capaz como cualquiera de los varones para estudiar y debatir sobre filosofía.

—Creo que tiene razón en querer borrar esas frases falsas, porque son falsas, amigo Filipo, y la filosofía es un compromiso con la verdad. Quiero recordarte un pasaje de la *República*: «Ningún hombre ha de ser honrado por encima de la verdad». ¿Lo recuerdas? Pues bien, cuando Platón afirma, al dictado de Timeo de Locros, que las mujeres proceden de una primera generación de hombres cobardes e injustos, no está diciendo la verdad.

—Ahora Espeusipo es el que manda. Tendréis que entenderos con él. A ti, Lastenia, a quien he enseñado este oficio y lo he hecho de mil amores, te digo que me siento engañado y decepcionado.

Filipo salió del escritorio. Poco después lo hizo Axiotea en dirección a la exedra mientras Lastenia quedó en su puesto de copista, aunque sin una tarea concreta.

Espeusipo convocó a los sénior de la Academia a una reunión. La celebraron en el interior de la casa. El espacio abierto de la exedra podía resultar indiscreto.

—Tenemos un pequeño problema —así abrió la reunión el nuevo escolarca— que os va a exponer Filipo, como responsable del escritorio y de la edición de los escritos de Platón.

—Mi ayudante, Lastenia de Mantinea, ha destrozado dos manuscritos, el *Timeo* de Platón y el *Tratado* de Timeo de Locros. Ha emborronado algunas partes que no le gustaban. Lo peor del caso es que solo teníamos esa copia.

—¿Por qué lo ha hecho? —pregunta Heraclides.

—Ahora lo explicará ella.

—Eso te pasa por fiarte de quien no debías —le espeta Jenócrates.

—Que entre Lastenia y su señor.

Espeusipo utilizó esta fórmula, usual en los tribunales de justicia cuando la acusada era una mujer, para ordenar al esclavo que hiciera pasar a Lastenia y Axioteo.

La sala tenía toda la apariencia de un pequeño tribunal. Los sénior eran algo más de una decena, presididos por Espeusipo. Lastenia se sentó en una silla frente a ellos y su esposo se puso a su lado.

—Ya sabes por qué estás aquí —comenzó Filipo—. Has destruido algunos manuscritos. Eso es muy grave.

—Mi esposa reconoce la gravedad de los hechos —Axioteo busca ganarse la benevolencia de sus colegas— y agradece que le deis la oportunidad de explicarse.

No gustaron nada a Espeusipo estas palabras que no comenzaban con una expresa declaración de arrepentimiento.

—Os diré lo que he borrado —contesta Lastenia aferrada a su horizonte—. Dice Timeo, el de Locros, que de los dos principios, materia y forma, la forma tiene inteligencia de varón y de padre, y la materia, de hembra y de madre. Esta es la frase que he borrado. ¿Os parece mal que la haya borrado o lo que os parece mal es la frase?

—Has borrado otras frases —insiste Filipo sin responder a las preguntas de la acusada.

—Es verdad, esta otra: el alma de varones cobardes que pasan a cuerpos de mujeres entregados al ultraje.

Lastenia aprovechó que Filipo había expuesto el papiro sobre la mesa para leer el pasaje, incluyendo la frase emborronada que recordaba de memoria:

«Pues así como a veces curamos los cuerpos mediante remedios insalubres, si no ceden a los más sanos, del mismo modo reprimimos las almas con falsos argumentos, si no se dejan guiar por los verdaderos. Por fuerza hay que llamarlos castigos extraños, COMO EL CASO DEL ALMA DE VARONES COBARDES QUE PASAN A CUERPOS DE MUJERES ENTREGADOS AL DESENFRENO Y AL LIBERTINAJE, o el caso de asesinos que pasan a cuerpos de animales feroces como castigo, o el de los lascivos que pasan a cuerpos de cerdos o jabalíes, o el de los indolentes y blandos que se convierten en pájaros que vuelan por los aires, o el de los vagos, perezosos e ignorantes que se transforman en formas de animales acuáticos».

—Habitar en un cuerpo femenino es el castigo de las almas de los hombres cobardes. Eso es lo que he borrado, porque es un ultraje a las mujeres —explica Lastenia—. Y lo mismo digo de la frase anterior sobre la materia y la forma.

—Lo que un filósofo escribe ningún copista puede borrarlo, ninguno, ¡nunca! —alza la voz enojado Filipo—. Si no estás de acuerdo, escribe tú otro tratado para refutarlo. Ese es el método.

—Borrar y tachar no es un procedimiento que podamos aceptar —asiente Espeusipo con ira.

—Ni quemar libros tampoco —Axioteo sorprende a todos con este apunte, dicho sin duda con segunda intención—. Quiero decir que hay falsedades que se deben refutar con evidencias, pero hay algunas que son peligrosas, que causan daño o que contribuyen a perpetuar la injusticia. Esas hay que erradicarlas si queremos una ciudad justa.

—¿Alguien me puede explicar —Lastenia pasa al ataque— por qué yo no puedo seguir las lecciones de astronomía o dialéctica y participar en las lecturas y debates? Yo responderé: porque creéis que la mujeres somos seres inferiores, con alma inferior e inteligencia inferior. ¿No es eso justamente lo que afirma Timeo, que el hombre es la forma, el principio activo y creador, mientras que la mujer es materia, algo informe e inerte, incapaz de nada si no es movida por la forma masculina?

—Que Platón se haya hecho eco de estas ideas después de lo que escribió en la *República* nos parece decepcionante. Por eso Lastenia y yo creemos que la Academia debería rectificar esos pasajes de Platón, corregirlos. Y además pido que Lastenia sea admitida de forma oficial como alumna de la escuela, pues ha demostrado que es tan capaz como cualquiera.

—No y no —prorrumpió Espeusipo—. No se admitirá una mujer en esta escuela.

—Una ya hay —Axioteo descolgó la túnica de sus hombros y comenzó a quitarse la venda que ocultaba sus senos. Ya con los senos descubiertos, añadió—: No son los de Frine, pero aquí están después de años ocultos bajo esta opresora venda. Vosotros nunca podréis entender el sufrimiento que puede producir una máscara que encubra la feminidad. Es el precio que yo he pagado por la filosofía, y mi amiga Lastenia se ha visto reducida al papel de esclava.

Los académicos allí presentes, entre ellos Espeusipo, Jenócrates, Filipo, Heraclides, Hermodoro y algunos más, todos quedaron atónitos, con el sentimiento de haber sido burlados. Un sonrojante hálito de vergüenza azotaba su rostro a causa de aquel insólito engaño tan dilatado en el tiempo. Los perseguidores de la verdad eran incapaces de ver lo que tenían delante de sus narices. A saber lo que podría hacer un autor cómico si llegaba a sus oídos este sabroso argumento. Quizá, reducidos al silencio, los engañados se pusieron a amañar en su magín algún tipo de explicación por si alguien entre risas les preguntaba por un hecho tan increíble y de tan poderosa vis cómica.

No se sabe qué otras ideas pasaron por la cabeza de aquellos filósofos. Algunos, quizá los más, se preguntaban cómo había podido ocurrir. Otros preferían no especular y descargar la culpa en los que tenían la obligación de vigilar. Alguno incluso pudo pensar que tampoco se les había dado otra oportunidad a las dos mujeres, pero, claro, no era una idea apta para ser expresada allí y menos en ese momento en que la ira brotaba a borbotones de los ojos de Espeusipo.

Cuando la ira le dio una tregua, el escolarca prorrumpió en una sarta de palabras inconexas, todo valía antes que guardar silencio ante semejante acto incalificable. Por su reacción se puede creer que Espeusipo pensó en primer lugar en salvar las apariencias. Le vino a la cabeza el dicho de Demócrito: «Para un hombre ser dominado por una mujer sería la máxima afrenta». El escolarca, sin embargo, introducía un ligero matiz para él más preocupante: creía que no había ridículo mayor que verse ridiculizado por una mujer, o dos, como en este caso.

Encolerizado, reiteró la negativa a las peticiones de Axiotea. Alegó vagas excusas y levantó abruptamente la reunión. Ninguno de los académicos las apoyó, se limitaron a corroborar en silencio las palabras de Espeusipo. ¡Cómo lamentaban las dos amigas que no estuviera presente Aristóteles!

Axiotea, recuperada su hasta ahora oculta condición femenina, y su ahora amiga Lastenia, y no sumisa esposa, continuaron acudiendo a la Academia. Las dos, ausente ya Ártemis tras obtener su libertad, eran las únicas mujeres. Todo eran hombres, los filósofos y los esclavos que les servían.

Paseaban las dos juntas por el jardín. A veces salían al exterior, donde los muchachos jóvenes practicaban ejercicios atléticos diversos o asistían a conferencias en el gimnasio.

—Mientras no nos expulsen, seguiremos acudiendo cada mañana.

—Ahora se reúnen en la sala interior, donde te juzgaron —Axiotea se ríe.

De vez en cuando se sentaban en la exedra, que estaba desierta y triste.

Un tarde sorprendieron a Espeusipo sentado en un banco junto a la puerta de la casa.

—Queremos pagar la cuota de Lastenia, que ahora ya no es copista —le dijo Axiotea—. La mía ya la he pagado.

Espeusipo tomó la propuesta como una provocación, pero tampoco se atrevió a despedirlas. Estaban las dos en un terreno de nadie. Ni habían sido admitidas ni tampoco expulsadas. Daba la impresión de un combate acabado en tablas.

El escolarca estaba indeciso. Había consultado con unos y con otros. Había quien incluso le proponía admitir a las dos chicas. Algunos alegaban que las comunidades pitagóricas admitían mujeres. A lo que Espeusipo replicaba que ellos eran una escuela filosófica, no una comunidad mistérica, y que además en las comunidades pitagóricas los hombres y las mujeres se organizaban en grupos diferentes y con programas diferentes.

Hubo quien le recordó la reciente ley sobre la admisión de las mujeres en las escuelas de medicina, y que eso podría ocurrir también con la filosofía.

Otros aducían que en las comedias cada vez había más presencia de mujeres y que los *Mimos* de Sofrón se dividían en masculinos y femeninos, según que fuera protagonista un hombre o una mujer.

—La filosofía es otra cosa —así cerraba Espeusipo el debate.

Al fín Lastenia y Axiotea fueron convocadas al escritorio. Allí estaban Jenócrates y Filipo junto con el escolarca.

—Nos consta que tú, Axioteo —Filipo rectificó—, quiero decir Axiotea, eres también copista, que tu amiga te ha enseñado el arte. ¿Es así?

—Así es.

—Pues bien, nuestra escuela no va a admitir mujeres y nada nos obliga a ello. No tenemos duda alguna. Con vosotras haremos una excepción —¿de qué les sonaba esa palabra a las dos amigas?—. Tendréis derecho a seguir los estudios y actividades de la escuela. Al terminar los cursos reglamentarios, egresaréis como cualquier otro alumno, a menos que seáis contratadas como docentes.

No era muy satisfactoria la oferta. El horizonte todavía quedaba lejos.

—Eso es lo sustantivo —continuó Filipo—. Hay otra condición: a todos los efectos externos vosotras no sois dos alumnas de la Academia, sino dos copistas contratadas para el escritorio.

Un poco más lejos.

—No sé si las condiciones os parecen aceptables —quiso saber Espeusipo.

—De acuerdo —dijeron las dos tras breves intercambios de miradas.

—Pues ya solo queda un pequeño detalle. Deberéis hacer de forma gratuita dos copias del *Tratado* de Timeo de Locros y del *Timeo* de Platón: una para este escritorio y otra para Equécrates de Fliunte.

—Eso no lo haré —respondió tajante Lastenia—, a menos que se eliminen las frases denigratorias contra las mujeres.

—En tal caso, presentaremos una denuncia ante el arconte. Y me temo que Equécrates de Fliunte hará lo propio.

Tuvieron que tragar. Se habían equivocado.

Andando el tiempo dudaron de si la fiebre de los expurgos, aquellas tachaduras y borrones, no había sido una pataleta infantil.

25. En el camino

Después de tanta turbulencia, parecía llegar el tiempo del remanso.

—Somos una excepción —se ríe Axiotea, contenta de abandonar para siempre su penosa masculinización.

—Recuerdo al macedonio. Decía eso mismo: que a veces hay excepciones en la naturaleza. Seguro que alguna vez han debatido sobre estos asuntos en la exedra.

—Claro, lo que no sé es cómo Platón pudo escribir en la *República* que los hombres y las mujeres tienen las mismas capacidades y después en el *Timeo* decir lo contrario.

—Yo tampoco le encuentro explicación.

—A veces pienso que ellos, los varones, cuando hablan de nosotras, las mujeres, no se aclaran. Hablan de algo ajeno, algo que conocen a través de sus prejuicios. Las mujeres somos o Medeas o Helenas o Clitemnestras, personajes de los mitos que ellos mismos han forjado. No muestran el menor interés en saber qué piensan las mujeres que tienen al lado. ¿Te han preguntado alguna vez sobre lo que sea, cualquier tontería? ¿A que no? Porque eso sería lo lógico, Lastenia: si te dicen que «todos los empleos han de ser ejercidos en común por nuestros guardianes y guardianas», lo lógico es que, si crees de verdad eso, no le cierres el paso a una mujer que quiere dedicarse a la filosofía. No lo entiendo, por muchas vueltas que le dé. Los académicos adoran a Platón, pero al mismo tiempo incluso se ríen de lo que pueden leer en la *República*. Cada vez que yo he dicho algo sobre estos asuntos, me han espetado: «Ya vuelve este con el sunami. Tu mujer parece que te tiene sorbido el seso. ¿Es ella la que te incita a preguntar estas chorradas?». El más mordaz, como siempre, es Jenócrates. ¿Recuerdas cómo nos emocionábamos nosotras en Fliunte, antes de venir aquí, con los tres sunamis?

—Bueno, yo siempre me he quedado en el primero: la igualdad de hombres y mujeres. El segundo, eso de que las mujeres hemos de ser «todas comunes para todos los hombres», no me convence. ¿Qué pasaría si fuera al revés?

—¿Qué quieres decir? —pregunta Axiotea sorprendida.

—Imagina que dijera: «Todos los hombres serán comunes para todas las mujeres». No lo dice, ¿verdad? Tengo la impresión de que las mujeres no somos más que el objeto del deseo del hombre. Porque, claro, si se da esa promiscuidad, el padre del hijo no se conoce, pero la madre sí. Nosotras no podemos desentendernos. No me parece que haya juego limpio en este segundo sunami. Por no hablar del tercero, del filósofo rey. ¿Crees que Atenas estaría mejor gobernada si pusiéramos a los académicos al mando? Y hala, ni Asamblea del Pueblo ni Consejo. Ellos, los amigos de la Academia, cortando y trinchando. La verdad que ya ni la *República* me parece tan cautivadora como antes.

Era evidente que la Academia no era lo mismo vista desde la exedra, como la veía Axiotea, o vista desde el tajo del escritorio por la copista Lastenia.

Sentirse una excepción en la Academia tenía dos caras para Axiotea: la buena, el toque de exclusividad que te da el ser las dos únicas filósofas en Atenas. Te crees una pionera de verdad, como una Praxágora cruzando los límites de la viril Asamblea ciudadana. Claro que ese sentimiento quedaba dentro de las murallas de la escuela. De puertas afuera, había dicho Espeusipo, somos unas simples copistas. Esa es la cara mala. Las dos caras, el fiel reflejo de la vida, y más si la moneda la maneja una mano masculina; lo que te da con una mano te la quita con la otra. Podría pensarse que hay un poso de amargura en mi balance, pero haber alcanzado una meta, cumplir el sueño de poder vivir una vida filosófica, sabía que no sería nada fácil.

Lastenia lo vive de un modo más crítico. Se siente decepcionada al ver la distancia entre esa hermosa república construida a base de hermosas palabras y la realidad de una escuela amurallada y atrincherada en las esencias varoniles. Sin duda que escribir es difícil, yo que soy copista lo sé, pero hacer una casa con palabras o con un cálamo es muy fácil. Me gusta mirar la realidad que hay tras las palabras. Para mí, lo siento, si la realidad te destroza y te hace daño, las palabras que la describen, por hermosas que sean, se derrumban. Eso me ha pasado con la *República* de Platón al ver los muros de la Academia. Las palabras se estrellan frente a la realidad.

¿La cara buena? He aprendido un oficio que me abre el camino a los libros. Filipo, además, me ha enseñado a amarlo. Claro que tiene su lado servil. Es cansado estar días enteros con el cálamo, ver lo infinito en los siete o diez metros del rollo, sentir la aguijada de Filipo para que sigas surcando el papiro, y así hasta que cae la luz del sol y ya no puedes continuar. Es la cara mala de la cara buena, porque el oficio de copista me ha dado independencia, y eso que soy poco especulativa. No dependo de un varón, que es a las mujeres lo que el talón es a Aquiles. Pero hay algo que está muy por encima del oficio de copista: estar junto a Axiotea es el regalo más grande que me ha tocado en la vida. Porque, como dice la poeta, mujer tenía que ser, existe entre nosotras algo mejor que un amor: una complicidad. Mi frágil compañera es la que me da fuerza, la que me devuelve al camino cuando mi mente desvaría. Mi vida sería mucho peor sin ella. Y también quiero poner en la cara buena el haber conocido al macedonio, con su mirada altiva, su hablar balbuciente, sus delgadas piernas y sus ojos pequeños, sus anillos, su atuendo y un elegante corte de pelo. Tenía todo lo que ha de tener una persona lejana y distante, y sin embargo, algo nos llevó a congeniar.

El tiempo de remanso que se abrió para Axiotea y Lastenia tras el juicio en la Academia, a pesar de su dulciamargo final, les permitió poner un cierto orden en sus vidas. Lo primero fue visitar a Timoteo en el ágora. Tenían que devolverle el ejemplar de las *Enfermedades de las mujeres* y entregarle las dos copias del *Juramento* hipocrático, tal como habían pactado. Llevaban ya meses de retraso. El librero las recibió con ojos de basilisco. Lastenia, tan intuitiva, fue con el rollo por delante, antes de soltar prenda, después le entregó los dos papiros de gran tamaño y con ese astuto pasaporte el alma de Timoteo se ablandó y se olvidó de la informal pareja, que ahora, para su sorpresa, resultaban ser dos chicas que habían intentado asaltar los muros de la Academia.

—Dejaos ya de filosofías y vamos a hablar de negocios —les dice Timoteo—. Mucha gente pide obras de Platón, sobre todo el *Timeo.* Creo que es uno de los últimos libros que escribió.

—Ni loca voy a copiar ese libro —contesta Lastenia.

Aprovecharon también para pagar el impuesto de los metecos. Con eso los atenienses eran muy severos. En la Academia se recordaba que, años atrás, Jenócrates se atrasó en el pago y fue vendido como esclavo para que la ciudad cobrara el dinero correspondiente. Eran las reglas. En el pago de impuestos no hacían distingos entre hombres y mujeres.

Tras celebrarse en la ciudad la gran procesión de las Panateneas, a la que asistieron junto a todo el personal del dispensario de Hagnódica, llegaba la gran cita de la canícula en Acarnas. Habían preparado su regalo para Fanóstrata, la copia del libro de Hipócrates. Este año iba a ser muy especial: ni Hagnódica ni Axiotea irían ya disfrazadas de hombre. En casa de Fanóstrata habría solamente un varón: Teodoro, que estaba ya para cumplir los tres años.

—Ahora es importante no errar el camino…

—… ni perder de vista el horizonte.

La brisa del Parnes endulza las dos horas de viaje. Acarnas está ya a la vista.

FIN

Documentación

I. Testimonios sobre Axiotea y Lastenia, recopilados por Tiziano Dorandi

[Tiziano Dorandi, Assiotea e Lastenia. Due donne all'Academia. In: Atti e Memorie dell'Accademia Toscana di Scienze e Lettere La Colombaria 54, 1989, S. 51-66 (S. 61-66 Zusammenstellung der Quellentexte mit italienischer Übersetzung)].

Recuperación de Gaiser de un pasaje de Filodemo (Dorandi p. 55):

Platón con sus diálogos había empujado a la filosofía también a muchos otros que no estaban presentes, entre los cuales Axiotea de Fliunte, que demostró sabiduría y capacidad especulativa semejante a la de un hombre y no se avergonzó de participar en la vida común de la escuela vestida con un sencillo manto de filósofo. Esto le permitió mantener su anonimato durante las lecciones.

Axiotea y Lastenia en la escuela de Platón

1. Diógenes Laercio III 46

Entre los discípulos de Platón hay que incluir dos mujeres, Lastenia de Mantinea y Axiotea de Fliunte, la cual vestía ropa masculina, como afirma Dicearco.

2. Temistio Discurso 23, 295 cd

Este hombre, después de haberse familiarizado un poco con mi obra, ya se trate de algo serio o de un mero pasatiempo, experimentó poco más o menos lo mismo que le ocurrió a Axiotea la filósofa, a Zenón de Citio y al campesino de Corinto. Axiotea, efectivamente, después de haber leído uno de los libros que escribió Platón sobre la *República*, dejó la Arcadia y se marchó a Atenas donde siguió las lecciones de Platón y durante mucho tiempo no se descubrió que era una mujer, igual que ocurrió con Aquiles (en la corte) de Licomedes. Por su parte, el campesino de Corinto, cuando tuvo conocimiento de Gorgias, no personalmente del mismo Gorgias, sino de la obra que Platón escribió para refutar al sofista, abandonó inmediatamente sus tierras y viñedos y confió a Platón su alma, sembrando y cultivando sus doctrinas. Y esta es la persona a quien Aristóteles honra en el diálogo *Corintio.* Por otra parte, todo lo relativo a Zenón es muy conocido y muchos han celebrado que fue la *Apología* de Sócrates la que le llevó de Fenicia al Pórtico Pintado.

3. Apuleyo, *De Platón y sus creencias* I 4

Muchos de sus oyentes de ambos sexos destacaron en filosofía.

4. Clemente de Alejandría, *Stro.* IV 19

Con Platón estudiaron filosofía tanto Lastenia de Arcadia como Axiotea de Fliunte.

5. Olimpiodoro, *Comentarios al Alcibíades de Platón* 2, 147-150

Platón atraía con fuerza a muchos al saber, tanto hombres como mujeres en ropa masculina, facilitando el ser escuchado y mostrando que su filosofía es más poderosa que cualquier otro empeño.

6. Anónimo *Prolegómenos a la filosofía de Platón* 4, 25-26

Lo siguieren (a Platón) no solo hombres, sino mujeres, Dexitea de Fliunte y Lastenia de Mantinea.

Axiotea y Lastenia en la escuela de Espeusipo

7. Filodemo, *Academia*, PHerc. 1021, col. 6, 25-27

También dos mujeres fueron a la escuela de Espeusipo vestidas de varón.

8. POxy 3656 col. 2 1-19

Tras la muerte de Platón, ella fue discípula de Espeusipo, según cuenta Hipóboto, y también de Menedemo de Eretria. Ha hablado de ella también Jerónimo de Rodas, en su obra *Sobre la angustia*. El peripatético Aristófanes cuenta igualmente en su obra *Sobre la ausencia de aflicción* que la joven estaba en la flor de la vida y llena de gracia.

9. Diógenes Laercio IV 2

Cuentan que fueron oyentes suyas también las alumnas de Platón Lastenia de Mantinea y Axiotea de Fliunte. De ahí que Dionisio en una carta le comenta con sarcasmo: «Hasta por tu discípula de Arcadia es posible colegir tu sabiduría».

10. Ateneo VII 279e

No estaba muy lejos de ellos tampoco Espeusipo [test. 39a Taran], el discípulo y pariente de Platón. Por ejemplo, el tirano Dionisio, cuando en las cartas dirigidas a aquel describe su afición al placer, e incluso al dinero, y lo condena por andar mendigando a mucha gente, le reprocha además su amor por Lastenia.

11. Ateneo XII 546d

Amante del placer era asimismo Espeusipo [test. 39 B Tar. = fr. 7 Isn.], el pariente y sucesor de Platón al frente de su escuela. Por ejemplo, Dionisio el tirano de Sicilia, en la carta dirigida a él, tras hablar contra su afición al placer le reprocha además su avaricia y su pasión por la arcadia Lastenia [348], que también había escuchado las lecciones de Platón.

12. Cartas socráticas XXXIV

También yo te digo «que estés bien», si esto es mejor que «que disfrutes», como en efecto no lo es, pero en verdad lo es del placer que gozan Lastenia y Espeusipo, que también se jacta de ser el autor de la expedición a Sicilia.

LASTENIA PITAGÓRICA

13. Jámblico, *Vida Pitagórica* 36, 267

Lastenia de Arcadia.

II. Hagnódica: Higino, Fábula 274, 10-13

10. Los antiguos no tuvieron comadronas, por lo que las mujeres morían llevadas por el pudor. En efecto, los atenienses se habían precavido de que ningún esclavo ni mujer aprendiera el arte de la medicina. Cierta muchacha llamada Hagnódica deseó aprender la medicina y tan vehemente fue su deseo que se cortó los cabellos al modo de los hombres, y se confió a la enseñanza de un cierto Herófilo.

11. Después de aprender la medicina, al enterarse de que una mujer estaba sufriendo en su vientre, acudió a ella. Como esta no quería confiarse a Hagnódica por estimar que se trataba de un hombre, esta se levantó la túnica y mostró que era una mujer; y así las iba curando.

12. Cuando los médicos vieron que ellos no eran admitidos en presencia de las mujeres, comenzaron a acusar a Hagnódica, porque decían que se trataba de un hombre depilado y corruptor de mujeres, y que ellas se hacían pasar por enfermas.

13. Habiéndose reunido los areopagitas por este motivo, comenzaron a condenar a Hagnódica. Esta se levantó la túnica ante ellos y mostró que era mujer. En ese momento los médicos empezaron a acusarla con más fuerza. Por ello entonces las mujeres más distinguidas se presentaron en el juicio y dijeron: «Vosotros no sois esposos sino enemigos, porque condenáis a la que nos devuelve la salud». En ese momento los atenienses enmendaron la ley para que las mujeres libres pudieran aprender el arte de la medicina.

(Traducción de Javier del Hoyo y José Miguel García Ruiz, Gredos).

III. Estela funeraria de Fanóstrata

Monumento funerario de Fanóstrata, comadrona y médico.

Fanóstrata aparece sentada a la derecha estrechando la mano de Antiphile, que está de pie a la izquierda frente a ella. Aparecen también cuatro niñas, una en el extremo izquierdo del relieve, una niña más pequeña a la derecha de Antiphile tocando sus prendas inferiores, un bebé debajo de la silla de Fanóstrata y una niña detrás de la silla.

Bajo el relieve, se puede leer: «Fanóstrata, comadrona y médico, yace aquí, ella no causó dolor a nadie y, después de su muerte, todos la echan de menos».

IV. Juicio de Frine ante el Areópago (Ateneo XIII 59-60)

Frine, por su parte, era de Tespias. Llevada a juicio por Eutias, que pedía para ella la pena de muerte, salió absuelta. Ese fue precisamente el motivo por el cual Eutias, encolerizado, ya no volvió a llevar ningún otro proceso judicial, según afirma Hermipo. En cuanto a Hipérides, cuando defendía a Frine, como no conseguía nada con su discurso y era probable que los jueces la condenaran, tras conducirla hasta un lugar bien visible y desgarrarle la túnica interior, dejándole el pecho desnudo, declamó sus lamentaciones finales ante la visión que ella ofrecía, y consiguió que los jueces sintieran un respeto reverencial hacia la ministra y sierva de Afrodita, concediendo por piedad religiosa que no se le diera muerte. Y después que fue absuelta, se promulgó a raíz de estos hechos un decreto conforme al cual no se permitía que quienes hablasen en defensa de nadie prorrumpiesen en lamentaciones, ni que se juzgase al acusado o la acusada expuestos a pública contemplación. Y lo cierto es que Frine era más hermosa por las partes que no se ven. Precisamente por eso no era fácil verla desnuda. Se envolvía, en efecto, en una túnica interior ceñida al cuerpo, y no utilizaba los baños públicos. En cambio, durante las festividades Eleusinas y las de Poseidón, a la vista de todos los panhelenos se quitaba el manto, se soltaba la cabellera y entraba en el mar. De ella se sirvió Apeles como modelo para su Afrodita saliendo del mar (*anadyoméne*).

(Traducción de Lucía Rodríguez-Noriega Guillén, Gredos).

V. Timeo de Locros

Los estudios actuales tienden a defender dos tesis: a) que Timeo de Locros es un personaje de ficción introducido por Platón en el diálogo homónimo y b) que el tratado atribuido a este autor ficticio es un texto pseudo-pitagórico escrito en torno al siglo segundo a. C. En la antigüedad, por el contrario, desde Nicómaco de Gerasa y Tauros (siglo II d. C.) se cita como auténtico el tratado *Sobre la naturaleza del cosmos y del alma* de Timeo de Locros. Y del mismo modo otros muchos autores, como Jámblico, Siriano, Proclo, Simplicio, Olimpiodoro, el Anónimo Prolegómenos a la filosofía platónica, los Escolios al *Timeo* de Platón 20a (p. 279 Greene) o la Suda (s.v. Timaios).

En concreto el escolio al *Timeo* platónico 20a dice:

> «Timeo, de Locros Epicefirios, la ciudad de Italia, filósofo pitagórico, escribió cuestiones matemáticas y un libro sobre la naturaleza al modo pitagórico; partir de él Platón escribió el diálogo del mismo nombre, y de acuerdo con esta circunstancia el silógrafo (Timón de Fliunte [ca 320-230], fr. 54) dice sobre él: Cambió un pequeño libro por mucho dinero e impulsado a partir de ahí se puso a timeoscribir».

Platón lo presenta en estos términos en el diálogo homónimo:

«Resta, ciertamente, el tipo de gente de vuestra disposición que por naturaleza y educación participa de ambas categorías (filósofo y político). Pues este, Timeo, natural de Lócride, la ciudad con el mejor orden político de Italia, no inferior a ninguno de los de allí ni en riqueza ni en sangre, ha ocupado los cargos públicos más importantes y recibió los más altos honores de aquella ciudad y, además, ha llegado, en mi opinión, a la cumbre de la filosofía» (*Timeo* 20a).

VI. Muchacha que corre

Muchacha que corre
Wikimediacommons/Caeciliusinhorto

VII. Mapa del Peloponeso

Europa: Grecia: Peloponeso: Laconia (520-500 a. C.)
VII. Peloponeso